궁귀검신

弓鬼劍神

궁귀검신 3
조돈형 新무협 판타지 소설

초판 1쇄 찍은 날 § 2002년 1월 24일
초판 1쇄 펴낸 날 § 2002년 2월 4일

지은이 § 조돈형
펴낸이 § 서경석

편집장 § 문혜영
편집책임 § 장상수
편집 § 박영주 · 김희정 · 권민정
마케팅 § 정필 · 강양원 · 김규진

펴낸곳 § 도서출판 청어람
등록번호 § 제1081-1-89호
등록일자 § 1999. 5. 31
어람번호 § 제2-0048호

주소 § 경기도 부천시 원미구 심곡1동 350-1 남성B/D 3F (우) 420-011
전화 § 032-656-4452 팩스 § 032-656-4453
E-mail § eoram99@chollian.net

ⓒ 조돈형, 2002

값 7,500원

ISBN 89-5505-256-1 (SET)
ISBN 89-5505-259-6 04810

※ 파본은 본사나 구입하신 서점에서 교환하여 드립니다.
※ 저자와 협의하여 인지를 붙이지 않습니다.

궁귀검신

弓鬼劍神

3

조돈형 新무협 판타지 소설

도서출판
청어람

목
차

제15장 혈전(血戰)__7
제16장 퇴각(退却)__49
제17장 의기천추(義氣千秋)__89
제18장 사천행(四川行)__147
제19장 사천풍운(四川風雲)__237

혈전(血戰)

혈전(血戰)

"오! 이 친구가 바로 그 을지소문이라는 친구로군. 어서 오게."

남궁상인은 막 방 안으로 들어오는 소문을 바라보며 반갑게 맞아주었다. 다른 명숙들과는 벌써 인사를 나누었는지 남궁검이 마지막으로 소문을 데리고 온 곳은 당가가 기거하고 있는 전각이었다.

남궁상인의 거처는 북쪽의 죽림이었지만 절친한 친구인 당천호가 세가에 온 이후 그는 아예 이곳으로 처소를 옮겨 버렸다. 오래된 친구를 반기는 남궁상인의 마음이 어떠한지 잘 알 수 있었다.

사실 일개 무인을 남궁세가의 가주가 나서서 안내한다는 것이 체면에 맞지 않았지만 소문을 보고 싶어한 사람이 자신의 아버지이고 어찌 보면 자신의 아들인 남궁진의 생명의 은인인지라 기꺼이 수고를 감수하고 있었다.

방 안에는 남궁상인만이 있는 것이 아니었다. 당가의 식구들 또한 현재 남궁세가에서 최고의 화제가 되고 있는 소문을 흥미로운 눈초리로 바라보았다.

소문은 자리가 자리인지라 공손하게 인사를 했다.

"을지소문이라 합니다."

"내 이번에 자네의 활약을 익히 들어 알고 있다네. 활 쏘는 솜씨가 신기에 다다랐다지?"

남궁상인은 대뜸 소문의 활 솜씨를 칭찬하고 나섰다.

"과찬이십니다. 운이 좋았을 뿐입니다."

"허허허, 겸손까지 아는 친구구먼. 세상 사람들에게 물어보게. 당금에 누가 있어 활로 혈궁단을 제압할 수 있는가를. 자넨 실로 엄청난 일을 해낸 것일세!"

칭찬은 언제 들어도 좋은 것이다. 하지만 듣는 상대가 칭찬으로 여기지 않으면 아무런 소용이 없는 것이 또한 칭찬이었다.

'제길, 아무리 그래도 그렇지. 내가 고 따위 솜씨를 지닌 놈들에게 쬐끔 실력을 보여줬다고 이리 난리라냐.'

하지만 마음속의 불만과는 달리 얼굴은 변함없이 겸손의 극치를 달리는 표정이었다.

"하하! 너무 그렇게 띄워주지 마십시오. 제가 그 말씀이 정말인 줄 알면 어쩌시려고 그러시는지요."

"핫핫핫!"

남궁상인은 무엇이 그리 유쾌한지 나이도 잊고 즐거워했다.

한참을 그리 웃던 남궁상인은 화제를 돌려 소문에 대해 묻기 시작했다.

"그래, 조선에서 왔다고?"

"예, 장백산에 살고 있습니다."

"아, 장백산. 나도 잘 알고 있지. 그곳의 겨울은 참 추웠지. 부모님은 무엇을 하시나?"

"제가 어렸을 때 돌아가셨습니다."

"저런, 미안하네."

남궁상인은 상당히 미안한 표정을 지었다.

"하하, 아닙니다. 신경 쓰지 마십시오."

소문이 가볍게 웃자 남궁상인은 계속 말을 이었다.

"그럼 지금껏 누구와 지냈는가?"

"예, 할아버님과 살고 있습니다."

"아! 그런가?"

남궁상인은 소문에 대해 이것저것 잡다한 것들을 계속해서 물어보았다. 남궁검은 그런 자신의 아버지를 보고 상당히 의아한 마음이 들었다. 사실 자신의 아버지가 냉막한 사람은 아니지만 그리 말이 많은 사람도, 또 웃음이 많은 사람도 아니었다. 한데 처음 본 사람에게 어찌 저리 친절하게 대하시는지… 또 초면에 저리 꼬치꼬치 물어보는 것도 예의는 아니었다. 한데 그런 것을 모를 리 없는 아버지가 그러시니 더 이상했다.

"…그랬구먼. 그 활 솜씨가 가문의 내력이었구먼 그래. 해동엔 신기에 가까운 활 솜씨를 지닌 사람이 참 많다 들었네. 그건 그렇고 이 먼 중원에는 무슨 일로 온 것인가? 무공을 익혔으니 이름을 날리려고 온 것인가? 아님, 그저 여행을 다니다 이번 싸움에 끼어들게 된 건가?"

"그게… 저……."

소문이 대답을 못하고 머뭇거리자 남궁상인은 재빨리 말을 이었다.
"허허, 곤란한 일이면 말하지 않아도 된다네."
"아, 아닙니다. 사실은 사천에 있다는 당씨세가에 볼일이 있어서……."

소문의 말이 끝나자마자 방 안에 있던 많은 인물들의 눈빛이 달라졌다. 심지어는 남궁검도 놀라고 있었다. 소문이 사천 땅에 볼일이 있다는 것은 알고 있었지만 그것이 당가와 관련이 되어 있을 줄은 전혀 예상하지 못했었다.

또한 남궁검과 남궁상인을 제외하고 이 방 안에 있는 모든 사람이 당씨세가의 사람이니 흥미로운 눈빛을 하는 것은 당연했다. 그중 가장 어른인 당천호가 말을 꺼냈다.

"당가라 했나? 아! 나는 이 친구의 친구이니 어려워는 말게나."

당천호는 질문을 하다 소문이 일순 이상한 눈으로 쳐다보자 재빨리 자신의 존재를 알렸다.

"그러시군요. 예, 당가라 했습니다."
"아니, 그 먼 조선에서 무슨 일로 당가를 찾는 것인가?"
"할아버님의 말씀에 따라 신붓감을 맞으러 갑니다."
"크흡!"

소문의 말이 끝나기도 전에 우아한 태도로 차를 마시고 있던 당문성은 입 안에 든 차를 밖으로 뿜어내고 말았다. 일순 모든 시선이 그에게 쏠리자 당황한 당문성은 어색한 표정을 지으며 변명을 하기에 바빴다.

"그게… 사레가 들려서… 죄송합니다, 아버님."

무안해하는 당문성에게서 시선을 거둔 당천호는 다시 소문에게 시선을 던졌다.

"아니, 도대체 어떤 인연이 있기에 당가에 신붓감을 얻으러 가는가? 내 듣기론 당가에선 사위를 구하는 조건이 몹시 까다롭고 사위를 얻는다 하더라도 거의 다가 데릴사위라던데?"

 "예, 저도 그리 알고 있습니다. 하지만 저의 장인어른이 되실 분이 돌아가신 아버님과 약조를 하셨다고 합니다."

 "흠, 그렇구먼……."

 '큰애가 언제 이런 약속을 했을까? 하긴 젊어서는 사방천지를 제집 드나들듯 했으니 인연이 있을 법도 하고…….'

 당천호는 잠시 말을 멈추고 소문을 쳐다보았다. 키는 남들보다 머리 하나는 더 있는 장신이고 얼굴도 그리 못나지는 않았다. 몸이 비록 호리호리한 것이 마음에 들지 않았지만 귀신 같은 활 솜씨를 지녔다는 것을 보니 약할 것 같지는 않았다. 부모님이 안 계시다는 것이 약간의 흠이 되기는 했지만 무공을 업으로 하는 가문에선 그런 건 흠이 될 것이 아니었다. 말하는 것을 보니 어른에게 대하는 예의도 제법 바르고, 물론 군자의 나라에서 살고 있는 사람이니 예의를 문제 삼을 것은 없겠지만… 보면 볼수록 맘에 들었다. 당천호가 한참 이런 생각을 하고 있을 때 소문과 당천호의 대화를 지켜보던 남궁상인이 안타깝다는 듯이 탄식을 했다.

 "허허, 이것 참! 혼기가 찬 손녀들이 몇 있기에 내 어찌어찌하여 손녀 사위로 삼을 생각을 했건만 말짱 헛된 꿈이었구먼. 자네는 인룡(人龍) 잡은 줄 알게. 어디서 저런 인물을 당가에서 사위로 맞이할 수 있겠는가? 아쉽구나, 아쉬워!"

 남궁상인은 당천호를 바라보며 부러운 듯 말을 했다. 그러자 당천호는 기분이 좋은지 껄껄 웃었다.

"내 자네가 이 친구에게 이것저것 꼬치꼬치 물어볼 때 그 음흉한 속셈을 이미 알아차렸지. 하지만 이미 우리 가문의 아이와 혼인을 약조한 사이라 하니 어림도 없는 꿈 꾸지 말고 행여나 이상한 짓 하지 말게나. 하하하!"

당천호의 말을 들은 남궁검은 그제야 자신의 아버지가 소문에게 던진 여러 가지 질문들을 이해할 수 있었다. 다시 한 번 소문을 살펴보았다. 물론 못마땅한 것은 아니지만 무공을 제외하곤 그다지 아쉬운 사윗감은 아닌 듯싶었다. 그런데 자신의 아버지나 당숙이 저리 좋아하는 것을 보니 뭔가 있는 모양이란 생각이 들기도 했다.

당천호는 밝은 얼굴로 소문을 바라보았다.

"허허허, 반갑네. 내 자네 장인 될 사람의 아버지… 아니지, 신부 될 사람의 할아버지 된다네."

"아예… 예? 그럼……?"

소문은 일순 그 의미를 깨닫고는 재빨리 일어나 큰절을 올렸다.

"절 받으시지요. 을지소문입니다."

"하하, 이 친구, 절은 무슨. 어여 의자에 앉게나."

당천호는 흐뭇한 얼굴로 절을 받더니 다시 의자에 앉는 소문에게 부드러운 목소리로 말했다.

"그래, 자네 나이가 올해 몇인가?"

"예, 꼭 스물둘입니다."

"흠, 우리 희아가 스물이니 딱 좋은 나이가 아닌가. 안 그런가?"

당천호는 아직도 멋쩍어하는 당문성에게 말을 돌렸다.

"예, 아버님. 딱 맞는 나이에 잘 어울리는 한 쌍이 될 듯싶습니다."

'희아? 이름이 희인가? 당희라… 헤헤! 이쁜데.'

소문이 잠시 딴생각을 할 때 그를 부르는 다른 목소리가 있었다.
"하하, 이렇게 되면 우린 벌써 이 친구에게 신세를 진 셈인가요? 안 그러냐?"
"참 형님도, 이 친구가 뭡니까? 매제(妹弟)지요, 매제. 안 그런가, 소문 매제?"
소문이 모르고 있었지만 선발대에 구함을 받았던 당씨 형제도 방 안에 있었던 모양이다. 그들이 껄껄대며 말을 하자 그들과 같이 있던 당소미도 한소리 거들었다.
"호호, 그럼 소녀한테는 형부가 되는 것인가요? 아무튼 소희(昭熙) 언니는 좋겠다."
"허허, 미아도 시집을 가고 싶은 모양이로구나. 염려 말거라. 이 할아비가 중원에 나온 김에 멋들어진 신랑감을 구해줄 테니."
"무, 무슨 말씀 하시는 거예요? 누가 시집을 가고 싶다고……."
당소미는 시집을 보내주겠다는 당천호의 말에 당황하여 방을 뛰쳐나갔다. 그 모습을 보던 사람들은 저마다 소리 높여 웃고 말았다.
"할아버님, 이제 그만 저 친구를 데리고 나가봐도 되겠습니까?"
당소기가 조심스럽게 말을 하자 당천호는 흔쾌히 허락했다.
"그래, 젊은 사람들끼리 술잔을 기울이며 인사를 하는 것도 좋겠지. 하지만 너무 많이 마시지는 말거라. 언제 싸움이 있을지 모르니."
"예, 할아버님."
당소기는 당천호에게 인사를 하고 어정쩡하게 앉아 있는 소문의 팔을 잡아끌었다.
"여기서 이러지 말고 가세나. 가서 술이나 한잔하며 안면을 익히도록 하지."

"예? 아예."

어른들하고 있는 것이 아무래도 어려운 소문인지라 이들하고 있는 것이 낫겠다 싶어 흔쾌히 허락했다. 잠시 후 방 안에는 대부분의 사람들이 빠져나가고 남궁상인과 남궁검 부자와 당천호, 당문성 부자만이 남게 되었다.

"어떤가, 자네가 보기엔?"

당천호는 남궁상인에게 조용히 물었다.

"절정! 아니, 그 이상!"

"흠, 내 생각과 같구먼. 처음엔 반신반의했지만 자네가 이상하게 그에 대해 묻는 것을 보고 자세히 살펴보고는 확신을 할 수 있었네. 정말 대단해. 그 나이에……."

"부럽구먼. 암튼 당가는 젊은 용을 한 마리 물었어."

남궁검과 당문성은 두 어른이 나누는 말을 도무지 알 수가 없었다. 분명 소문에 대한 말을 하는 것은 틀림없는데… 궁금함을 참지 못한 남궁검이 조심스레 남궁상인을 쳐다보았다.

"아버님, 저는 도무지 이해가 가지 않습니다. 그가 비록 상당한 궁술을 지니고 있다고는 하지만 아버님이 그렇게 탐낼 정도는 아니라고 봅니다."

"예, 저도 그렇게 생각합니다. 아까는 당사자 앞이라 그리 말을 하기는 했지만 아무리 생각해도 소희의 남편감으론 모자란 감이 있지 않나 싶습니다. 무공도 무공이고 가문이라는 것도 그렇고……."

남궁검의 말에 당문성도 덩달아 나서서 말을 했다.

"쯧쯧쯧! 이리 사람을 볼 줄 몰라서야… 그런 눈을 가지고 어떻게 소미의 짝을 찾아줄까 겁난다."

당문성은 당천호의 말에 찔끔하여 뒤로 물러섰다. 그러자 남궁상인이 너무 그러지 말라며 참견을 했다.

"허허, 너무 그렇게 몰아세울 것만은 아닐세. 사실 자네나 나 또한 처음엔 약간의 의심을 가진 것도 사실 아닌가?"

"그렇기는 하네만……."

남궁상인은 고개를 돌려 남궁검을 쳐다보았다.

"내가 왜 그를 그리 탐냈는가… 글쎄다. 솔직히 가문이 이런 위기에 처하다 보니 나도 모르게 그가 지닌 일신의 무공이 탐났었나 보다."

"하지만 아버님, 그의 무공이 생각보다 그리 뛰어나 보이지는 않았습니다."

"그럴 테지. 나나 저 친구가 간신히 알아본 그 친구의 경지를 너희들이 알아보기는 쉽지 않았을 것이다."

남궁검은 더 이해할 수 없다는 표정을 지었다.

"무슨 말씀이신지? 그럼 그 친구의 무공이 남다르다는……."

남궁검이 재차 묻자 이번에는 당천호가 나서서 설명을 했다.

"남다른 정도가 아니다. 뛰어난 무공을 지니고 있지만 몸에서는 아무런 기도 느껴지지 않더구나. 이미 뿜어져 나오는 기운을 몸 안에 갈무리할 정도면 최소한 반박귀진(返撲歸眞)의 경지에 올랐다 하겠고, 그 정도면 최소한 그의 무공이 우리보다 하수는 아니지 않겠느냐?"

"옛?"

"헐!"

당천호의 말에 남궁검은 물론이고 당문성마저도 깜짝 놀라고 말았다. 이들이 누구인가?

검성과 암왕이라면 말 그대로 백도무림의 살아 있는 전설이었다. 그런데 이제 겨우 약관을 넘어 보이는 소문이 그 정도의 실력을 지녔다니 놀라지 않는 게 이상할 정도였다.
 "이제 알았느냐? 내 그래서 이리 아쉬워하는 것이 아니더냐. 암튼 이번 싸움에서 우리는 또 한 명의 엄청난 실력자의 도움을 받을 수 있을 것 같구나."
 남궁상인은 못내 아쉬운 듯 입맛을 다시고 있었다. 그런 친우(親友)를 보는 당천호의 입에는 흐뭇한 미소가 걸려 있었다.

 당씨 형제가 소문을 데리고 간 곳은 세가의 많은 후기지수들이 모여 있는 곳이었다. 비록 아직까지 팽후와 당소걸이 돌아오지 않았지만 이들은 그다지 걱정을 하지 않는 듯했다. 방 안의 침대에는 이제 막 정신이 든 남궁진이 누워 있었고, 그 옆으로 걱정스런 눈으로 그를 바라보는 많은 여자들이 있었다. 하나같이 빼어난 미인인지라 눈이 부실 정도였다.
 '와우! 뭔 미인이 이리도 많이 모여 있지?'
 소문이 나름대로 얼굴을 붉히며 문 앞에서 어물쩍거리자 당소명이 그의 손을 잡아끌었다.
 "뭘 그리 뜸을 들이나. 빨리 들어오게."
 "예? 예……."
 소문이 방 안으로 들어가자 방 안에 모여 있던 사람들이 일제히 그를 쳐다봤다.
 '제길, 길거리 원숭이도 아니고 방마다 들어가기만 하며 다들 쳐다보고 난리야, 난리가!'
 소문은 은근히 부아가 치밀어 올랐지만 처음 보는 사람에게 시선을 주는 것은 인지상정인지라 그러려니 했다. 소문은 여유를 가지고 방 안을 살폈다. 처음에 들어올 때는 여자밖에 안 보였지만 지금 보니 꽤 많은 사람들이 모여 있었다. 특히 자신과 함께 이곳에 온 곽검명과 곽영, 단건이 자리를 함께하고 있었다. 항상 붙어 다니던 형조문은 어디에 갔는지 보이지 않았다.

"아! 자네 왔나. 이리 오게. 그렇지 않아도 자네 얘기를 하고 있었네."

곽검명이 방 안으로 들어오는 소문에게 아는 체를 하며 반갑게 손을 흔들어주었다. 소문도 반가운 마음에 웃음으로 인사를 했다.

"자, 소개하지. 이미 그의 혁혁한 공은 익히 들어 알 것이지만 그래도 다시 소개하겠네. 이 친구는 저 멀리 동방의 조선이라는 나라에서 온 친구고 활을 귀신같이 쏘는 사람… 옳지! 궁귀(弓鬼)라 불러도 되겠구먼. 암튼 그런 재주를 지니고 있고, 중요한 것은 내 동생인 소희와는 부모님들께서 이미 정혼을 약조한 사이라네. 하하하! 나와는 처남 매부의 사이가 되는 것이라 할 수 있다네."

"오호라, 자네가 사천에 간다더니만 신부를 얻으러 가는 것이었구먼. 그러면서 감쪽같이 속이다니……."

곽검명이 짐짓 서운하다는 뜻으로 말을 하자 소문은 손사래를 치며 변명을 했다.

"그, 그게 아니라……."

"하하, 되었네. 그냥 해본 말일세. 암튼 축하하네. 하하하!"

곽검명이 유쾌하게 웃고 있을 때 그런 그의 뒤에서 비웃는 듯한 말투의 말이 들려왔다.

"흥, 당가는 좋겠어요. 사흘에 한 번씩 여자를 팬다는 남자에게 시집

혈전(血戰) 19

을 보내다니."

 곽영이었다. 소문은 곽영의 말에 내심 당황했다.

 '아니, 저것이 또!! 저년이 나랑 무슨 원수가 졌다고 사사건건 날 못 잡아먹어서 난리일까?'

 "아니, 그게 무슨 말이오, 곽영 소저?"

 당소기가 이상하다는 듯이 말을 이었다. 그러자 곽영은 냉랭한 시선을 소문에게 던지며 말을 이었다.

 "그건 제가 아니라 저 사람이 한 말이니까 당사자에게 직접 물어보시지요."

 '오냐! 그래, 갈 데까지 가보자 이거냐? 마다할 내가 아니다.'

 당소기를 비롯하여 좌중의 시선이 소문에게 쏠렸다. 이미 그 사연을 알고 있는 곽검명과 단견도 소문이 뭐라 말할지 궁금하여 터져 나오려는 웃음을 가까스로 참으며 지켜보았다.

 "후! 지난번에 제가 드린 말씀에 대해 곽 소저께서 약간의 오해가 있었나 봅니다."

 "흥!"

 곽영은 코웃음을 치며 두고 보자는 듯 소문을 바라보았다.

 "지난번에 저와 같이 이곳으로 오실 때 조문 형님이 중원에는 '영웅은 삼처사첩(三妻四妾)을 거느려도 흠이 아니다' 라는 말을 하시길래 저 또한 제 나라에 있는 속담인 '싸가지없는 여자와 북어는 삼 일에 한 번씩 두드려라!' 라는 말을 한 적이 있습니다. 여기서 싸가지없는 여자라 함은 혼인을 한 여자가 감히 남편을 두고 딴 남자와 정분이 난다거나 행실이 고약한 여자를 말합니다. 중원에서는 어떤지 몰라도 조선에서는 그런 여자라 하더라도 조강지처(糟糠之妻)라 하면 어떻게든 허물을 고쳐 같이 살아라 하는 뜻으로 그리 전해지고 있습니다. 해서 그렇게 우스갯소리로 말을 한 적이 있지요. 한데 곽 소저께서 그 말을 잘 이해하지 못한 모양입니다. 감히 어떤 정신 나간 작자가 연약한 여인을 함부로 다루는 불경을 저지를 수 있다는 말입니까? 허허! 조선에서요? 예(禮)라면 지나가는 개한테도 절을 하는 나라가 조선(朝鮮)입니다. 절대로 있을 수 없는 말이지요."

소문은 얼굴색 하나 변하지 않고 당당하게 대답을 했다. 당씨 형제는 그럼 그렇지 하는 표정을 짓고 있었고 방 안의 모든 사람들도 충분히 이해가 가는 듯 고개를 끄덕였다. 하지만 듣고 있는 곽영만은 어쩔 줄을 몰라 했다. 여기서 더 나서봐야 자신만 더 이상한 여자가 될 듯싶어 분을 삭이며 돌아섰다. 그런 곽영을 보며 웃음을 참기 위해 필사적으로 참고 있는 두 사람은 무광 곽검명과 주광 단견이었다.

"이런, 내 정신 좀 보게. 서로 인사를 시켜야 하는 것을… 이리 오게. 저기 누워 있는 사람은 자네도 알 것이고, 그 옆에서 간호하는 미인들은 이곳 남궁세가가 자랑하는 남궁가의 여식들이라네. 왼쪽부터 남궁수련(南宮睡蓮), 수미(秀美), 혜(慧) 소저라네."

소개를 받은 그녀들은 가볍게 고개를 숙이는 것으로 인사를 대신했다. 잠시 말을 멈췄던 당소기의 소개는 계속됐다.

"그리고 이쪽은 하북팽가의 장자이신 팽만호 형이시고 그 옆에는 팽도정 아우일세. 눈이 부시게 아름다운 아가씨는 팽조윤 소저라네."

"반갑습니다."

"말은 많이 들었소이다. 팽만호요."

팽만호가 밝게 웃으며 대표로 나서 소문에게 인사를 했다. 그때 옆에 있던 황보영이 갑자기 끼어들었다.

"저도 곧 팽가 사람이 된답니다. 황보영이에요."

"예? 아예… 축하드립니다."

잠시 멈칫했던 소문이 그 까닭을 알고 웃으면서 인사를 했다. 그러자 방 안의 모여 있던 모든 사람들이 일제히 웃음을 터뜨렸다.

"험, 험! 이것 참."

팽만호는 어쩔 줄을 몰라 하며 연신 헛기침만 해댔다. 하지만 그리 기분 나쁜 표정은 아니었다.

"하하! 영아야, 벌써부터 너무 티 내지 마라. 아직까지 넌 황보세가의 사람이 아니더냐!"

자신의 누이에게 한마디 한 황보권은 당소기의 말이 있기도 전에 소문에게 자신을 소개했다.

"나는 황보권이라 하오. 내 누이동생의 철없는 행동을 이해하시오."

"하하, 아닙니다. 그럴 리가요."

황급히 포권을 한 소문은 시선을 돌려 방 안의 모든 사람들에게 다시 한 번 인사를 했다.

"이렇게 반가이 맞아주시니 고마울 뿐입니다. 제가 아직 많이 부족합니다. 많은 가르침을 주십시오."

"하하! 걱정하지 말게나. 그건 자네가 그리 청하지 않아도 자연스럽게 그리될 테니. 그런데 오히려 배움을 청할 것은 자네가 아니라 우리가 아닌가? 어떻게 하였기에 벌써부터 남궁혜 소저가 자넬 바라보는 눈빛이 심상치가 않으그려?"

언제 나타났는지 뒤에서 형조문이 섭선을 살랑거리며 말했다.

"어, 언제 오셨습니까?"

소문은 형조문을 보며 반갑게 인사를 했지만 형조문은 들은 체도 하지 않았다.

"아직 내 물음에 대답하지 않았네. 무슨 말을 하였기에 남궁가의 여식이 자네에게 한눈에 반했냐 하는 말일세?"

"아니, 그게 무슨 소립니까? 그런 소리 좀 하지 마십시오. 반하기는 무슨……."

소문이 펄쩍 뛰며 형조문의 입을 막으려 했지만 그럴수록 형조문의 말은 강도가 더해갔다.

"허허, 이 친구 대단하구먼, 대단해. 여의공자라는 호는 이제부터 자네가 가지고 가게, 자네가. 하하하!"

사람들은 형조문이 뜬금없이 무슨 소릴 하나 하다가 일제히 시선을 돌려 남궁혜를 바라보았다. 그런데 이게 웬일인가? 어찌 들으면 난리가 날 소릴 형조문이 하고 있는데도 남궁혜는 아무 소리 하지 않고 그냥 얼굴만 붉히고 있을 뿐이었다. 역시 여자를 살펴보는 데에는 그 누구도 따라올 수 없는 눈을 가진 형조문이었다.

'허, 이게 무슨 조화란 말인가? 남궁혜라면 그 도도함이 하늘을 찌른다는 소문이 자자한 아가씨가 아니던가? 한데… 이것 참, 사건이로구먼, 사건이야. 하하하!'

당소명은 남궁혜와 형조문과 한창 드잡이질을 하고 있는 소문을 바라보며 묘한 웃음을 지었다. 그뿐만 아니라 방 안에 있는 모든 사람들이 그런 생각을 지니고 있었으나 남궁세가와 남궁혜의 체면을 생각해서 내색을 하지 않을 뿐이었다.

잠시 후 방 안의 소란이 잠시 가라앉자 사람들은 소문에게 이런저런 궁금한 것을 물어보았다. 특히 눈으로 보진 못했지만 순식간에 너무나 유명해진 소문의 궁술에 대한 질문이 쏟아졌다.

"아니, 그렇게 쏠 수도 있는 것이란 말인가? 그럼 떨어질 때 위력이 많이 약화될 텐데."

고각사(高角射)에 대한 의문을 지닌 황보권이 질문을 했다.

"하지만 그 화살에 내공력을 불어넣어 유지만 시킨다면 그다지 문제가 되지 않습니다."

"허, 정말 대단하구먼."

"그럼 자네는 모든 바람을 알기 위해 매일같이 그런 연구만을 했다는 것인가?"

"그런 셈이지요. 제가 살고 있는 장백산은 그 경치가 빼어나고 산세가 장엄하여 가히 명산(名山)이라 불리지만 그만큼 기후가 변화 막심하여 활을 쏘는 데 많은 도움을 받았지요."

"장백산이요? 그곳이 그렇게 아름답나요?"

무공에 대해서만 물어오는 남자들과는 다르게 아무래도 여자가 질문하는 것이 보다 소문을 편하게 했다. 사실 이들에게 일일이 자신이 익힌 무공에 대해 알려주는 게 영 따분하던 참이라 소문은 당소미의 질문에 얼씨구나 하고 대답을 했다.

"아름답지요. 그곳처럼 아름다운 곳은 본 적이 없습니다. 비록 사계절(四季節) 중 봄과 가을은 느낄 수도 없을 정도로 짧지만 장백산은 그 이름 하나만으로 가치가 있는 산입니다. 그건 어떻게 말로 표현할 수 없는 것이지요."

설명을 하는 소문의 눈에서 아련하게 향수(鄕愁)가 느껴진다.

"소협의 고향은 어떠한 곳인가요?"

일순 사람들의 시선이 질문을 한 사람에게 쏟아졌다. 이제껏 아무런 말도 없이 소문만을 쳐다보던 남궁혜가 처음으로 입을 연 것이다. 소문도 내심 당황했다. 하지만 금방 냉정을 되찾고 천천히, 그러면서 약간은 습기가 느껴지는 어투로 자신의 고향을 설명하기 시작했다.

"고향이라… 장백산 아래의 넓지 않은 분지인 아담한 곳에 욕심도 없고 착하기만 한 사람들이 모여 아기자기 살아가는 마을이 하나 있는데, 그곳은 싸움도 다툼도 없는 평화롭고 아늑한 곳이랍니다. 물질적 풍요는 누리지 못할지라도 사랑하는 가족과 따듯한 마음을 지닌 이웃과 함께하며 세상 근심 걱정이 없으니 이곳이 바로 낙원(樂園)이지요. 마을에서 조금 더 올라가면 칡넝쿨과 볏짚을 엮어 만든 자그마한 초가집이 나옵니다. 담이라야 안이 훤히 보이는 싸리들이 전부고 방도 두 개뿐인 그런 집이지요. 집을 나서면 바로 앞에 천지에서 흘러나온 물들이 아름다운 내를 만들며 흐르는데, 그 물이 어찌나 맑은지 햇살이라도 비출라치면 그 반사되는 빛에 천지가 보석으로 가득한 느낌이 들게 만듭니다. 또 집 주변은 온갖 나무들로 둘러싸여 있습니다. 사시사철 변함없는 노송(老松)들도 있고, 계절에 맞추어 생명력을 토해내는 과실수(果實樹)도 있는데 모두 저와 할아버지가 함께 가꾼 것이랍니다. 매일같이 무공 연습에 하루 해가 짧은 줄 모르고 돌아다닐 때 졸음에 겨운 늙으신 할아버지는 자연의 기운을 벗 삼아 한가로이 오수(午睡)를 즐기시고, 잘나지는 않았지만 시종 당당한 친구는 언제나 그렇듯 하늘의 제왕으로 군림하며 보란 듯 날갯짓을 합니다. 저녁이면 조그마한 방 안에 불 밝히고 앉아 은근슬쩍 다가오는 어둠을 즐거이 초대하지요. 봄에 꿈틀거리던 산자락의 들꽃들은 여름이 오기 전에 세상을 밝힐 듯 흐드러지게 피는데, 온갖 꽃에서 피어 오르는 꽃 내음이 천지에 진동합니다. 가을이면 세상을 구하고자 자신을 밝혔던 등신불(等身佛)처럼 온 산이 붉게 불타오르지요. 그때가 되면 '이곳이 과연 인세(人世)인가?

하는 의심마저 들게 하는 곳, 그런 곳이라면 언제 어디에 있든 그립지 아니하겠습니까? 그곳이 제 고향이지요."

"아!"

"허허!!"

소문의 말이 끝나기가 무섭게 방 안에는 온통 탄성과 감동의 물결이 밀려왔다.

"자네 고향도 아름답겠지만 그걸 표현하는 자네의 말솜씨가 더 뛰어난 것 같네."

"그러게 말입니다. 내 눈을 감고 들어보았지만 그곳의 풍경(風景)이 한눈에 들어오는 것 같습니다."

남자들의 반응이 이러니 감수성 예민한 여자들은 이미 정신이 혼미해지고 있었다. 늘상 소문을 잡아먹지 못해 안달이던 곽영마저 일순 감탄성을 내뱉었고, 애초에 질문을 던졌던 남궁혜는 멍한 눈에 눈물을 잔뜩 고이고 소문을 쳐다보고 있었다.

상황이 이쯤 되자 오히려 소문이 당황하고 있었다.

'이것 참! 지난번에 곽영 조것이 시인도 모른다고 무시하길래 한번 그럴듯하게 엮어본 것인데 흠, 반응이 좋은 것인지 나쁜 것인지?'

그때 소문의 어깨를 치는 손이 있었다.

"내 오늘 부로 여의공자라는 별호를 쓰지 않음세. 난 도저히 자네와 같이 말을 할 자신이 없으니 지금 이 시간부터는 자네가 여의공자라는 별호를 쓰거나. 허허, 말로써 여자를 울리는 경지라… 대단하군, 대단해!"

'이런 빌어먹을! 이게 아닌데……'

소문과 오대세가의 후인들과의 만남은 이렇게 정리되고 있었다.

　　　　　＊　　　　＊　　　　＊

"그들의 움직임은 어떠한가?"

"선발대로 급한 불은 끌 수 있다고 생각하는지 그다지 큰 움직임이 잡히지 않고 있었습니다. 그런데 어제 올라온 보고에 따르면 구파일방이 주축이 된 정도맹의 병력들이 대거 남하하고 있다 합니다. 하나 그들이 최대한의 속도로 이곳으로 내려온다 하더라도 인원이 인원이니만큼 며칠은 더 여유가 있을 것입니다."

"더 이상 지체할 시간이 없네. 이곳이 우리의 최종 목표가 아니지 않은가? 비록 그 이름이 중원에 드높다 하지만 겨우 문파 하나를 어찌하지 못한대서야 말이 안 되지."

궁사혼은 귀곡자의 말을 듣다가 갑자기 치밀어 오르는 화를 억누르지 못하고 자리에서 벌떡 일어났다. 그도 그럴 것이 자신도 실패하고 선발대를 습격하러 간 목사혁마저 실패했으니 체면이 말이 아니었다. 더 이상 머뭇거리기엔 그의 자존심이 용납하지 않았다.

"오늘 안에 승부를 볼 것이네. 자네들은 공격 준비를 시키도록 하고… 참, 그 황보세가의 포로는 돌려보냈는가?"

"예, 조금 전에 풀어주었습니다."

귀곡자가 조심스럽게 대답하자 궁사혼은 잘했다는 듯이 고개를 끄덕였다.

"비록 싸움은 하고 있다지만 약속은 지켜야겠지. 그것이 무인 된 도리이기도 하고."

"감사합니다."

옆에 시립해 있던 목사혁이 고개를 숙였다.

"무슨 소릴 하는 겐가? 그까짓 애송이보다는 자네의 명예가 더 소중한 것이거늘. 신경 쓰지 말고 오늘 있을 싸움이나 준비하도록 하세. 어떻게 공격하면 좋겠는가?"

궁사혼의 시선을 받은 귀곡자는 헛기침을 한번 한 후 말문을 열었다.

"단기간에 승부를 보시려면 야간의 기습이 최고지만 저희 패천궁이 그런 치졸한 수를 쓸 수는 없지요. 지난번 야간 공격 시도 미리 선전포고(宣戰布告)를 하고 가지 않았습니까? 이번에도 당연히 정면으로 쳐들어가야지요. 그런데 그리하자면 다른 무엇보다 병력 배치가 무엇보다 중요할 것입니다."

귀곡자의 입에서 전혀 나올 것 같지 않은 말이 나오자 은근히 놀란 궁사혼이 그를 힐끔 한번 쳐다보고는 동의를 했다.

"그렇겠지. 계속하게나."

"우선 지난번과 마찬가지로 패천궁의 정예가 아닌 다른 흑도의 무인들을 정면에 세울 것입니다."

"그 방법은 지난번에 실패한 것이 아닌가?"

궁사혼이 의아하다는 듯이 귀곡자를 쳐다보자 귀곡자는 자신있게 고개를 흔들었다.

"하지만 이번은 다릅니다. 지난번에 그들만 보냈지만 이번엔 혈궁단이 뒤를 받칠 것입니다."

"혈궁단이?"

"예, 태상호법님. 우선 그들이 잠시 버티는 동안 후미에 있던 혈궁단이 일제히 화살을 날려 그들을 제압할 것입니다. 그들이 아무리 날고

기는 재주가 있다 하더라도 적을 앞에 두고 날아오는 화살을 쉽게 피하지는 못할 것입니다. 혹 피한다 하더라도 공격의 주도권은 곧 저희가 가지게 됩니다. 혈궁단의 공격 이후 곧바로 흑기당을 투입하여 싸움을 마무리하는 것입니다. 물론 이번에 동원되는 흑기당은 일부가 동원되었던 지난번과는 다르게 흑기당 전체가 동원될 것입니다. 사실 흑기당과 혈궁단만 동원하여도 남궁세가를 무너뜨리는 데는 문제가 없지만, 지난번에 말씀드린 것과 마찬가지로 다른 흑도의 동도에겐 미안하지만 우리의 전력을 최대한으로 보전해야 하는지라 어쩔 수 없이 또 한 번 그들을 앞세워야 할 것입니다."

"흠, 충분히 일리가 있는 말이네."

궁사혼이 자신의 말에 동의하자 어깨가 으쓱해진 귀곡자가 다시 무슨 말을 꺼내려 할 때였다.

"이번에도 우리는 본진을 지키는 것입니까?"

묵직한 음성! 혈참마대의 대주 냉악이었다.

"흠, 어쩔 수 없네. 하지만 이번엔 본진을 지킬 필요가 없네. 같이 공격을 하도록 하지. 물론 직접 뛰어드는 것은 아니지만 자네들이 있다는 것만으로도 저들에게는 큰 부담이 될 것이니."

"……."

냉악이 아무 말 하지 않고 있자 머쓱해진 귀곡자는 잠시 당황했지만 다행히도 그를 구해주는 목소리가 들려왔다.

"군사가 세운 계획은 다 훌륭하지만 한 가지를 간과한 것이 있네."

"그게 무엇인지요?"

귀곡자는 자신의 난처함을 구해준 목사혁이 마냥 고마웠다. 목소리가 평소보다 한층 더 공손해졌다.

"지난번 매복에서 우리에게 치명타를 입힌 친구 말일세. 그 친구 혼자서 이십 명이 넘는 혈궁단을 눈 깜짝할 사이에 해치웠지. 검을 쓰는 실력 또한 그에 못지 않은 무서운 친구… 그 친구는 어찌할 것인가? 그가 지난번과 마찬가지로 혈궁단만을 먼저 노린다면 낭패일 듯싶은데."

"하하, 활을 쏜다는 그 친구, 정말 어떤 인물인가 보고 싶군요. 목 호법님께서 이리 칭찬을 하시는 고수가 있을 줄은 꿈에도 몰랐습니다. 하지만 염려하지 마십시오. 다 생각한 것이 있습니다."

"그런가? 그래, 어떤 방법인가?"

목사혁은 담담히 웃으며 질문을 했다.

"이쪽 혈궁단은 지난번에 이 개 조가 당해서 그 수는 많이 줄었지만 지금도 삼 개 조가 남아 있습니다. 그가 아무리 화살을 빨리 쏜다고 하여도 한 번에 삼십 개 이상의 활을 날릴 수는 없습니다. 이쪽에서 한 번 날리는 것과 그 친구가 날리는 것은 그 수에서 비교할 바가 아니지요. 그리고 호법님께서 말씀하신 대로 그 친구가 혈궁단을 먼저 노린다면 목 호법님과 여기 계신 헌원강 호법님이 직접 그 화살을 막아주셔야 할 것입니다. 말을 들어보니 그 화살에는 엄청난 기운이 담겨져 있다더군요. 웬만한 고수로는 막지 못할 것이고 호법님들께서 막아만 주신다면 그사이에 혈궁단이 마음 놓고 공격을 할 수 있을 것입니다."

"하하! 그래, 그거 좋은 방법이구먼. 사실 멀리서 활이나 쏴대는 것이 마음엔 안 들지만 그래도 그것이 우리의 피해를 줄이는 방법이라면 따라야지. 이보게, 미 단주!"

"예, 호법님!"

"나와 목 호법이 그 화살을 막아줄 테니 마음껏 실력 발휘를 해보게. 아무 걱정 하지 말고!"

"잘 알겠습니다."

헌원강은 큰 소리로 웃으며 혈궁단의 단주인 미지현의 어깨를 두드렸다. 미지현은 아직도 그 괴청년에게 자신의 수하가 당했다는 것을 믿지 못하고 있었기에 약간은 자존심이 상했지만 감히 내색하지 못하고 그저 머리를 조아릴 뿐이었다.

"준비가 되는 대로 보고하게. 시간 끌 것 없네. 싸움은 서로의 모습이 훤히 보이는 낮에 해야 제대로 된 싸움이 이루어지는 것이지. 점심을 넘기지 말고 준비를 마치도록 하게!"

궁사혼의 명이 떨어지자 귀곡자 이하 자리에 모인 모든 사람들이 허리를 굽히며 명을 받았다.

공격을 준비하는 데 걸린 시간은 채 반 시진이 넘지 않았다. 귀곡자가 조용히 궁사혼을 찾아왔을 땐 막 자신의 검에 대한 손질을 끝낸 궁사혼이 검을 들어 조심스럽게 검집에 넣고 있을 때였다.

"그래, 준비는 다 되었는가?"

"예, 명령만을 기다리고 있습니다."

궁사혼은 귀곡자의 안내를 받으며 방을 나섰다. 따가운 햇살이 눈이 부시게 내리쬐는 아주 맑은 날이었다.

"허허! 날씨 한번 좋구먼! 싸움하기에 딱 좋은 날씨야."

* * *

소식이 전해진 것은 남궁가에 남은 식솔들이 막 점심을 준비하려는 시간이었다. 그들을 제일 먼저 발견한 것은 남궁세가의 정문을 지키던 무인이 아니라 아무도 몰래 남궁세가의 가장 높은 지붕에 올라가서 오랜만에 철면피와 오붓한 시간을 보내던 소문이었다.
　소문은 저 멀리 먼지를 피우며 달려오는 흑도의 무인을 발견하고 소식을 알려줄까도 생각했지만 어차피 금방 알려질 것, 자신이 나설 필요는 없다고 생각했다. 오히려 자신도 싸움에 대한 준비를 해야 했다. 재빨리 지붕을 내려간 소문은 잠시 후 품에 가득 화살을 안고 다시 지붕 위로 올라왔다.
　"흠, 이만하면 전망도 좋겠다, 지원이나 팍팍 해줘야겠다."
　소문이 준비를 끝내고 느긋하게 햇볕을 쬐고 있을 때 그제야 그들을 발견한 남궁세가에서는 난리가 났다. 안채에서 쉬고 있던 많은 무인들이 중앙 연무장으로 쏟아져 나오고 혹여라도 기습이 있을까 하여 세가의 좌우를 살피는 등 분주하게 움직이는 모습이 눈에 띄었다.
　"쯧쯧! 저리도 여유가 없어서야… 쳐들어오는 자들은 여유가 만만한데 어째 미리 준비를 하고 있어야 할 사람들이 이리 허둥지둥대는 모습이란 말인가!"
　그러기를 잠깐, 순식간에 모여든 사람들이 발하는 기운이 연무장을 가득 덮었다. 하나같이 긴장한 모습의 그들이 바라보는 정면에서 말발굽 소리가 들려왔다.
　두두두두두!
　궁사혼이 탄 말을 필두로 하여 몇 필의 말이 세가로 들어오고 그 뒤를 이어 수백 명의 무인들이 세가로 들어왔다. 그렇게 많은 사람들이 세가로 들어왔음에도 남궁세가의 연무장은 그 사람들을 충분히 감당할 만큼 넓었다.
　아무도 입을 열지 않았다. 잠시 동안의 적막이 연무장을 스쳐 지나갔다. 하지만 그런 긴장감도 한 사람에게는 예외였다.

'훗, 나참! 꼭 말을 타고 오는 인간들이 있다니까. 뒤에 따라오는 수하들은 죽자 살자 쫓아오는지도 모르고… 매정한 인간들 같으니라고.'
 이따위 생각이 어디 이런 급박한 분위기에 어울린단 말인가? 머리 속이 어떻게 생겨먹은 인간인지 도무지 이해가 안 가는 인간이었다.

 "아침에 황보세가의 장자가 무사히 돌아왔다고 들었소이다. 베푸신 호의에 감사드리오."
 당겨진 활시위처럼 팽팽했던 침묵은 대치되어 있는 서로의 진형에서 먼저 앞으로 걸어나온 남궁상인에 의해 깨어졌다.
 싸울 때 싸우더라도 인사치레할 건 해야 했다. 습격조의 일원으로 세가를 나갔던 황보장이 오늘 아침 무사히 돌아왔으니… 다들 죽은 줄 알았던 그가 살아 돌아오자 졸지에 장자를 잃어버릴 뻔한 황보세가 사람들은 물론이고 이곳에 모인 모든 사람들이 자신의 일처럼 기뻐해 주었다. 한데 이상한 것은 풀려난 황보장조차 왜 자신이 무사히 풀려났는지 그 이유를 모르는 것이었다. 그 누구도 이유를 알지 못했다. 단 한 사람 소문만을 제외하고는.
 "무슨 말씀을. 우린 약속을 한 것은 꼭 지키오. 그를 보내주기로 했으니 보낸 것뿐이외다."
 남궁상인이 앞으로 걸어나오자 마주 보며 다가온 궁사흔이 그의 말을 받았다.
 "……."
 궁사흔의 말이 도통 무슨 소리인지 이해가 가지 않는 남궁상인이었다. 그러나 계속 이어지는 궁사흔의 말은 남궁상인이 지닌 의문을 확실히 걷어주었다.

"목 호법과 황보장이라 했던가요? 암튼 그 친구의 가치를 따져 봐도 절대 우리가 손해 보는 일은 아니었소이다. 오히려 우리가 사례를 해야 할 것을……."

궁사혼의 말이 워낙 나직했기에 그 말을 알아들은 사람은 몇 되지 않았다. 그중에는 세가 측에선 다섯 손가락 안에 드는 고수로 일컬어지는 곽무웅도 끼어 있었다.

'역시! 내 생각이 맞았구나. 소문, 그 친구가 싸움에 이기고도 그를 놔준 것이었군. 허, 정말 엄청난 친구구먼 그래. 누가 믿을 것인가? 환혼객 목사혁이 싸움에 패해 다른 사람과 목숨을 바꾸는 상황이 벌어졌다면.'

"그건 그것이고 이제 본론으로 들어갑시다. 솔직히 나는 남궁세가와 싸우고 싶은 생각이 별로 없소. 봉문(封門)을 하시오. 그것이 내가 검성에게 해줄 수 있는 마지막 호의요."

궁사혼은 최후통첩(最後通牒)성의 말을 했다. 하지만 돌아오는 반응은 이미 예상한 대로였다.

"내 천살검존의 마음은 가슴에 담아둘 것이오. 하지만 우리 남궁세가는 부러질망정 휘어지지는 않소이다. 이제 그런 말은 그만 하시구려."

"……."

궁사혼은 그런 남궁상인을 잠시 쳐다보더니 뭐라 말을 하지 않고 뒤로 돌아 자신의 수하가 기다리는 곳으로 천천히 걸어갔다. 남궁상인과 궁사혼의 신형이 연무장 가운데서 점점 멀어짐에 따라 양측의 살기는 반대로 짙어져만 같다. 마침내 수하가 있는 곳에 도달한 궁사혼은 단 한 마디의 명령을 내렸다.

"쳐라!"

"와!!"

"남궁세가를 쓸어버려라!"

대기하고 있던 엄청난 수의 무인들이 달려나왔다. 남궁상인의 뒤에 있던 무인들 또한 자신들의 무기를 굳게 잡고는 뛰쳐나갔다.

쾅!

채챙!

"으악!"

양측의 무인들이 뒤엉키기가 무섭게 이곳저곳에서 비명성과 병기음이 들려왔다. 얼핏 보기엔 흑도의 무인들이 수에서는 훨씬 많지만 그들 수뇌부도 예상했듯이 그 수적 우위는 얼마 가지 못하였다. 역시 질적인 차이, 무위에 있어서 세가 측 사람들에 비해 현저하게 모자람이 있었다.

"혈궁단은 나서라!"

싸움을 냉정한 눈으로 바라보던 귀곡자는 뒤에 대기하고 있던 미지현에게 혈궁단의 지원 사격을 명했다.

명령을 받은 혈궁단은 미지현의 구령에 맞추어 두 줄로 정렬하더니 예의 그 핏빛 화살을 날려대기 시작했다.

핑! 핑!

쐐애액―

화살은 엄청난 파공성을 내며 흑도의 무인들을 핍박하던 세가의 무인들에게 날아갔다.

"윽!"

"헉!"

갑자기 화살 세례를 받은 세가의 무인들은 몹시 당황했다. 순식간에 십여 명이 화살에 맞아 쓰러졌다. 또한 날아오는 화살에 신경을 쓰다 상대하고 있는 흑도의 무인에게 당하는 사례도 속속 발생하였다.
"이런, 혈궁단이라니……!"
갑자기 날아온 화살에 당황한 것은 화살에 노출된 무인만이 아니라 그들 뒤에서 상황을 주시하던 세가 측 수뇌부들 또한 마찬가지였다. 새로운 병력이나 고수가 출현했다면 그들이 나서서 싸우면 되는 것이지만 이건 상황이 달랐다. 딱히 맞설 방법이 있는 것이 아니었다. 그들이 아무런 대책을 세우지 못하고 머뭇거리고 있을 때 이미 혈궁단을 향해서 화살을 날리는 사람이 있었다.
"네놈들이 아직 정신을 차리지 못했나 본데, 아주 이가 갈리도록 느끼게 해주마. 감히 어디서 화살을 날리고 지랄이야!"
소문이 처음으로 날린 화살은 혈궁단이 날리는 화살보다 배는 빠르게 날아가 막 화살을 날리려던 혈궁단원 한 명을 그대로 날려 버렸다. 연이어 날린 화살이 계속해서 혈궁단원을 쓰러뜨리자 그제야 사태를 파악한 미지현은 화살이 날아온 방향을 살폈다. 연무장 정면의 가장 높은 지붕에 한 청년이 화살을 날리고 있는 것이 눈에 들어왔다.
'저놈인가, 우리 혈궁단에게 망신을 준 놈이? 절대로 그대로 놔둘 순 없지!'
"화살을 일제히 저쪽 지붕에 날려라! 감히 우리 혈궁단에 궁으로 맞선 놈이다. 쏴라!"
미지현은 악을 쓰듯 명령을 내렸다. 혈궁단의 모든 화살이 일제히 소문에게 날아가기 시작했다.
세가의 수뇌들은 싸움터의 무인들에게 날아가던 화살이 갑자기 자신들을 지나 머리 위로 무수히 날아가자 무슨 일인가 하고 일제히 시선을 돌렸다. 그곳에는 지금까지 싸움터에 모습을 나타내지 않았던 소문이 화살을 날리고 있었다.

"허, 저 친군 언제 저 위로 올라갔단 말인가?"

"그러게 말입니다. 정말 알 수 없는 청년입니다."

남궁상인의 말에 남궁검도 황당하다는 듯이 대답을 했다. 하지만 그런 소문을 바라보는 당천호의 마음은 심란했다.

"헐! 어쩌자고 저 위로 올라갔는지… 지난번 동료들의 원수를 갚겠다고 혈안이 된 혈궁단의 화살을 어찌 감당하려고…….''

하지만 당천호의 걱정이 무색하게 소문은 대단한 활약을 하고 있었다. 자신에게 집중되는 화살이 두려울 만도 할 텐데 소문은 그런 것 따위는 전혀 신경이 쓰이지 않는 모양이었다. 그다지 많이 움직이지도 않으면서 자신에게 날아오는 화살을 살짝살짝 피하더니 계속해서 화살을 날리고 있었다. 때때로 한꺼번에 여러 방위를 차단하여 화살이 날아올라치면 거의 맞아줄 듯하다가도 재빨리 이동을 하여 아슬아슬하게 피하며 쏘는 자의 염장을 지르기도 했다.

"이, 이……!"

미지현은 약이 바싹 올랐다. 자신과 수하가 쏘는 화살은 안타깝게도 살짝 빗나가는데 적이 피하면서 가끔씩 날리는 화살에 자신의 수하는 계속 죽어 나갔다.

"뭣들 하느냐? 누가 네 맘대로 목표를 바꾸라 하더냐? 당장 그만두고 지원 사격이나 하거라!"

귀곡자는 혈궁단의 피해가 벌써 상당수에 이르자 더 이상 지켜보는 것은 무리라 생각하여 미지현을 제지했다. 그리곤 자신의 옆에 있던 두 호법에게 공손히 부탁을 했다.

"후, 지난번 목 호법께서 말씀하신 것에 약간은 의문이 있었는데 오늘 보니 오히려 모자람이 있는 듯싶습니다. 이러다가 혈궁단이 전멸을 면치 못하겠습니다. 이전에 말씀드린 대로 두 분이서 화살을 막아줘야겠습니다."

"알았네. 그리하지."

헌원강이 자신의 애도인 묵향을 들고서 앞으로 나섰다. 그 뒤를 목사혁이 묵묵히 따라갔다.

"내 보다 보다 저런 솜씨는 처음입니다."

"허허, 정말 대단하구먼. 두 눈으로 보고도 믿지 못하겠으니… 적이지만 정말 훌륭한 솜씨로고."

소문을 보며 혀를 내두르는 귀곡자의 반응에 궁사흔 또한 감탄을 하였다. 적이 이러하니 그런 소문을 보는 아군은 어쩌겠는가? 모두들 소문의 활약에 엄청난 환호를 보내고 있었다.

"하하하! 저 친구가 바로 소희의 짝이 될 사람이라네. 하하하!"

"나원, 누가 뭐래나? 알았으니 그만 웃게나."

남궁상인은 부러움이 담긴 눈초리로 계속해서 웃고 있는 당천호를 만류해야만 했다. 하지만 이들의 여유와는 달리 싸움은 보다 치열하고 새로운 방향으로 전개되고 있었다.

"흑기당은 나서라!"

궁사흔의 말이 떨어지자 이제나저제나 기다리던 은세충과 그의 수하들은 일제히 싸움에 끼어들었다. 온통 흑빛 일색인 무복을 입고 냉막한 표정으로 덤벼드는 그들의 모습은 상대방으로 하여금 두려움을 느끼도록 하기에 충분했다.

남궁세가의 무인들은 이미 그들과 한 번의 겨룸이 있어서인지 아무렇지도 않게 싸워 나갔지만 그들과 처음 손속을 겨루는 다른 백도의 무인들은 당황하는 모습이 역력했다.
　"우리도 나서야겠습니다. 기세에서 밀리면 아니 되지 않겠습니까?"
　"그래야지요. 무공도 무공이지만 기세 또한 중요하지요."
　그동안 관망을 하던 곽무웅과 영각 대사는 아직까지 싸움에 끼어들지 않은 선발대의 무인들을 투입하기로 결정했다. 수에서는 흑기당에 비해 크게 부족할지 모르지만 고수 아닌 자들이 없었다. 틀림없이 잘 해내리라 믿었다. 개방의 장로인 구육개는 이미 싸움터에 뛰어들고 있었다.
　과연 흑기당과 선발대의 격돌은 용호상박(龍虎相搏)이었다. 물론 선발대의 인원이 흑기당 전체를 상대한 것은 아니었지만 상당수를 막고 있는 것은 틀림없었다.
　영각 대사의 지휘 아래 지난번 매복에 걸려 비록 몇 명이 목숨을 잃긴 하였지만 나름대로 진을 펼치며 싸우는 나한들과 곽무웅이 이끌고 온 화산파의 제자들은 자신들 문파의 사람들과 서로 도와가며 선전을 하고 있었다. 하지만 선발대 중 단연 발군은 문파를 이루지 않고 독자적으로 선발대에 자원한 구환도 하후강과 그의 딸인 소수옥녀(素手玉女) 하후예민(夏候叡敏)이었다. 변화막측한 검법을 쓰며 흑기당의 무인들을 베어 넘기는 하후강도 무서웠지만 하얀 손을 무기 삼아 그다지 큰 동작도 없이 너무나 간단하게 적을 쓰러뜨리는 하후예민의 손속에 비할 바가 못됐다.
　강호상에 거의 전설로만 이어져 내려오던 소수신공(素手神功)의 위력은 실로 무시무시했다. 도검에도 상처 하나 입지 않았고 그저 살짝

스치는 힘에도 어떤 힘이 작용하는지 상대는 상당한 타격을 입는 듯했다. 게다가 하얀 옷을 나풀거리며 시전하는 보법은 그녀를 마치 천계에서 내려온 선녀로 착각하게 만드는 역할을 하였는데, 그 용맹하던 흑기당의 무인들도 웬만하면 그녀와 손속을 겨루려 하지 않고 슬슬 피해 가고 있었다.

또한 강북무림의 삼광이라 일컬어지는 세 명 의형제들의 솜씨 또한 실로 놀라웠다. 항상 바람둥이 같았던 형조문은 예의 그 섭선을 무기 삼아 공격해 들어가는데 어찌나 손속이 빠른지 그 누구도 그의 일수를 감당하지 못하고 있었다. 또한 연신 술을 들이키며 싸우던 단견은 술이 떨어지자 자신이 지니고 있는 개방 최고의 무공인 강룡십팔장을 시전하였는데 과연 그 위력이 무서워 사방팔방으로 쏟아져 나가는 권장 지술을 피하고자 흑기당의 무인들은 전전긍긍할 수밖에 없었다. 하지만 그 누구보다 치열하게 싸우는 사람은 무광으로 유명한 검치자 곽검명이었다.

흑기당이 싸움에 끼어들자마자 그의 눈에 단 한 사람만이 들어올 뿐이었다. 그 누구도 신경 쓰지 않고 달려가 겨루자고 했던 인물, 바로 흑기당의 당주 은세충이었다.

검에도 뛰어난 실력을 지니고 있었지만 그의 성명절기는 다섯 자루의 짧은 비도(飛刀)였다. 비도탈명이라는 명호를 그에게 만들어준 다섯 자루의 비도! 은세충은 현재 단 두 자루의 비도만을 남기고 있을 뿐이었다.

처음에 곽검명이 그에게 도전을 했을 때 은세충은 가소롭다는 듯이 그를 쳐다보았다. 하지만 가소롭게 생각했던 청년의 검에서 섬뜩한 검기가 솟아오르고 강호일절로 꼽히는 화산파의 검법이 줄줄이 쏟아져 나오자 절대로 경거망동할 수 없었다.

　한참을 치열하게 싸우는데 아무래도 검법에서는 약간의 손색이 있는 은세충이 밀리게 되자 결국 그가 택한 최후의 무기가 지금까지 자신이 있게 해준 다섯 자루의 비도였다. 하지만 그 비도를 세 개까지 허비하고도 그가 곽검명에게 입힌 상처라고는 허벅지와 옆구리에 입힌 약간의 검상뿐이었다. 위기를 느낀 은세충은 이를 악물었다. 목숨도 목숨이지만 지금까지 쌓아 올린 명성이 아차 하는 순간에 무너져 내릴 것 같았다.

　마지막 남은 두 자루의 비도를 하늘 높이 쳐든 은세충은 자신의 별호이자 최후의 무공인 비도탈명을 펼쳤다. 대각선으로 교차하여 날아간 두 자루의 비도는 눈에 보이지 않을 정도의 빠름과 변화를 일으키며 곽검명에게 날아갔다. 한 자루는 아래에서 위로, 나머지 한 자루는 생명이라도 있는 듯 어느새 곽검명의 뒤로 돌아가 그의 빈틈을 노렸다. 한 자루야 어찌하든 피하겠지만 두 자루를 다 피한다는 것은 절대로 불가능했다.

　생각하기도 전에 몸이 이미 움직였다. 발 아래로 날아오던 비도를 들고 있던 검으로 날려 보낸 뒤 그 힘을 실어 그대로 은세충에게 달려갔다. 일순 곽검명의 반응에 놀란 은세충은 미처 방어를 하기도 전에 곽검명의 검에 그대로 목이 달아나고 말았다.

　"크윽!"

　뜨거웠다. 누군가 자신의 등 뒤를 불로 지지는 것과 같은 고통이 이어졌다. 곽검명은 그 고통이 어디서 오는지 쉽게 알 수 있었다. 자신이 포기한 한 자루의 비도! 은세충이 쓰러졌음에도 그 힘을 잃지 않고 자신의 오른쪽 등을 관통해 폐에까지 그 날을 집어넣은 듯했다.

"제기랄, 이럴 줄 알았으면 그냥 피하고 마는 건데……."

간신히 몸을 추스른 곽검명은 더 이상 싸울 엄두를 내지 못하고 뒤로 물러섰다. 어느새 단견과 향조문이 다가와 그런 곽검명을 보호하고 있었다.

이렇듯 선발대의 고수들과 세가의 나머지 고수들이 혼신의 힘을 다해 적들을 막고 있었지만 적의 수가 너무 많았다. 문제는 초반과 같이 단순히 수만 많은 것이 아니라 개개인의 실력이 훨씬 뛰어나다는 데 있었다. 시간이 지나면 지날수록 점점 세가의 무인의 수는 줄어가고 반대로 적의 수는 늘어나고 있었다. 게다가 소문의 화살 위협에서 벗어난 혈궁단이 여전히 맹위를 떨치고 있었다. 세가의 절대 위기였다.

"젠장, 짜증나네."

여전히 활을 날리며 적을 쓰러뜨리는 소문의 입에서 영 불만 어린 목소리가 튀어나왔다. 자신이 한 명을 쓰러뜨릴 때 저들은 한꺼번에 몇 명에게 화살을 날려댔다. 당장 그들을 요절내고 싶었지만 쏘는 족족 헌원강과 목사혁이 나서서 화살을 다른 곳으로 날려 버리니 도저히 그들을 잡을 수가 없었다.

사실 헌원강과 목사혁이 소문의 화살을 막고자 나섰지만 화살에 담긴 기운이 보통 강맹한 것이 아니었다. 그들도 겨우겨우 방향만 바꾸는 수준이었다. 그래서 무영시를 날려보기도 했지만 용케 그 기운을 알아차리고 방어를 해내고 있었다. 목사혁과 처음엔 소문을 경시했던 헌원강이 바짝 긴장해서 온 정신을 소문에게 쏟고 있기에 가능한 일이었다.

결국 소문은 활을 돌려 자신도 혈궁단과 마찬가지로 세가 측 무인을 지원했는데 아무리 화살을 빨리 날린다고 하여도 생각만큼 효과가 나지 않았다. 그리고 자신이 잠시라도 시선을 돌리면 어김없이 자신에게도 화살이 날아오고 있었는데 그 힘이 은근히 위력적이었다. 자신만을 노릴 땐 한두 사람이 힘을 합쳐 쏘는 모양이었다. 상황이 이렇다 보니 슬슬 약도 오르고 짜증도 났다. 더구나 전황은 점점 불리하게 돌아가지 않는가? 무슨 수를 내긴 내야 했다. 어떤 수를 쓰던지 혈궁단을 없애야만 했다.

"제길, 아직은 완벽하지 않아서 쓰지 않으려고 했는데 어쩔 수 없지."

소문은 들고 있던 화살을 내려놓았다. 그리곤 혈궁단을 향해 연속적으로 세 번의 시위를 튕겼다. 하지만 처음과 두 번째에 당긴 시위와 마지막에 당긴 시위엔 뭔가 차이가 있는 듯했다.

헌원강과 목사혁은 이미 만반의 준비를 하고 있었다. 소문의 일거수일투족을 바라보고 있던 그들은 소문이 화살도 없이 시위를 당기자 또 한 번 기의 화살이 날아오나 싶어 신경을 잔뜩 곤두세우고 있는데 역시 희미하게 느껴지는 기가 있었다. 각자 하나씩 맡아 처리를 했는데 세 번째 기는 머리 위로 한참을 넘어가 버리기에 무시를 해버렸다. 하지만 그것이 헌원강과 목사혁의 결정적 실수이자 대반격의 전주곡(前奏曲)이었다.

"크윽!"

"윽!"

"아악!"

갑자기 뒤에서 들려오는 비명성! 목사혁과 헌원강은 황급히 고개를 돌려 혈궁단을 살펴보았다.

"이, 이럴 수가!!"

"헉! 이런 말도 안 되는 일이……!"

그들이 고개를 돌려 바라본 자리엔 지금까지 자신들의 보호 아래 안전하게 화살을 날려대던 혈궁단이 모두 다 차가운 시체가 되어가는 모습이었다. 하나같이 옆구리를 무엇인가에 관통당한 듯 커다란 구멍이 뚫려 있었다. 심지어 혈궁단의 단주를 맡고 있던 미지현마저도 믿어지지 않는다는 듯이 눈을 부릅뜨고 죽어 있었다.

"서, 설마 아까 그 기운이……?"

"아마도 그런 것 같습니다… 그 누구도 믿지 못하겠지만……."

두 명의 노고수들은 도무지 이해가 안 간다는 표정으로 궁사혼에게 다가갔다. 궁사혼 역시 우연히 그 광경을 보았기에 그들과 같은 심정으로 아무 말도 하지 못하고 있었다.

"휴! 겨우 성공했구나! 아직 미숙해서 몇 명은 살아날 줄 알았는데… 운이 좋은 건가?"

소문은 들고 있던 활을 내려놓고 안도의 한숨을 쉬고 있었다. 솔직히 많이 지치기도 하였다. 보통의 화살을 이리 쏘아대더라도 지칠 것인데 지금까지 계속 화살에 기를 실어 쏘았고 때로는 아예 내공력의 산물인 무영시를 쏘아대기도 했다. 그리고 무엇보다도 그를 지치게 만든 것은 방금 전에 시전했던 이기어시였다.

그가 처음 할아버지한테 활을 배울 때 들었던 이기어시. 그 이기어시를 일반 화살도 아닌 무영시로 시전하다 보니 상상도 못할 집중력과 기운이 들어갔다. 아무리 천하제일 내공력을 지닌 소문이라지만 이렇게까지 내공을 써대는데 지치지 않을 까닭이 없었다. 그러나 잠시도 쉴 틈이 없었다. 아래에서는 여전히 싸움이 진행되고 있었다. 물론 이전보다는 현격하게 줄어든 인원이었지만 이들이야말로 그 격전을 뚫고 살아남은 자들, 싸움은 더욱더 격렬해졌다.

소문이 잠시 숨을 고르고 다시금 활을 들 때였다. 갑자기 흑도의 무인들이 싸움을 멈추고 물러서고 있었다. 무슨 이유인지는 몰랐지만 틀림없이 퇴각이었다. 일순 기세를 올린 세가 측의 무인들이 그들을 추격하려 하였지만 한 사람의 등장으로 그들의 그런 생각은 단순한 생각으로 그칠 뿐 행동으로 이어지지는 못했다.

"오늘은 여기까지만 하신다고 하오. 더 이상 온다면 나 냉악과 혈참마대를 상대해야 할 것이오."

그랬다. 그들을 단 한 마디로 멈추게 한 힘, 바로 혈참마대라는 단어였다.

적들은 아직 최후의 힘을 보여주지 않고 있었다. 냉막한 표정으로 서 있는 냉악의 뒤에는 지금의 패천궁이 있기까지의 절대적인 공로자 혈참마대가 대기하고 있었다.

사람들은 그저 그들이 조용히 사라지는 것을 마냥 바라보는 수밖에 없었다. 그런 그들의 눈에는 은근한 공포가 자리 잡고 있었다. 도무지 이해를 할 수가 없었다. 지금이라도 당장 그들이 마음만 먹는다면 남궁세가를 무너뜨리는 것은 어렵지 않은 일인데 그들은 아무 일 없이 그냥 물러나고 있었다. 세가의 수뇌들은 그런 그들의 모습에서 더욱더 큰 불안을 느낄 수밖에 없었다.

한바탕 폭풍우가 몰고 간 남궁세가의 연무장, 처참한 광경이 펼쳐져 있었다. 흑도니 백도니 할 것 없이 뒤엉켜 죽어 있는 무인들의 시체가 산을 이룰 지경이었다.

"후, 어떻게 막긴 막았는데… 앞으로가 큰일이네. 저들이 혈참마대까지 데리고 왔을 줄이야……."

온몸에 피칠을 한 당천호가 남궁상인에게 다가와 조용히 말을 했다. 당천호는 흑기당이 출현하자 그 사이에 뛰어들어 지금까지 싸우던 중이었다. 반면에 남궁상인은 아직까지 검을 들지 않고 있었는데 그의 상대는 단 한 명, 적의 수장인 천살검존뿐이다. 그를 견제하느라 좀처럼 움직이지 못했던 그였다. 자신을 대신해 싸우고 돌아온 당천호에게 문득 미안한 마음이 들었다.

"자네 꼴이 말이 아니네그려. 그래, 고생 많았네. 그런데 자네 말대로 저들이 무슨 꿍꿍이인지 모르겠네."

남궁상인은 당천호와 말을 나누다 자신에게 다가오는 남궁검을 바라보았다.

"피해는 어느 정도이더냐?"

"심각합니다. 더 이상 버티기가 힘들 듯싶습니다."

남궁검이 안색을 굳히자 당천호가 답답하다는 듯 말을 했다.

"더 이상 버티는 게 무리인 건 우리도 잘 안다. 지금은 그게 중요한 게 아니지. 살아남은 자가 얼마나 되느냐?"

"백여 명… 안쪽입니다……."

"……."

"예상은 했지만 너무 심각하구나! 하지만 어쩔 수 없지. 그 인원이라도 빨리 챙기도록 해라."

"예, 아버님."

남궁세가에서 혈참마대가 싸움에 끼어들지 않은 까닭을 모르듯이 그들에게도 문제는 있는 듯했다.

"이제 말을 해보게! 왜 혈참마대를 투입하려는 나의 의지를 막고 철

수까지 하게 만들었는지를."

 궁사혼의 냉랭한 말에 귀곡자는 머리를 조아리며 궁색한 변명을 했다.

 "그게, 저……."

 "나를 이해시키게. 그렇지 않으면 아무리 자네가 패천궁의 군사라 할지라도 용서하지 않을 것이네!"

 궁사혼의 경고가 있자 귀곡자의 안색이 급변했다. 궁사혼이라면 틀림없이 그리하고도 남을 위인이었다. 비밀도 중요했지만 자신의 목숨만큼은 아니었다.

 "어차피 강북에서 백도세가가 이곳에 오기는 이미 쉽지 않습니다. 하지만 저희가 남궁세가와 계속 대치한다면 그들의 시선은 자연히 이곳을 향하게 되어 있습니다. 저희에게 필요한 건 그들의 시선을 붙잡아두는 것입니다. 이제 저들은 혈참마대의 존재를 알게 되었습니다. 절대적인 힘의 부족을 느낀 저들은 탈출을 시도할 것입니다. 그들이 가려는 곳은 아마도 강북의 백도세가가 될 것입니다. 그리만 된다면 그들을 구하기 위해 백도의 눈과 귀는 어쩔 수 없이 이곳으로 다 집중하게 될 것입니다. 이곳에서는 그 정도의 이익만 얻으면 되는 것입니다. 지금 남궁세가를 무너뜨리면 당장은 좋겠지만 저와 궁주님이 계획하고 있는 일이 엉망이 되어버립니다. 그러니 이번 한 번만 참아주십시오."

 궁사혼은 아무 말도 하지 않고 귀곡자를 쳐다보았다.

 '시선이라…….'

 "그러니까 우리는 궁주와 자네가 꾸미는 일을 성공시키기 위해서 바람잡이 역할을 하는 것이라는 말인가?"

"아닙니다, 그럴 리가요. 남궁세가를 무너뜨리는 것은 그 어떤 작전보다 우선합니다. 하지만 이미 무너지는 것이 기정사실이 되었으니 그 무게추가 다른 곳으로 약간 기운 것뿐입니다."

"내가 알면 안 되는 일이 벌어지고 있는 모양이군. 그래, 내가 알면 절대 안 되는 일인가?"

궁사혼은 자신이 그런 비밀에 제외되었다는 것에 마음이 더 상한 듯했다. 귀곡자는 난처한 얼굴로 대답을 했다.

"아닙니다. 원래는 저와 궁주님만 알기로 한 것이지만 이제는 태상호법님도 아셔야 할 듯싶습니다."

귀곡자는 궁사혼에게 다가와 아주 은밀하게 몇 마디 말을 전했다. 말을 듣는 궁사혼의 얼굴빛이 몇 번을 변했다. 잠시 후 귀곡자가 제자리로 돌아오자 어느 정도는 알아들었다는 듯한 표정의 궁사혼이 말을 했다.

"그렇다면 저들의 퇴로도 확보해 줘야 하는 것인가?"

"아닙니다. 그럴 필요까지는 없습니다. 어느 정도 이곳을 벗어나게 한 후 오히려 확실하게 추살하는 것이 더 좋을 듯싶습니다."

"흠, 그렇다면 퇴로는 열어주고 사냥을 하도록 하지. 최대한 요란하게 말일세."

"이해해 주시니 감사합니다, 태상장로님!"

"이해는 무슨, 어차피 궁을 위하는 것인데."

궁사혼은 썩 내키지는 않았지만 궁을 위한다는 말에 결국 귀곡자의 말을 들어주기로 결심을 했다.

제 16 장

퇴각(退却)

퇴각(退却)

"내가 누구냐?"

"……."

"많은 부족함이 있지만 강호의 동도들이 검성이라는 이름을 붙여줬다. 또한! 지금은 네가 가주지만 한때는 남궁세가의 21대 가주였다."

"잘 알고 있습니다, 아버님. 하지만……."

"그만! 미물도 자신이 죽을 자리를 알거늘 하물며 사람이야… 나는 내가 죽을 자리를 이곳으로 택한 것뿐 더 이상 긴말은 하지 말거라!"

"아버님!"

"장강에서 사람들을 해치고 강도 짓을 일삼던 해적 나부랭이도 자신이 몰았던 배가 침몰하자 그 배에 남아 배와 함께 수장(水葬)되었다고 한다. 비록 해적이지만 기개가 이러할진대 명색이 중원의 오대세가 중 하나를 이끌었던 나다. 내가 세가와 운명을 같이하는 것은 당연한 이

치일 것, 그러니 그리 알아라."
 남궁상인은 말을 마치고 더 이상의 말은 하기 싫다는 듯 입을 다물고 눈을 감아버렸다. 남궁검은 안타까운 마음에 다시 한 번 설득해 보고자 남궁상인을 불러보았지만 말을 마치고 눈을 감은 남궁상인의 굳은 결심을 깨뜨릴 수는 없었다.
 "……."
 답답했다. 자신도 이러고 싶은 마음은 절대로 없었다. 하지만 잠깐의 자존심으로 수백 년 간 이어져 내려온 가문의 문을 닫을 수는 없는 일이었다. 욕을 먹더라도, 일순간의 치욕과 비통함을 감수하고서라도 가문의 명맥(命脈)은 이어야만 했다. 그것이 지금 남궁세가의 가주로 있는 자신의 임무이자 도리였다.
 그런 남궁검의 입장을 잘 아는 남궁상인이기에 그 또한 뭐라 말은 하지 못하고 자신만이라도 이곳에 남아 남궁세가의 마지막 자존심을 지키려는 것이었다. 하지만 남궁상인의 굳은 의지를 본 남궁검은 자신의 결정이 과연 잘된 것인가에 대한 회의를 품게 됐다.
 '과연 이런 결정을 내린 것이 잘한 것인가?'

 결국 남궁세가는 이번 싸움에서 지고 말았다. 겉으로 드러난 싸움에서는 승리를 했지만 결과적으론 패배였다.
 두 번의 승리에 대한 기쁨이 요구한 대가는 너무나 컸다. 남궁세가의 무인 중 살아남은 자가 고작 이십, 약 백여 명의 생존자 중 강북에서 지원 온 선발대 삼십과 사대세가의 인원 사십을 제외하면 거의 전멸한 것이나 다름없는 피해였다. 이쯤 되면 패배가 문제가 아니라 말 그대로 가문의 존폐(存廢)가 달린 문제였다.

싸움이 끝난 후 살아남은 세가와 선발대의 수뇌들은 세심각에 모여 향후 대응을 논하였다.

"후… 너무나 엄청난 인명 피해이외다. 비록 싸움에서 이겼지만 그것이……."

"이긴 게 아니라는 것이지요. 저들은 잠시 물러난 것뿐, 아직 싸움은 끝이 난 것이 아닙니다."

"후……."

황보천악은 제갈공의 말에 그저 한숨만 내쉴 뿐이었다. 방 안의 공기는 지난 싸움의 결과를 말해 주듯이 너무나 침울했다. 사실 아무도 말은 하지 않고 있었지만 자신들이 앞으로 해야 할 행동이 무엇인지 알고 있었다. 다만 그것이 남궁세가의 입장에선 실로 엄청난 치욕이라 누구도 먼저 입을 떼지 못하고 있는 것이었다.

'구파일방에서 시간만 끌지 않고 좀 더 신속하게 일을 처리했다면 이런 일은 없었을 것을… 답답하구나!'

곽무웅은 구파일방의 수뇌 회의에서 좀 더 강경하게 자신의 의견을 피력하지 않은 것을 못내 후회하고 있었다.

방 안의 사람들 중 그 누구도 입을 열지 못하고 한숨만 쉬고 있을 때 중앙의 탁자에서 조금 떨어진 곳에서 홀로 술잔을 기울이던 당천호가 결국 보다 못해 한마디 하고 나섰다.

"대책을 논의하고자 모인 자리에서 아무 말도 하지 않고 있으니 답답하구먼. 일선에서 손을 뗀 내가 나서기에는 뭐하지만 한마디 하겠으니 들어들보게."

당천호가 입을 열고 나서자 그동안 질식할 것만같이 답답했던 방 안에 생기가 돌았다. 회의를 주관하던 남궁검이 얼른 나서 말을 받았다.

"예, 숙부님. 경청하겠습니다. 어서 한말씀 해주시지요."

당천호는 남궁검이 자신의 말을 청하자 들고 있던 술잔의 술을 단숨에 마셔 버리곤 자신의 생각을 말하기 시작했다.

"안타까운 일이지만 결과적으로 이 싸움에서 우리는 저들을 이기지 못하네. 우린 이미 거의 모든 전력을 허비했지만 저들은 여전히 많은 수의 무인들과 혈참마대까지 공격에 나설 준비가 끝난 듯하네."

"끄응!"

"흠……."

당천호의 말을 듣던 수뇌들은 혈참마대라는 말에 저마다 괴로운 신음성을 내뱉었다.

"이제 선택은 두 가지가 남았네. 어렵게 생각할 것도 없이 자네들도 다 생각하고 있는 것일세. 다만 말을 못하는 것이지. 하지만 이리 어물쩡거리다가는 그 시기마저 놓칠까 두려워 말을 하네."

당천호는 잠시 뜸을 들였다. 그리곤 결심이 섰는지 강한 어조로 말을 이었다.

"싸우다 죽을 것인가? 아님, 훗날을 기약하기 위해서 잠시 물러날 것인가?"

"……."

당천호의 말에 그 누구도 말을 하지 못했다.

그랬다. 결국은 싸우다 죽느냐, 도망가느냐 하는 문제만 남아 있었다. 싸움의 핵심인 남궁세가의 의도를 몰라 아무도 말을 하지 않았을 뿐 누구나 알고 있는 사실이었다. 당천호는 아무런 말도 없는 수뇌들을 둘러보다 시선을 남궁검에게 고정시켰다.

"저들이 이에 대해 뭐라 말할 입장은 아니니 이 문제는 자네가 결정할 것이라 보네. 자네가 어떤 결정을 내린다 하더라도 이곳에 모인 사람들은 자네의 의견을 존중할 걸세. 싸운다면 죽음을 각오하고 같이 싸울 것이고, 잠시 물러난다 해도 남궁세가가 며칠 동안 어찌 싸웠다는 것을 알고 있는 무림인들은 그 어떤 비난과 욕도 하지 않을 것이네. 힘들겠지만 자네가 해주어야 해. 결정은 빠르면 빠를수록 좋겠지. 시간이 없다네."

당천호는 말을 마치고 자신이 할 말은 다 했다는 듯이 다시 한 잔의 술을 따라 마셨다.

"어르신의 말씀이 옳습니다."

"그렇소이다. 우리는 남궁 가주의 어떤 말이라도 기꺼이 따르겠으니 아무런 부담 갖지 마시고 결정해 주시구려."

방 안의 있던 사람들은 모든 결정을 남궁검에게 맡긴다는 것에 동의했다. 하지만 당사자인 남궁검은 쉽게 결정을 내리지 못했다.

'어찌해야 하는 것인가? 정녕 이대로 물러나야 하는 것인가? 지금껏 그 어떤 어려움이 있더라도 본가는 지켜왔건만… 어찌한다……'

남궁검은 좀처럼 결정을 내지 못했다. 그대로 물러나자니 남궁세가라는 이름에 치명적인 흠이 될 듯싶었고, 그렇다고 싸우자니 남궁세가의 멸문이 눈에 훤했다. 비록 세가의 여자들과 막내아들인 남궁석은 싸움이 시작되기 전에 미리 대피를 시켰지만 이곳에서 자신들이 죽는다면 남궁세가라는 이름이 중원무림에서 사라지는 것은 시간문제였다. 당연히 후퇴하는 것이 타당할 듯싶었지만 무인들의 특유의 자존심이 끝내 남궁검을 생각의 틀에서 자유롭게 놔두질 않았다.

"형님! 잠시 물러나십시오. 그것이 비록 참을 수 없는 굴욕이 되겠지만 그 굴욕은 어르신과 형님, 진아가 살아 있는 한 언제든지 갚아줄 수 있을 것입니다. 한순간의 자존심으로 수백 년 동안 선조님들이 심혈을 기울여 지켜오신 남궁세가를 중원의 그저 그런 가문으로 전락시킬 수는 없지 않습니까? 후퇴하십시다. 혹여 남궁세가를 비웃는 정신 나간 자가 있다면 제가 용서를 하지 않겠습니다."

곽무웅의 간곡한 말은 남궁검을 비롯하여 좌중의 사람들에게 충분한 공감을 심어주었다. 그 누구도 곽무웅이 목숨이 아까워 그런 말을 하는 것이 아니라는 것은 잘 알고 있었다. 곽무웅의 말에도 한참을 망설이던 남궁검은 마침내 선택을 하고 말았다.

"후! 내 대에서 이런 치욕을 당할 줄이야… 하지만 어쩔 수 없는 일. 자네 말대로 따르도록 하지."

결국 남궁검은 후퇴를 결정하고 말았다. 자신의 가문도 가문이었지만 남궁세가를 위해 이곳에 모인 나머지 세가와 무인들을 생각하지 않을 수 없었다. 특히 장문인이나 세가의 가주가 왔다는 것은 만약 이들에게 무슨 일이 생긴다면 그 문파나 세가에 치명적인 문제가 되리라는 것을 잘 알고 있는 남궁검이었다. 더 이상 가문의 자존심만 생각할 수는 없었다.

"힘든 결정을 하셨습니다. 하지만 후퇴도 그리 쉽지만은 않을 것입니다."

제갈공이 남궁검에게 포권을 하며 그의 결정에 답례를 하며 말을 하였다.

"그렇지. 후퇴 또한 지난번의 싸움보다 더하면 더했지 결코 쉬운 여정은 아닐 것이네. 암튼 그 문제는 자네들이 의견을 내어 연구할 문제이고, 남궁 가주는 나 좀 잠시 보세."

당천호는 자리에서 몸을 일으키며 남궁검을 불렀다. 남궁검은 회의의 주재(主宰)를 제갈공에게 잠시 맡기고 당천호를 따라나섰다.
"무슨 말씀이 더 계시는지요?"
당천호가 발걸음을 멈추자 남궁검이 조심스럽게 질문을 했다. 세심각 앞의 연무장에 서서 걸음을 멈추고 하늘을 바라보던 당천호는 자신의 옆에서 조심스레 서 있는 남궁검에게 담담하게 말을 했다.
"결정은 그리 내려졌지만 그는 가지 않을 것이네. 절대로 세가를 버리고 가지 않을 것이네. 암! 나라도 그리는 못하지. 절대로! 하지만 자네는 어떻게든 그를 설득해야 하네. 그가 가지 않는다면 남궁세가가 자존심을 꺾은 일이 허사가 될 것이야."
"……."
남궁검은 당천호가 말하는 그가 누구인지 잘 알고 있었다.
세간에선 검성으로 더 유명한 자신의 아버지 남궁상인이었다. 당숙의 말대로 죽으면 죽었지 절대로 세가를 버리고 떠날 아버지가 아니었다.
"꼭 설득해야 하네. 내가 가서 말을 하곤 싶지만 그리하면 더 화를 낼 게야."
"예. 어떡하든 아버님을 설득하긴 해야겠지요."
해서 남궁검이 무거운 발걸음으로 남궁상인이 거주하는 죽림으로 왔건만 남궁상인은 남궁검이 이미 올 줄 알고 있었고 어떤 말을 하려 하는지도 알고 있는 듯했다. 남궁검이 말을 꺼내자마자 후퇴라는 말을 딱 잡아 거부를 하고 저리 눈을 감고 있는 것이 아닌가?
"안 됩니다, 할아버지!"
남궁검은 물론이고 눈을 감고 있던 남궁상인도 깜짝 놀라 눈을 뜨고 말소리가 들려오는 곳을 바라보았다. 그곳에는 아직도 내상이 완쾌되지 않은 듯한 남궁진이 힘들게 서 있었다.

"안 됩니다, 할아버지. 여기에 머무르시겠다니요. 그런 일은 절대로 안 됩니다."

남궁상인은 자신을 염려하는 손자를 인자한 얼굴로 바라보았다.

"허허, 네 마음은 잘 알고 있지만 세가를 버리고 도망갈 수는 없구나. 선조님들 중 그 어떤 분도 세가를 등지고 도망을 가신 분은 없다. 상황이 이 지경에까지 이르러 나머지 식솔들이 세가에서 잠시 물러나는 것은 어쩔 수 없는 일이겠지만… 하나 나만이라도 남아서 세가의 자존심은 지켜야 하지 않겠느냐?"

"할아버지의 마음은 저도 잘 알고 있습니다. 하지만 잠시의 치욕만 감당하시면 더 큰 영예가 있을 것입니다. 그러니 뜻을 거두십시오."

남궁진은 말을 하면서도 힘든지 안색을 찌푸리고 있었다. 남궁상인은 그런 남궁진을 안타까운 눈으로 바라보았지만 자신의 뜻을 꺾지는 않았다.

"그렇다면 저도 이곳에 남겠습니다."

"아니, 그게 무슨 말이냐, 진아!"

"허, 네가 남을 필요는 없다. 너는 앞으로 남궁세가를 이끌어야 할 몸, 그런 소리 말고 어서 몸이나 건강해지거라!"

남궁진의 말에 남궁검과 남궁상인은 깜짝 놀라 만류를 했다. 하지만 남궁진도 자신의 고집을 꺾지 않았다.

"아버지껜 죄송하지만 지금의 남궁세가의 상징은 검성이라 일컬어지는 할아버지입니다. 그런 할아버지가 쓰러지시면 남궁세가는 그것으로 끝입니다. 왜 그렇게 본가에 대한 집착이 강하십니까? 남궁세가가 처음 자리를 잡은 곳이 이곳이기는 해도 그게 목숨을 걸 이유는 되지 않습니다. 남궁세가란 이따위 집을 말하는 것이 아니라 세가의 사람들을 말하는 것입니다. 할아버지가 가시는 곳이 남궁세가요, 아버지가 가는 곳이 곧 세가인 것입니다. 할아버지가 그토록 집착을 가지고 계신 이곳은 그저 하나의 집일 뿐입니다. 비록 지금은 잠시 물러나지만 언젠가 되찾으면 그만입니다. 무너지면 다시 세우면 그만입니다. 하지만 할아버지가 돌아가시면 그날로 세가는 끝장이 납니다. 할아버지를 두고 아버지가 이곳을 떠나리라 생각하십니까? 그런 아버지를 두고 제가 떠나리라 생각하십니까? 아니, 그 누구도 이곳을 떠나지 않습니다. 남궁가의 무인이라면 말이죠. 겨우 이런 집 하나를 지키고자 그 목숨이 없어져서야 되겠습니까?"

남궁진은 눈물을 흘리며 외쳐 댔다. 그런 그를 보는 남궁상인은 아무 말도 하지 않았다. 남궁진은 흐르는 눈물을 닦을 생각도 하지 않고 말을 이었다.

"또한 할아버지는 저에게 남궁세가의 무공을 전해줄 의무를 지니고 계십니다. 그건 아무리 할아버지라 하셔도 거스를 수 없는 사명입니다. 창궁무애검법도 그렇지만 앞으로 세가를 책임질 제가 익힐 무공은 제왕검법입니다. 할아버지도 증조, 고조 할아버님께 세가의 무공을 배우셨듯이 제게 그 무공을 가르쳐 주셔야 합니다. 그런 연후라면 이곳에 남으시더라도 말리지 않겠습니다."

남궁진은 말리지 않겠다는 말을 끝으로 자리에 주저앉았다. 아무래도 힘이 부친 모양이었다. 남궁검은 아무런 말도 하지 않았다. 평소라면 남궁진이 남궁상인 앞에서 저런 행동을 한다면 불경스럽다는 이유로 단단히 혼을 냈겠지만 지금은 어떤 방법을 쓰던지 남궁상인을 설득해야만 했기 때문이다.

바닥에 앉아 거친 숨을 몰아쉬는 남궁진을 한참 동안 쳐다보던 남궁상인의 눈가에 갈등의 빛이 보였다. 그리고 천천히 입을 열었다.
"앞으로는 이런 치욕은 없어야 할 것이다. 약속하겠느냐?"
"예!"
"물론 지금 당한 치욕은 배로 갚아주어야 한다. 약속하겠느냐?"
"물론입니다!"
"다른 누구의 도움도 받지 않고 네 스스로 해야 한다. 약속하겠느냐?"
"예. 할아버지, 저를 믿으십시오!"
남궁진과 말을 하던 남궁상인은 다시 남궁검에게 말을 했다.
"계획이 서면 나에게 말을 해다오. 그만들 물러가고."
"아, 아버님!"
남궁검은 마침내 떨어진 허락에 자신도 모르게 무릎을 꿇었다. 그리곤 머리를 조아려 자신의 잘못에 용서를 구했다.
"소자가 불민하여… 다시는! 다시는 이런 일이 없을 것입니다."
"그게 왜 자네의 잘못인가? 저들이 너무 강한 것이네. 남궁세가가 아니라면 이만큼 버텨내지도 못했을 것을……."
밖에 있던 당천호가 담담히 웃으며 방 안으로 들어왔다. 그런 그의 손에는 술 한 병이 들려 있었다.
"자네일 줄 알았네, 이놈을 이리 보낸 게."
남궁상인은 안도의 한숨을 쉬고 있는 남궁진을 보며 웃고 말았다.
"하하, 이놈 아니면 자네의 고집을 누가 꺾을 수 있겠나? 자네가 죽으면 그나마 일 년에 한 번 제사상 차려줄 놈이 아니던가? 감히 괄시했다가 죽어 밥 한 끼 못 얻어먹는 신세가 되지 않으려면 자네가 허락해야지 별수있나. 자자, 이제 모든 일은 자네 아들과 지금 한창 머리를 맞대고 고민을 할 친구들에게 맡기고 자넨 나랑 술이나 한잔하세."
"허, 이 친구!"
당천호는 넉살 좋게 웃으며 말을 했다. 그런 당천호를 보며 남궁상인은 기도 안 차다는 듯이 혀를 차고 말았다.

수뇌들이 정신없이 대책에 분주한 것과는 달리 살아남은 무인들은 저마다 모여 휴식을 취하고 있었다. 상처가 심각해 따로 휴식을 취하고 있는 이들 몇 명을 제외하면 살아남은 자들의 상태는 비교적 양호했다. 그건 그만큼 이들의 무공이 뛰어났다는 것을 반증하는 것이기도 했다. 죽은 이들이 너무도 많았기에 자신이 살았다는 안도의 한숨을 쉬면서도 내색을 하지 못하는 그들을 보며 소문은 엉뚱한 생각을 하고 있었다.
'흠, 역시 내 생각이 맞았군. 자고로 전쟁이든 싸움이든 잘나고 봐야 해. 전쟁에서 장군이 죽었다는 말은 수컷이 새끼를 낳았다는 것만큼이나 듣기 어렵듯 무림인들의 싸움에서도 살아남는 인간들은 대체로 잘난 인간들이군.'
소문이 그런 생각을 하게 된 이유는 너무 간단했다. 지금 살아서 서로 얘기를 하는 사람들을 자세히 살펴보면 각 파의 주요 제자들이나 세가의 직계 가족들이었다. 그만큼 일반 무인들보다 지위가 높았는데, 사실 이것은 어쩌면 너무나 당연한 일이었다. 문파의 주요 제자나 세가의 직계 가족은 앞으로 문파와 세가를 번성시키고 이어 나갈 사람들이었다. 당연히 어려서부터 공을 들이고 좋은 약과 무공을 체계적으로 익혀온 자들이 아니던가? 일반 하급 무인보다 그 실력이나 생존 능력이 뛰어날 수밖에 없었다. 그러나 그런 건 소문에게 중요한 게 아니었다. 소문이 그들을 보며 한창 쓸데없는 생각을 하고 있을 때 그에게 다가오는 사람이 있었다.

"뭘 그리 생각하나?"

소문이 자신의 등 뒤에서 들려오는 소리에 고개를 돌리자 그곳엔 상체를 온통 흰 천으로 도배를 한 곽검명이 서 있었다.

"생각은요… 근데 몸은 좀 어때요?"

"몸? 괜찮아. 이 정도야 흑기당주를 잡은 것에 비하면 아무것도 아니지."

곽검명은 은근히 자부심이 묻어나는 말로 대답을 했다.

"그것도 자랑인가? 쯧쯧, 오죽 칠칠치 못했으면 등 뒤에 칼을 맞나?"

어느새 나타난 형조문이 사뭇 당당하게 서 있던 곽검명에게 무안을 줬다.

"무슨 말씀을 그리하시는 겁니까? 나니까 이 정도지, 형님이 그와 붙었으면 이 정도로 끝나질 않았을걸요?"

곽검명이 말도 안 된다는 듯이 되받았다.

"말은……."

"그만들 하세요. 뭐, 그 딴 걸 가지고 그러십니까? 근데 우리의 주정뱅이는 어디에 갔는지 영 안 보이네요."

소문이 단견을 찾으며 고개를 두리번거렸다.

"아까 구육개 어르신에게 가던데… 아마 이번에 데려온 개방의 인원이 전부 다 목숨을 잃어 그분이 몹시 상심해하고 계셔서 위로차 가지 않았을까?"

이번에 개방에서 구육개와 단견이 이끌고 온 방도의 수는 모두 열둘이었다. 그중 절반이 지난번 절벽에서 매복에 걸려 죽고 이번에 나머지 인원마저 모조리 죽고 말았다. 단지 구육개와 단견만이 살아 개방의 참여를 상징적으로 나타내고 있었다.

"흠, 그렇군요. 개방의 친구들이 재밌는 친구가 많았는데……."

소문이 안됐다는 표정을 짓자 고통에 얼굴을 찡그리고 있던 곽검명이 소문의 옆에 주저앉으며 말을 했다.

"에구구, 거 무지 아프네. 개방만 그런 게 아니야. 대부분의 문파에서 다 그런 피해를 입었지. 특히 강남의 백도세는 아예 전멸 상태 아닌가? 대여섯 명 살아남은 것 같은데 아마 그들도 모두 목숨이 위험한 상처를 입었다지?"

"검명 아우의 말이 옳아. 돌이켜 보면 이렇게 무사한 우리가 이상한 것이지. 물론 괴물 같은 자네는 빼고 말일세."

"헐, 괴물이라니요?"

소문이 말도 안 된다는 듯이 말을 하자 형조문은 기다렸다는 듯이 한소리를 더했다.

"그럼? 괴물이 아니면 뭐란 말인가? 인간 같지 않은 활 솜씨며 경공 실력을 가지고 있으면서도 전음 같은 간단한 무공도 모르질 않나, 행동 하나하나가 도저히 정상적인 사람이 아니야. 게다가 자네같이 이상한 사람에게 반하는 여자가 있기도 한 걸 보면 자네 정말 특이해."

형조문은 도무지 이해가 안 간다는 듯이 고개를 절레절레 흔들었다.

"여자라뇨?"

곽검명이 재빨리 물어보았다. 그런 곽검명을 보며 형조문이 의미심장한 미소를 띠었다. 소문은 또 무슨 말이 나올까 하여 적이 두려워하고 있었는데…….

"소문에게는 벌써 정혼자가 있지 않나?"

"그렇지요. 당가에 있잖아요."

"그럼에도 남궁세가의 꽃 남궁혜 소저가 마음을 빼앗긴 것도 이상하고……."

"설마요. 그때 낌새가 이상하긴 했지만 그 정도는 아니던데요?"

"어허! 내가 그때 장난으로 그러는 줄 알았나? 내 여자만 생각하며 이날 이때까지 살아온 몸이네. 그 정도 눈치를 못 챈다면야 인생을 헛산 것이지. 그리고 좀 전에 이곳으로 오는데 남궁혜 소저가 저 인간의 안부를 슬며시 묻더군. 그 촉촉한 눈빛에 하나 가득 염려를 싣고서."

"허, 그랬단 말이오? 아까 흑기당과 싸울 때 언뜻 보니 그 무공 실력이 장난이 아니더만 그 와중에서도 소문이를?"

곽검명은 무시무시한 기세를 뿜어내던 흑기당의 무인들의 사이를 헤집고 다니며 그들을 쓸어가던 남궁세가의 여식들의 무위가 생각났다. 남궁세가의 가솔들이 미리 대피했는데 왜 그녀들이 남았는지 의아해하던 사람들이 그 까닭을 알게 되는 순간이기도 했다. 특히나 그중 남궁혜의 무위는 단연 군계일학(群鷄一鶴)이었다. 그런 그녀가 다른 사람도 아니고 소문의 안부를 묻는다? 과연 이상하긴 이상했다.

"그것뿐만 아닐세."

"엥? 또 있단 말이요?"

형조문은 고개를 돌려 힐끔 소문을 바라보았다. 소문은 전혀 쓸데없는 소리라는 듯 조금의 흥미도 보이지 않고 있었다.

"내가 생각하기엔 말이지…… 자네 동생인 곽영 소저 또한 은근히 소문이를 생각하는 듯하지 않나… 해서 말이… 지……."

형조문의 말이 끝나자마자 깜짝 놀란 곽검명이 물었다.

"아니, 뭐요? 그게 참말이오? 하하, 설마요."

곽검명은 기도 안 찬다는 듯 그저 웃고 말았다. 하지만 지금껏 무시를 하고 있던 소문의 반응은 곽검명과 차원이 달랐다.

"뭐요? 그런 말도 안 되는 유언비어(流言蜚語)가 도대체 어디 있단 말이오! 세상에 어디 여자가 없어서 그런 여자가 나를 좋아한단 말이오. 그런 씨알도 안 먹힐 소린 하지도 마쇼. 지미, 꿈에 볼까 무서운 여자가 나를 뭐, 은근히? 악담(惡談)도 그만하면 저주(咀呪)요, 저주! 다시 한 번만 그런 소릴 하면 내 가만 있지 않을 것이오!"

소문은 눈에 불을 켜고 말을 하면서도 화가 가라앉지 않는지 여전히 씩씩거렸다.

"이보게 소문이, 아무리 그래도 곽영은 내 동생인데……."

곽검명이 짐짓 심기가 불편한 듯 얼굴을 찌푸리자 그에 더 열을 받은 소문이었다.

"그래서요? 아무리 그렇다고 해도 인정할 건 인정해야죠. 그동안 내가 그 여자, 아니, 형님 동생에게 받은 압박과 설움은 이루 말로 표현할 길이 없어요. 아시잖아요? 사사건건 나를 잡아먹지 못해서 안달인 모습을… 그런데 제가 이리 흥분을 하지 않을 수 있냔 말입니다!"

"아니, 나, 난 그저……."

곽검명도 소문의 서슬에 기가 죽어 아무런 말을 하지 못하고 말았다.

'영아가 구박을 하기는 했지만 항상 박살나는 쪽은 영아였는데…….'

입 안에서 이 말이 맴돌기는 했지만 후환이 두려워서 감히 입 밖으로 낼 수는 없었다.

"암튼 다시 한 번 그런 말을 하면 내 가만있지 않을 것이니 그리 아쇼!"

"하하, 알았네. 허참, 뭘 그리 예민하게 그러나?"

"……!"

"하하, 알았으니 그리 노려보지 말게나. 내 알았다 하지 않나."

형조문은 어색한 웃음을 지으며 손사래를 쳤다. 하지만 소문은 여전히 씩씩거리며 분을 삭이지 못하고 있었다. 곽영이 좋아한다는 말이 그토록 충격이었단 말인가?

"허허, 왜들 그리 목소리가 큰가? 그리 큰 싸움을 하고도 힘이 남아도는 모양이군 그래."

소문 일행이 앉아 있는 곳으로 걸걸한 목소리와 함께 다가오는 사람이 있었다.

'저 영감탱이가 왜 또?'

소문은 다가오는 구양풍을 보며 얼굴부터 찌푸렸다.

"하하, 아닙니다. 그냥 여자 얘기 좀 하고 있었습니다."

형조문이 반갑게 구양풍을 맞았다.

"호, 여자라… 하긴 소문이도 조만간 신부를 맞이하러 갈 것이니 여자에 대해 자세하게 알아야 하겠지. 암, 어설프게 알았다간 첫날밤부터 평생 여자에게 쥐여사는 불쌍한 신세가 되지. 그런 일이 없도록 자네가 잘 좀 이끌어주게."

"하하, 소문이 할아버님이 뭔가를 아시는군요. 염려 마십시오. 제가 잘 가르치겠습니다."

소문은 그런 구양풍과 형조문을 가소롭게 바라보다가 구양풍에게 입을 열었다.

"무사… 하셨습니까…….”
"당연히 무사하지.”
누가 들으면 조손 간에 서로를 염려해서 하는 말처럼 들리겠지만 말을 하는 소문이나 듣는 구양풍은 전혀 그렇지 않았다.
'아직도 살아 있다니, 끈질긴 영감탱이.'
'홍, 내가 어찌 되기를 바라는 모양이다만 어림없지. 암!'
"아까 싸움할 땐 안 보이셔서 걱정을 했습니다.”
곽검명이 무사해서 다행이라는 듯이 말을 하자 구양풍은 그런 곽검명의 마음 씀씀이에 고마워했다.
"고맙네. 내가 몸이 이러해서 무공이 약하다네. 그래서 부끄럽지만 뒤에서 지켜보기만 했네.”
"아닙니다. 이렇게 무사하셔서 참 다행입니다.”
형조문도 옆에서 거들고 나섰다. 그런 이들을 보는 소문의 심기는 점점 불편해졌다.
"그래, 여기까지 무슨 일이십니까?”
"무슨 일이긴. 네가 걱정이 돼서 온 것이지. 다른 분들도 염려가 되고. 그리고 네게 해줄 말이 있어서 왔다.”
"해줄 말이라니요?”
소문은 구양풍의 말에 의아하다는 듯 반문을 했다.
"내가 지난 며칠 네가 싸우는 것을 보았는데 활이나 경공 등은 훌륭하지만 다른 기초적인 무공에 대한 지식이 너무 부족한 듯 느껴지더구나. 내가 비록 많이 알지는 못하지만 너보다는 많이 알고 있으니 네게 부족한 것이 무엇인지 살펴보고 그것을 보충해 줘야지 싶은데…….”
소문이 뭐라 말하기도 전에 곽검명이 나섰다.

"아이고, 잘하셨습니다. 저 친구가 활만 잘 쏘지 영… 아니, 세상에 개나 소나 다 아는 전음도 아직 모른다니 말이 되는 소립니까?"

"아, 그런 거 없어도 잘 먹고 잘 살아요. 그리고 싸워도 지지 않고. 또 그 딴 거 안 배운다고 어찌 되는 것도 아니고……."

"허, 모르는 소리. 북경에서 가장 유명한 요리사가 제일 잘 만드는 게 무엇인 줄 아는가? 바로 소면(素麵)일세. 그 친구는 소면이라는 가장 기초적인 음식 솜씨를 바탕으로 천하에 으뜸 가는 요리의 명인(名人)이 되었네. 자네가 무시하는 기초가 언젠가 자네가 지금보다 한 단계 더 발전하는 데 알게 모르게 도움을 줄 것이네. 또한 무림에서 생활하는 데 여러모로 편하기도 하겠고."

"……."

소문은 말이 없었다. 사실 자신도 어느 정도 기초적인 무공이 필요함을 느끼고 있었다. 싸우면서 언제나 활을 쏠 수만은 없었고, 그렇다고 지나가는 토끼 한 마리 잡자고 집안의 가보인 보검 따위를 들고 설칠 수도 없는 일이듯 자신이 익힌 절대삼검을 마구잡이로 쓸 수는 없었다.

소문이 이런 생각을 하게 된 것은 꽤 오래전부터였다. 지난번 소림에서 무무와 비무를 하던 중에 자신이 내공과 보법의 우위에 있으면서도 오히려 그의 권장지술에 밀린 적이 있었다. 자신이 비록 강호에선 삼류로 불린다 하더라도 가장 간단한 권장지술만 익혔어도 그리 쉽게 물러서진 않았을 것이라는 생각을 하곤 했다. 요즘 계속되는 싸움에서도 그런 생각이 머리 속을 쉽게 떠나지 않았다. 그런데 자신의 이런 생각을 알기라도 하듯이 구양풍이 알아서 자신에게 가르침을 주겠다는 것이다. 허구한 날 자신을 괴롭히기만 하던 영감탱이가 평소와는 다르게 괜찮은 면도 있다는 것을 알게 됐다.
 "흠, 네가 말이 없으니 허락한 걸로 알고 가장 기초적인 것을 우선 설명하도록 하마. 전음성을 모른다고 했던가? 그럼 우선 전음성에 대해 간단하게 말을 해주마. 전음성이란 소리를 내지 않고 내 생각을 상대방에게 알리는 것을 말한다. 여기에도 단계가 있다. 우선 의어전성(蟻語傳聲)이 있다. 이는 개미나 다른 동물들이 내는 소리처럼 독특한 음파를 날려 다른 사람에게 전하는 것이지만 전음입밀(傳音入密)처럼 특정한 사람에게 그 소리를 전할 수는 없다. 또한 이 두 전음 방법은 소리는 밖으로 나지 않으나 입술을 움직인다는 약점이 있다. 비록 소리를 내지는 않지만 입을 움직여 알리는 것은 하수들이나 하는 것이다. 웬만한 고수들은 입을 열지 않고 전음성을 전한다. 가장 많이 쓰이는 것이 천리전음(千里傳音)이다. 소리도 없고 표시도 나지 않는다. 더 높은 경지의 전음도 있지만 그 정도까지는 필요도 없으니 천리전음만 배우면 될 것이다. 간단한 구결과 요령만 알면 기본적으로 상당한 내공이 갖추어져 있는 너로서는 쉽게 배울 수 있을 것이다."
 "검법은 없습니까?"
 구양풍의 말을 주의 깊게 듣던 소문은 문득 생각이 나는 게 있어서 반문을 했다. 사실 자신에게는 전음 같은 것보다는 간단한 권장지술과 검법 등이 필요했다.
 '흠, 역시 검법도 있었구나!'
 내심 소문이 숨기고 있는 무공이 있을 것이라 예상은 했지만 그것이 검법일 줄은 생각을 못한 구양풍은 소문에게 전음성을 날렸다.
 [그냥 고개만 끄덕이거라. 검법도 익히고 있구나?]
 소문이 고개를 끄덕이자 구양풍은 또 한 번 물었다.

[어느 정도더냐? 검에서 검기를 발출할 수 있을 정도이더냐?]

소문은 자세하게 몰랐지만 충분히 가능할 수 있을 듯하여 고개를 끄덕였다.

[그런데도 검에 대한 기초가 없다는 것이냐?]

구양풍은 깜짝 놀라 되물었다. 검기를 발할 정도면 상당한 수준의 검공을 이루었다고 할 수 있었다. 무공, 특히 검으로 펼치는 무공은 그 기초가 튼튼하지 않으면 절대로 상승의 경지에 이를 수 없었다. 한데 어찌 된 것인지 소문은 이런 상식을 완전하게 무시하고 있었다.

'허! 이런 황당한 일이 있을 수가 있다니… 이건 마치 유명한 기녀가 술도 한잔 못한다는 것과 마찬가지 아닌가?'

구양풍은 너무 어이가 없어 일순 말을 하지 못했다. 하지만 그런 소문의 솜씨가 자신을 패배시켰던 달마삼검을 능가하는 검공이라는 것을 알면 아마도 거품을 물고 쓰러졌으리라!

"흠, 그 정도의 내공으로 펼치면 기본적인 검법으로도 상당한 위력을 지니게 될 것이니 내 가장 간단한 초식 세 개를 가르쳐 주마."

그때 형조문이 구양풍의 말을 자르고 나섰다.

"죄송합니다. 그런데 자꾸 궁금해서……."

"괜찮네. 그래, 무엇이 그리 궁금한가?"

"예, 계속 말씀을 하시는 중에 소문의 내공이 높다고 하시는데 도대체 어느 정도로 높기에 기초적인 초식을 익혀도 된다는 말씀이십니까?"

그 점은 곽검명도 내심 의아해하던 부분이라 관심을 가지고 귀를 기울였다.

"이런! 자네들은 여태 같이 생활하고도 눈치를 못 챘단 말인가?"

"예? 그게……."

"허허, 답답하네그려. 어디 보통의 내공만으로 활 하나만을 가지고 혈궁단을 상대할 수 있으리라 보나? 그만큼 화살 하나하나에 엄청난 내공을 실었기에 가능한 것을."

너무도 간단한 구양풍의 말에 확연히 깨달아지는 것이 있었다.

"아! 그렇군요. 저희는 그저 단순히 활 솜씨가 좋다고만 생각했지… 그리고 경공이라는 건 그다지 큰 내공 없이도 빠르게 시전할 수 있는 사람이 있길래… 소문이 그런 사람인 줄 알았습니다."

"이것 참! 쩝!"

구양풍의 설명을 듣는 형조문과 곽검명은 입맛을 다시며 자신들의 무지를 탓할 수밖에 없었다.

간단한 대답을 마친 구양풍은 다시 소문에게 시선을 돌렸다.

"아까 말했지만 초식은 세 개다. 우선 좌우로 공격을 할 수도 막을 수도 있는 횡소천군(橫掃千軍)! 다음이 위아래로 공격할 수 있는 태산압정(泰山壓頂)! 끝으로 사방팔방을 공격하고 막을 수 있는 팔방풍우(八方風雨)! 이 세 가지만 알고 있어도 네게 감히 접근할 수 있는 자가 없을 것이다."

구양풍의 말을 듣고 있는 형조문과 곽검명은 다시 한 번 자신들의 귀를 의심해야 했다. 아무리 기초적인 초식이라 했지만 지금 구양풍이 말한 세 초식은 소위 저잣거리의 건달들도 알고 있는 초식들이었다. 그런 간단한 초식을 알려주면서 그것을 익히면 상대가 별로 없다니? 소문도 괴상했지만 그의 친척이라는 이 노인도 새삼 이상하게 보였다.

이들이 어찌 생각하든 말든 구양풍은 옆에 굴러다니는 작대기 하나를 들더니 조금 전에 말한 초식들을 천천히 시전하였다. 그 모습이 어찌나 진중하던지 뭐라 말을 하려 했던 곽검명과 형조문은 입을 다물 수밖에 없었다. 하지만 이들과는 달리 소문의 눈은 무척이나 반짝거리고 있었다.

"쯧쯧, 저게 뭐 하는 짓인지……."
"뭐긴요. 저걸 보고 일명 지랄발광이라 하는 거지요."
형조문과 곽검명은 자신들 앞에서 무공을 수련하는 소문의 행동을 한마디로 규정해 버렸다. 아무리 좋게 생각해 보고 십분 양보를 한다 해도 지랄발광 그 이상도 이하도 아니었다. 조금 전까지 그런 소문을 보며 '얼씨구, 절씨구!' 하며 맞장구를 쳐주었던 구양풍도 그들의 이런 시선이 부담스러웠는지 슬그머니 자리를 떠나 버렸다. 그들은 소문이 어서 빨리 수련 같지도 않은 저 발광을 멈춰줬으면 했다. 소문이 뭔가 이상한 인간이라는 것을 익히 알고 있는 자신들이 이러니 혹여라도 다른 사람이 이런 소문의 모습을 본다면 삼 일 밤낮을 웃느라고 정신을 차리지 못할 것이고, 아울러 소문과 어울리는 자신들 또한 도매금으로 넘어갈 것을 두려워했기 때문이다. 하지만 이들의 이런 간절한 바람은 간단하게 무시되었다.

"하앗! 횡소천군!"
잠시 움직임을 멈췄던 소문이 우렁찬 목소리와 함께 그 신형을 움직이고 있었다.
"얼씨구! 또 하나?"
"흐미, 저 짓을 한 번 더 보면 내가 돌아버릴 것 같은데……."
형조문과 곽검명은 소문에게 향해졌던 고개를 아예 돌려 버리고 두 손으로 귀를 막고 있었다. 그들이 어서 빨리 마무리가 되어지길 간절히 바라는 소문의 무공 수련은 좀처럼 끝날 기미가 보이지 않았다.
"태산압정!"
 태산압정이라… 말 그대로 태산을 억누르는 위엄이 검끝에서 솟아나와 상대방을 압도하는 기운을 일으키는 초식이었다.
 물론 말로만 그런 것이다. 현재 중원에서는 놀랍게도 태산압정이란 초식이 가장 많이 등장하고 사용되고 있었다. 대부분의 무인들은 알고 있었지만 사용하기 창피해서 피하고 뒷골목의 시정잡배들이 몽둥이를 들면 시전하는 것이 태산압정이었다. 물론 이 초식이 지닌 진정한 오의를 깨달은 자가 몇이나 되겠느냐마는 정말 하찮은 인간들까지 이 초식을 알고 써왔다. 하지만 엄밀히 말해 일반적인 무공의 의미에서 이 초식이 많이 쓰인다는 것이 아니었다.
 누군가 생활 속에서 살아 숨 쉬는 초식을 찾는다면 단연코 손꼽힐 것이 태산압정이었다. 지금도 어느 곳의 누구인지 모르는 어떤 자의 손에서 펼쳐지는 태산압정에 이름 모를 개들과 소, 돼지 심지어는 연약한 아내가 신음하고 있을지 모르는 일이었다. 무언가를 마구잡이로 패기 위한 것 중 태산압정만한 것이 없었다.
 한데 지금 소문의 모습을 보면 딱 그 모양이었다. 복날 인간을 위해 거룩한 희생을 하는 개를 추모하며 사정없이 몽둥이질을 하는 폼… 힘도 없고 절도도 없었다. 그저 될 대로 되라는 식의 위에서 아래로의 몽둥이질을 하고 있었다. 그게 뭐 그리 자랑스러운지 한 번 내려칠 때마다 소문은 세가가 떠나가라 기합을 질러대고 있었다.
 얼마나 그랬을까? 잠시 소문의 기합성이 잦아들며 주위가 조용해지자 그동안 고개를 돌리고 외면을 했던 곽검명과 형조문이 슬며시 고개를 돌려 소문을 바라보았다. 그들의 시선엔 한결같은 바람이 담겨져 있었는데 그것은 소문이 더 이상의 발광을 하지 않았으면 하는 것이었다. 안타깝게도 그들의 바람은 또 한 번 바람으로만 끝나고 말았다.

"이요오! 차합!"

소문이 다시 몸을 움직이며 몽둥이를 휘둘러 댔다. 이번엔 위에서 아래로 내리그었던 태삽압정의 동작과는 많은 차이가 있었다. 제법 발도 움직이고 몽둥이도 부지런히 춤을 추었다. 그러나 그런 소문을 바라보는 두 명의 시선은 더 이상 일그러질 수 없을 정도로 구겨졌다.

"허, 결정판이다, 결정판이야! 지랄발광도 이 정도면 예술이군."

"아무도 못할 것입니다. 다른 곳도 아니고 난다 긴다 하는 무인들이 잔뜩 모인 세가에서 저런 짓을 할 수 있는 자는 저 인간을 빼면 단연코 없습니다."

"횡소천군! 태산압정! 팔방풍우!"

곽검명과 형조문이 어떤 심정으로 보고 있는지 알 길 없는 소문은 나름대로 최선을 다해서 연습에 몰두하고 있었다. 사실 소문은 이런 연습을 할 필요도 없을지 모른다. 이미 천고의 검학인 절대삼검을 얻은 소문은 어떤 식으로 검을 펼치든 그 안엔 자연스레 절대삼검의 체취가 남아 있기 마련이다. 소문도 어렴풋이 그런 사실을 느끼고 있었다. 하지만 소문은 지금까지 살아오면서 한 일이 무공을 익히는 것 이외에는 별다른 일을 해본 적이 없었고, 또 무공을 익힐 때가 가장 즐거웠다. 그러니 지금 자신이 익히는 게 이름없는 무공이든, 아니면 아무 짝에도 쓸모없는 무공이라 하여도 소문에게 별로 중요한 문제가 아니었다.

소문이 생각하기에 중요한 것은 자신이 지금 무공을 익히고 그걸 즐거워하고 있다는 것이었다. 그랬기에 남들이 생각하면 지랄발광이라 하는 것을 수련이라는 명목 하에 아무 거리낌 없이 하고 있는 것이었다.

"이야! 자세네, 자세야! 소문 형이 언제 저렇게 완벽한 자세를 취할 수 있었지?"

곽검명과 형조문은 깜짝 놀라 말소리가 들려오는 곳을 쳐다보았다.

'결국 이렇게 되고 말았구나!'

고개를 돌리던 둘은 마침내 소문의 이런 행동을 발견한 사람이 생겼다는 데 절망하고 말았다. 가장 우려했던 일이 벌어진 것이다. 그러나 고개를 돌리던 그들은 일순 안도의 한숨을 내쉬었다.

"아니, 나 몰래 계획이라도 세운 것이오? 무슨 연습을 저리 하는 거요? 이거 서운합니다. 잠시 자리를 비운 사이에 나만 빼놓고……."

단견이었다. 곽검명과 형조문을 잠시 동안 절벽 아래로 밀었던 말소리의 주인공은 구육개를 만나러 갔던 상취개 단견이었다.

"계획이라니? 무슨 소릴 하는 것이냐?"

곽검명이 안도의 한숨을 쉬며 볼멘소리를 하는 단견을 의아한 눈빛으로 쳐다보자 단견은 화난 듯한 말투로 불만을 토로했다.

"지금 소문 형이 연습하는 것을 보니 딱 복날 개 패는 자세구먼 뭘 그리 숨기려 그러는 게요? 내가 딴 요리는 못해도 그 요리 하나만큼은 누구에게도 지지 않을 자신이 있습니다. 그러니 나도 좀 끼워주시구려! 그래, 개는 어디 있소? 누가 따로 구해올 사람이 있는 게요?"

말을 하는 단견은 벌써부터 입에서 침을 흘리고 있었다. 그런 단견을 보며 곽검명과 형조문은 서로 마주 보며 어처구니없는 웃음을 지을 수밖에 없었다.

"역시, 우리의 눈이 틀린 것은 아닌 모양이지요?"

"제발 틀리길 바랐지만 역시 안 되는 모양이네. 저런 일에 도가 튼 단견 아우가 착각할 정도면 누구나 다 그렇게 생각한다는 것이지. 누가 저걸 보고 무공 수련을 한다고 하겠는가?"

그제야 뭔가 자신의 생각과는 다르다는 것을 감지한 단견이 조심스럽게 물어보았다.

"설마, 저게 무공 수련… 이라는……?"

"그 설마가 저 설마라지 아마."

"헐, 내 살다 살다 저런 걸 무공 수련이라 하는 건 처음 봤습니다. 하, 나참! 잘 보세요. 지금 소문 형님이 휘두르는 몽둥이 가운데에 개 한 마리 딱 묶어놓으면 완전히 자세예요. 좌우, 위아래 가리지 않고 어쩜 저리 골고루 잘 두들겨 팰 수 있대요? 저런 솜씨로 잡아야 진짜 제대로 된 고기 맛이 나오게 되는 것인데……."

단견은 도저히 믿을 수 없다는 듯 침을 튀겨가며 설명했다. 그러는 중에 마침내 소문이 수련을 끝내고 그들이 기다리는 곳으로 흘린 땀을 훔치며 걸어왔다.

"어? 단견 아우도 왔는가?"

소문은 단견을 보자 반색을 했다. 하지만 소문이 다가오자 누구보다 환영한 것은 이들이었다.

"아! 정말 완벽한 무공일세. 자네의 노고가 무척이나 컸네그려."

"암요. 너무나 완벽해서 더 이상 연습은 필요하지 않을 정도의 경지에 다다른 듯하지 않습니까?"

형조문과 곽검명은 서로 소문의 무공을 칭찬했다. 그런 그들의 모습에 소문은 빙그레 웃음을 지었다.

"하하, 그다지 어려운 무공이 아닌지라 쉽게 읽힐 수 있었습니다. 두

분 형님이 지켜보셔서 쉬지도 못하고 수련하느라 힘들어 죽겠습니다."
 "근데 그건 왜 익히는 거요? 형님 정도면 활 하나만 들고 있으면 만사가 끝날 것 같은데?"
 단견이 소문의 옆으로 쪼르르 다가오더니 넌지시 물었다. 단견은 어쩌면 조금 진지한 대답을 들을 수 있으리라 기대했는지 모른다. 하지만 소문의 대답은 간단했다.
 "그냥… 재밌잖아."
 "……."
 단견이 뭐라 말을 못하고 소문을 쳐다볼 때 세가의 안쪽에서 급히 달려오는 무인이 있었다. 살아남은 몇 안 되는 남궁세가의 무인이었다.
 "다들 세심각 앞으로 모이시라는 말씀이 계셨습니다. 어서 가시지요."
 "수뇌들이 모였다더니만 무슨 결과가 난 듯하구먼. 가세나."
 또다시 적들이 쳐들어온 줄 알고 긴장했던 이들은 내심 안도를 하며 세심각으로 걸어갔다. 세심각 앞에는 벌써 많은 이들이 모여 있었다. 보아하니 이들이 제일 늦게 연락을 받은 모양이었다.
 덜컥.
 세심각의 방문이 열리고 수뇌부들이 나오기 시작했다. 웅성거리던 무인들은 일순 긴장하여 말을 멈췄다. 백 쌍에 이르는 눈동자가 그들을 향하고 그 눈을 대표로 맞이할 사람이 앞으로 나섰다.
 "지난 며칠 동안 우리는 죽기를 각오하고 싸웠으며 엄청난 수의 열세에도 불구하고 두 번의 싸움을 승리로 이끌 수 있었소이다. 하지만 적들은 계속해서 무인들이 충당되는 반면에 우리는 더 이상의 지원을 기대할 수 없는 상태요. 물론 지금 강북에서 우리를 돕기 위해 많은 수의 무인들이 이곳으로 급히 내려오고는 있지만 그때까지 우리가 버티질 못할 것 같소이다. 해서! …여기에 모이신 명숙들과 상의 끝에 지금 잠시의 굴욕을 감수하더라도 살아남는 쪽으로 길을 택했소이다. 우리는 잠시 후 어둠을 틈타 전격적으로 후퇴를 할 것이오! 이런 치욕은 반드시 갚게 될 것입니다. 자세한 것은 각 파의 어른들께서 말씀해 주실 것이니 설명을 듣도록 하시고 출발은 정확하게 자정이 될 것인즉 마음의 준비를 해주시구려. 남궁 모는 여러분이 우리 세가에 보여준 우정과 희생을 절대 잊지 못할 것이오. 고맙다는 인사는 지금 하지 않겠소. 살아남으시오. 살아남아서 그때 한잔 술을 기울이며 오늘을 얘기해 보십시다. 내 감사의 말은 그때 하리다."

남궁검의 말이 끝나자 여기저기서 웅성거리는 소리가 들렸다. '그럴 줄 알았다' 느니 '도망가기보다는 차라리 싸우다 죽자' 하는 등 이런저런 말들이 많았는데 대체적으로 남궁검의 판단이 어쩔 수 없는 선택임을 잘 알고 있는 듯했다.

*   *   *

"그래, 출발했단 말이지?"

"예, 태상장로님. 지금 막 비혈대의 요원에게 연락이 왔습니다. 그들이 자정을 기해서 일제히 남궁세가를 벗어나 북북서진하고 있다 합니다."

"북북서진이라… 호북으로 넘어가는 데 동정호를 이용하지 않는다?"

궁사혼은 귀곡자의 말에 의아하다는 반응을 보였다.

"동정호를 이용하여 선박으로 이동을 하는 것이 가장 기본적이겠지만 그들은 아마도 저희들의 매복을 걱정하는 듯 보입니다."

"매복?"

"예. 저희는 생각도 하지 않고 있지만 가장 확실한 도주로인 동정호를 이용해 장강을 넘는 것은 누구나 생각할 수 있으니, 저들은 저희가 미리 매복을 하지 않을까 걱정을 한 듯싶습니다."

"허허, 이거 참! 도둑이 제 발 저린다더니… 딱 그 꼴이구먼."

궁사혼은 어이가 없다는 듯 너털웃음을 짓다가 안색을 바꾸어 귀곡자를 쳐다보았다.

"그래, 어찌할 생각인가? 추격대(追擊隊)를 보내긴 해야겠지?"

"물론입니다. 잠시 공격을 멈춘 건 시간을 벌고 백도의 주의를 끈다는 것이지 저들이 무사히 빠져나가는 것을 의미한 것은 아니었습니다."

"그렇다면 어떻게 공격을 할 생각인가?"

궁사혼의 질문에 귀곡자는 자신이 들고 온 지도를 궁사혼의 앞에 펼쳤다. 그 지도에는 남궁세가의 주변과 장강 일대의 지형이 상세하게 묘사되어 있었는데, 이것은 귀곡자가 그동안 심혈을 기울여 제작한 것으로 중원의 모든 지형(地形)과 지물(地物)을 그 지역의 주요 문파와 연계하여 세밀하게 만든 것이었다. 지도를 만들기 위해 투입된 인원이 이백이요, 무려 오 년이라는 시간을 허비하여 만든 실로 엄청난 지도였다. 지금 귀곡자는 그 일부분을 궁사혼 앞에 펼쳐 놓고 있었다.

"저들이 자정에 세가를 나섰다고 하니 지금은 이곳에 이르렀을 것입니다."

귀곡자가 가르킨 곳에 사하촌(瀉下村)이라는 지명(地名)이 적혀 있었다.

"지금 추격을 시작한다면 이곳 비파산(枇杷山)에서 그들을 따라잡을 수 있습니다."

"흠……."

"하지만 이곳에서는 그다지 크게 싸울 필요가 없습니다."

"그게 무슨 소린가? 추격을 했으면 싸워야지?"

궁사혼이 이상하다는 듯이 묻자 귀곡자는 의미심장한 미소를 지었다.

"그들은 어차피 함정에 빠진 짐승들일 뿐입니다. 애써 피해를 감수하며 잡으려고 하지 않아도 잡히게 되어 있습니다."

"다른 생각이 있는 게로군?"

"예, 태상장로님. 저들이 동정호를 퇴로(退路)로 택하지 않은 이상 저희들의 손에서 벗어나기 위해서는 육로로 호북성의 동남쪽으로 흐르는 장강을 건너야 합니다. 하지만 그곳으로 가기 위해서는 반드시 이곳 구룡산(九龍山)을 지나야 합니다. 산이 높진 않지만 이름에서 알 수 있듯이 동서로 길게 늘어진 산이 제법 크고, 굽이굽이 꺾여 있는 것이 매복이나 기습을 하기에는 이보다 더 좋은 장소가 없습니다."

"하지만 그들 또한 그걸 알고 있을 텐데 그곳으로 가려 하겠는가?"

궁사혼이 약간은 실망한 듯한 말투로 질문을 하자 귀곡자는 그런 염려 하지 말라는 듯 자신감을 보였다.

"하하! 염려하지 마십시오. 오히려 그 점 때문에 저들은 필시 이곳으로 가게 될 것입니다."

"그건 또 무슨 소린가?"

"저들이 동정호를 피하고 이쪽으로 방향을 잡은 것은 애초에 이 구룡산을 넘기 위함이었습니다. 그들은 자존심이 상할 대로 상해 있습니다. 무슨 수를 쓰더라도 그 무너진 자존심을 회복하기 위해 발악을 하게 되어 있습니다. 저들은 우리의 추격이 시작되기만을 바라고 있을 것입니다. 정신없이 쫓아가는 저희들을 이곳 구룡산으로 유인하여 기습을 하려 할 것입니다. 저희들의 수가 아무리 많아도 저들이 매복을 하고 기다린다면 당할 수밖에 없습니다. 그것이 가능하게 해주는 것이 바로 구룡산이 지닌 지형의 가장 큰 특징입니다."

"아니, 그렇다면 우리도 쫓아가서는 안 된다는 말이 아닌가?"

"하하! 아닙니다. 쫓아가야 합니다. 절대로 쫓아가야 합니다."

귀곡자의 말이 도무지 무슨 소린지 알 수가 없자 궁사혼은 답답했다.

"허, 좀 알아듣게 말을 해보게. 그래, 구룡산이라는 매복하기 좋은 곳이 있다 하고 저들이 우리를 그쪽으로 유인하려 한다는 것인데 쫓아가야 하다니? 당연히 그전에 저들을 잡아야 할 것이 아닌가?"

"예. 구룡산이 매복하기 좋은 산인 것은 틀림없지만 저들이 매복을 하기 전에 이미 우리가 매복을 하고 그들을 기다린다면 말은 틀려지지요."

"우리가? 흠, 그게 가능하다면야 더 이상 바랄 것이 없겠지만 그게 가능하겠는가? 이미 저들은 그곳으로 달려가고 있는데."

"염려 마십시오. 태상장로님께는 죄송하지만 저들이 세가를 떠났다는 말을 듣자마자 혈참마대가 구룡산으로 출발하도록 조치를 취했습니다. 상황이 급박하여 미처 말씀을 드리지 못했습니다. 용서하십시오."

귀곡자가 머리를 조아리며 말을 하자 궁사혼은 크게 기뻐하며 대소를 하였다.
"허허허! 아닐세. 용서라니? 잘했네. 그랬구먼! 그렇다면 뒤늦게 추격하는 우리는 그저 잠깐씩 시간만 지체하고 저들의 유인에 말려든 척만 하면 된다는 것이 아닌가?"
"예, 태상 어른!"
"하하하! 좋아! 좋아. 그리하세. 그럼 우리도 이제 출발을 해야 하는 것인가?"
궁사혼은 당장이라도 달려나갈 듯이 옆에 있는 검을 집어 들었다. 그런 궁사혼을 보며 만족스런 미소를 짓던 귀곡자는 몇 마디 말을 더 했다.
"그리고……."
"응? 다른 일도 있는가?"
"남궁세가의 인원이 다 떠난 것이 아니라 이번 싸움에서 큰 상처를 입은 환자와 몇몇 식솔들이 그들의 병구완을 위해 세가에 남았다 합니다."
"흠, 나를 믿는다는 것인가? 하긴, 그런 부상자들을 건드린대서야 어찌 패천궁의 위엄이 서겠는가? 그냥 놔두게."
궁사혼은 기분이 좋았다. 검성이 자신의 인품을 믿어주는 것 같았다. 해서 그저 가볍게 처리하려 하였는데 귀곡자는 그게 아닌 모양이었다.
"태상장로님, 그건 안 됩니다. 남궁세가를 그냥 두어서는 절대로 안 됩니다."
"그건 무슨 소린가? 안 되다니?"
밝기만 했던 궁사혼의 안색이 무섭게 일그러졌다. 자신의 말을 정면으로 반박하는 귀곡자를 바라보는 그의 눈초리에서 무형의 기가 무시무시하게 쏟아져 나오고 있었다. 하지만 귀곡자는 안색 하나 변하지 않았다.

"사람들을 해치자는 것이 아닙니다."

"……?"

"그까짓 환자 몇 명을 건드려서야 무에 쓸모가 있겠습니까? 제가 말씀드린 것은 남궁세가 안의 사람들이 아니라 남궁세가 그 자체를 말함입니다. 남궁세가는 중원백도에서 차지하는 위치도 위치지만 장강 이남에서는 실질적인 백도의 우두머리입니다. 그런 그들이 우리에게 패하고 도망갔다는 것을 상징적으로 알리기 위해서라도 남궁세가를 폐허로 만들 필요가 있습니다."

"……."

"……."

계속해서 귀곡자를 노려보던 궁사혼은 결국 귀곡자의 말을 따르기로 결정을 내렸다.

"흠, 자네의 말에도 일리가 있군."

궁사혼은 무시무시한 기를 거두고 고개를 끄덕였다. 분명 일리가 있는 말이었다.

"자네 생각대로 하게. 하지만 사람을 상하게 해서는 아니 되네."

"예, 태상장로님!"

　　　　　　*　　　　*　　　　*

모두가 떠나간 남궁세가, 밤의 적막만이 세가를 감싸고 있어야 할

이 시간에 연무장이 환하게 밝혀지고 사람들의 말소리로 웅성거리고 있었다.

"그러니까 이곳을 폐허로 만들… 겠다… 이건가?"

"그렇다. 우리는 명령을 받았으니 죽고 싶지 않으면 물러서거라."

"허허, 이미 다 떠나가고 환자만 남은 곳을 꼭 그리 만들어야 하는가? 그것이 너희들이 말하는 패천궁의 위엄이더냐?"

말을 하는 남궁수민은 주먹을 꼭 쥐고 부들부들 떨고 있었다.

'아! 결국 아버님이나 형님이 우려하신 일이 벌어지고 마는 것인가? 수백 년을 버텨오던 세가가 결국 잿더미로 무너져야 한단 말인가?'

남궁수민은 당장에라도 자신을 바라보며 비웃음을 띠고 있는 패천궁의 졸개를 쳐 죽이고 싶었다. 하지만 그러지 못하고 참고 있는 자신에게 너무나 화가 났다.

"흥, 패자는 말이 없는 법이거늘 무슨 말이 그리 많은 것이냐? 애들아, 무엇을 하느냐! 하나도 남김없이 불을 질러라!"

지금까지 남궁수민과 말싸움을 벌이던 사내가 안 그래도 튀어나온 입을 삐죽거리며 횃불을 들고 기다리던 수하들에게 명령을 내리자 수하들은 기다렸다는 듯이 남궁세가를 불태우기 위해서 달려나왔다.

"멈춰라! 네놈들 따위가 넘볼 세가가 아니다! 어디서 감히!"

갑자기 튀어나온 음성! 남궁수민이 깜짝 놀라 뒤를 보자 전각에서 어느새 나왔는지 자신의 아내가 번뜩이는 검을 들고 서 있었다.

"부, 부인!"

"자신이 있으면 어디 나서보거라. 불을 지르기 전에 네놈들의 목이 먼저 떨어질 것이다."

이가흔은 그들의 행동을 절대 좌시하지 않겠다는 무시무시한 기세로 그들을 압박했다.
"쥐새끼를 닮은 너! 네놈이 나설 테냐?"
이가흔은 남편과 말싸움을 했던 사내에게 검을 들이대며 소리쳤다.
"네, 네년이 감히… 죽고 싶은 게로구나!"
사내는 말은 그리하면서도 엉덩이는 뒤로 빼고 있는 것이 영 겁을 집어먹은 듯한 눈치였다.
"흥, 그 따위 담을 지니고 이곳을 불태우려 한다는 것이냐? 당장 꺼져라. 그렇지 않다면 내 검의 무정함을 탓해야 할 것이다!"
이가흔이 더욱더 기세를 올리자 욕을 하던 그 사내와 앞으로 나섰던 수하들이 기가 죽어 뒷걸음질치기 시작했다.
"크악!"
갑자기 비명성이 울리며 한 사내가 쓰러졌다. 이가흔이 놀라 쳐다보니 자신이 욕했던 바로 그 사내였다.
"후… 혹시나 하고 따라왔더니만 너 따위가 패천궁의 망신을 시키고 있다니!"
싸늘한 음성! 패천궁을 욕보였다는 이유로 자신의 수하를 벤 사내가 천천히 이가흔의 앞으로 나섰다.
"나는 흑기당의 조장을 맡고 있는 오세번(吳世繁)이오. 부인이 우리를 막든 막지 않든 오늘 남궁세가가 없어지는 것은 기정사실이오. 당신들도 그렇겠지만 이들은 이곳에서 많은 동료들을 잃었소. 그들을 더 이상 자극하지 않는 것이 좋을 것이오."
"그게 어쨌다는 것이냐? 자신이 있으면 덤벼라!"
이가흔은 약간은 긴장된 목소리로 소리쳤다.
"내가 싸우는 것이 두려워 이러는 것 같소? 부인의 무공이 높다는 것은 나도 알고 있소. 어쩌면 나보다 높다는 것을. 하지만 부인 혼자서 우리를 다 이길 수는 없소."

"난 죽음 따위는 두려워하지 않는다. 말 같지도 않은 소리 하지 말고 어서 덤벼라!"

"부인이 죽음을 두려워하지 않는 것을 내 부인하자는 것은 아니지만 환자를 생각하신다면 그만 물러나도록 하시오. 싸움이 일어나면 난 저들을 막을 자신이 없소. 그러면 부인뿐만 아니라 세가의 남아 있는 환자도 모조리 목숨을 잃게 될 것이오. 우리는 명령을 받길 남궁세가를 불태우라고 받았지 환자들을 죽이라는 말은 듣지 못했소. 하지만 부인이 정 그리 나오면 나도 어쩔 수 없소."

"이, 이……!"

이가흔이 뭐라 말을 하려 했지만 그런 그녀의 어깨를 붙잡는 손이 있었다.

"그만 하구려. 내 부인의 마음을 이해하지 못하는 것은 아니지만 어쩔 수 없는 일이오. 우리의 목숨만이 걸린 것이라면 까짓 한목숨 버리면 그만이지만 우리 남궁세가를 위해 싸우러 왔다가 상처를 입은 저들을 생각한다면 그리할 수도 없는 일… 그만 물러나도록 하시오."

"하, 하지만……."

이가흔은 자신을 말리는 남편에게 무슨 말인가 하려고 했지만 자신을 붙잡고 있는 남편의 손에 흐르는 피를 보곤 입을 다물고 말았다.

'얼마나! 얼마나 화가 났으면, 얼마나 분통이 터졌으면 저토록 손에서 피가 나도록 주먹을 쥐셨단 말인가!'

남궁수민이 얼마나 인내를 하고 있는지 알게 된 이가흔이 더 이상 자신의 고집만을 내세울 수는 없었다. 이가흔이 한숨을 쉬고 물러나자 남궁수민은 오세번을 바라보았다.

"당신들 마음대로 하시오. 하나 환자들이 기거하는 곳도 있어야 하는 법. 두어 개의 전각만은 남겨주도록 하시오."

"그러지요. 어차피 그 정도면 우리의 목적도 충분히 달성했다고 생각하니."

오세번은 생각할 것도 없이 남궁수민의 제안을 허락했다. 그도 지금 남궁수민이 얼마나 참고 있는지 잘 알고 있었기 때문이다. 더 이상 이들을 자극한다면 자신도 그 결과를 알지 못할 것 같았다. 아니, 정확히 결과는 알고 있었다. 다만 위에서 내린 명령과 다른 결과가 나오는 것이 두려운 것이었다.

"으아아아!"

남궁수민은 지금 피눈물을 흘리고 있었다. 그런 남편을 보고 있는 이가흔 역시 눈물을 흘리고 있었다. 나이 열여덟에 머나먼 이곳 남궁세가로 시집을 와서 남궁혜를 낳고 지금까지 나름대로 자부심을 가지고 살아온 삶이었다. 그런 자부심이 일순간에 무너지는 순간이었다. 하지만 그런 자신의 자부심보다는 자신이 사랑하는 남편이자 딸의 아버지인 남궁수민이 오열하는 것이 더 슬펐다. 남궁수민은 망연자실 무너지는 세가를 바라보고 있었다.

"우웩!"

남궁수민은 결국 끓어오르는 화를 참지 못하고 피를 토하고 말았다. 그는 깜짝 놀라 자신을 붙잡는 이가흔의 손도 뿌리치고 여전히 불타고 있는 세가를 바라보았다. 마치 자신의 몸이 타고 있는 듯한 고통의 눈으로.

'남궁세가는 오늘을 잊지 않을 것이다. 이 치욕을! 절대로!'

오세번과 그 수하는 결국 두 개의 전각만을 남겨놓은 채 세가의 모든 가옥과 전각에 불을 지르고 떠나 버렸다. 나무로 된 세가의 건물들은 그저 횃불 몇 개를 던지는 것으로 모든 것이 한 줌 재로 변하고 말았다.

오백 년의 풍상(風霜)을 견뎌온 중원의 오대세가! 남궁세가는 그렇게 무너지고 말았다.

의기천추(義氣千秋)

의기천추(義氣千秋)

"저들이 계속해서 따라오고 있다고 합니다. 아마 천천히 피를 말려 죽일 생각인 모양인데……."

"흥, 곧 그것이 얼마나 잘못된 생각인지 가르쳐 주게 될 것입니다. 이제 구룡산까진 얼마 남지 않았습니다. 두려워하거나 동요하는 제자가 없도록 제자들을 독려하며 잘 다독거려 주십시오."

제갈공은 입술을 악물며 확신에 찬 얼굴로 남궁검에게 말을 하였다.

남궁세가에서 급하게 후퇴를 하고 있는 백도의 무인들은 지금 구룡산을 넘기 위해서 빠르게 이동하고 있었다. 아니, 넘기 위해서가 아니라 그들을 추격하는 패천궁의 무리들을 유인하기 위해서라는 것이 맞을 것이다.

세가의 인물들과 그들을 쫓아오는 추격대는 비파산에 도착하기 전에 처음 조우(遭遇)하여 싸움이 있었고, 그 이후 벌써 네 번의 충돌이 있었다. 서로가 딴마음을 품고 있어서인지 싸움은 그리 치열하게 전개되지 않았다. 그저 약간의 형식적인 다툼이 있을 뿐이었다. 죽자 살자 싸우던 세가에서의 싸움과는 상당히 다른 모습이었다.

"후, 그건 걱정하지 마십시오. 동요라니요? 저들은 지금 먼저 간 동료들의 복수를 하기 위해 단단히 준비를 하고 있소이다. 어서 빨리 그때가 오기만을 말이지요."

"구룡산이 그 장소가 될 것입니다."

"하하하! 빨리 구룡산이 보였으면 좋겠군요!"

"이런! 제자들보단 가주께서 더 기다리시는 것 같소이다."

"하하, 그래 보입니까?"

남궁검과 제갈공이 이런 대화를 하고 있을 때 이들과 같은 말을 나누고 있는 사람들이 있었다.

"그래, 준비는 잘되고 있는가?"

"예, 물론입니다. 벌써 도착해서 만반의 준비를 다 갖추었다는 전갈이 냉악 대주로부터 막 당도하였습니다."

"하하, 좋아! 이제 기다리는 일만 남은 것인가?"

"예, 태상 어른. 저들은 지금 우리를 유인하기 위해 열심히 구룡산으로 달려가고 있습니다. 그곳이 지옥으로 향하는 범의 아가리인 줄 모르고 말입니다."

"범의 아가리라… 암튼 저들이 의심을 하지 않게 추격하는 속도를 조금 더 올려볼까?"

"그리하시겠습니까? 알겠습니다. 명을 내리도록 하지요."

귀곡자는 궁사혼의 말을 옆의 수하에게 넌지시 말을 건넸다. 수하는 귀곡자의 말을 전하기 위해 말을 타고 추격대의 선두로 급히 달려갔다. 그러자 천천히 이동하던 그들의 신형이 점차 빨라지고 있었다.

"준비는 끝났나?"
"예, 대주! 수하들의 배치가 모두 끝났습니다. 이제 저들이 오기만을 기다리면 될 것입니다."
"수고했네. 급히 달려오느라 피곤했을 터이니 시간이 조금 남았을 때 수하들을 쉬게 하고, 그래도 혹시 모르니 척후병은 항상 보내도록 하게나."
"그리 조치하겠습니다. 그럼 대주께서도 잠시 휴식을 취하도록 하십시오."
"그리하지."
혈참마대의 부대주라는 직함을 지니고 있는 혈랑(血狼) 낭치(狼齒)는 별호에 어울리지 않는 순진한 얼굴로 냉악에게 보고를 하더니 다시 수하들이 있는 곳으로 발걸음을 옮겼다. 자신에게서 천천히 멀어지는 낭치의 기운을 느끼며 냉악은 깊은 생각에 잠겼다.
'그놈! 어제 활을 쏴대던 놈은 틀림없이 그놈이야!'
냉악은 숭산에서 자신에게 화살을 날리고 데리고 간 수하들을 모조리 잠재운 소문의 모습을 떠올려 보았다. 어두워서 잘 보이진 않았지만 틀림없이 소문이었다. 지금도 그때 입은 상처가 쑤셔오는 것이 느껴졌다.
'설마 궁주님이 살아 있는 것인가? 아니야! 절대로 그럴 리 없지. 그런 심한 상처를 입었으니 궁주님이라 아니라 대라신선이라 하더라도 살아남기 힘들었을 것이야.'

냉악은 자신의 생각에 확신을 하면서도 혹시나 하는 마음을 갖지 않을 수 없었다. 그만큼 구양풍의 생사는 중요한 사안이었기 때문이다.

어젯밤에 냉악은 소문을 알아보았지만 내색을 할 수는 없었다. 자신이 구양풍을 죽이기 위해 숭산에 갔었다는 사실을 궁사혼이나 궁주에 대한 충심이 남다른 두 호법이 알아서 좋을 것은 아무것도 없었기 때문이다.

'훗, 암튼 이곳이 백도인들과 그놈의 무덤이 되는 것은 불변의 사실이니 그다지 걱정할 것은 없겠지.'

자신의 생각에 자신을 가지는 듯 냉악은 곧 자신의 머리에서 소문을 지워 버렸다.

"이상해! 이상해!"
"도대체 아까부터 뭐가 그리 이상하다는 것인가?"

형조문은 계속해서 고개를 갸웃거리는 곽검명을 바라보며 말을 했다. 그러자 곽검명은 기다렸다는 듯이 말을 늘어놓았다.

"아니, 우리가 도망가는 것이 뻔한데 저놈들 말이오… 쫓아오는 게 영 수상하지 않소?"

"뭐가 수상하다는 건가?"

"'도망가려면 도망가거라!' 하는 식으로 저리 느긋하게 쫓아오니 그게 이상하다는 것이오."

"흠, 그럴 수도 있겠지. 하지만 원래 도망가는 사람보다는 추격하는 자들이 더 여유가 있는 법이라네. 도망가는 자들이 자신들의 손에 들어온 먹이라는 생각을 많이 하기 때문이지."

형조문이 찬찬히 설명을 했지만 여전히 이상한지 곽검명은 안색을 풀지 않았다.

"에휴, 그러니까 남궁세가에 남아 있지 그 몸을 해서 따라올 것이 무엇이오. 몸이 성하지 않으니 그런 걱정도 드는 게요."

옆에서 듣고 있던 단견이 연신 술을 들이키며 핀잔을 주었다.

"이런 건 상처도 아니다. 그리고 넌 그놈의 술 좀 그만 처먹어라! 이 상황에서도 술이 넘어가냐?"

"흥, 이런 상황에서 마셔야 진짜 술맛이 나는 게요. 알지도 못하면서."

"으이구! 내 말을 말지."

곽검명은 아예 단견에게 시선을 거두더니 여태 조용히 따라오는 소문을 바라보았다.

"자네는 아까부터 무얼 그리 생각하는가?"

"……."

"뭘 그리 생각하느냐고?"

"……."

"허, 이보게, 소문이! 뭘 하느라 그리 정신을 빼놓고 있는가?"

"예? 아예……."

곽검명이 소리를 지르자 그제야 곽검명에게 눈길을 돌린 소문이 어리둥절한 표정으로 그를 바라보았다.

"아까부터 뭘 생각하기에 그리 불러도 모르나 그래?"

곽검명의 볼멘소리를 듣자 그제야 소문은 씨익 웃으며 대답을 했다.

"아까 배운 전음하고 검법을 생각하고 있었습니다."

"아, 그거? 그래, 잘되는가?"

"한번 들어보시구려."

소문은 말을 하다 입을 다물었다.

"아이고! 그만! 그만!!"

소문을 황당한 눈으로 바라보던 곽검명은 갑자기 귀를 막고 소리를 질렀다. 그러나 그게 귀를 막는다고 해결될 것이 아니었다.

"그만! 그만 하라니까!"

"왜요? 제가 한 게 틀린 건가요?"

소문도 당황해서 곽검명에게 재빨리 질문을 했다. 곽검명은 겨우 정신을 차리고 소문을 바라보았다.

"자네 지금 그걸 전음성이라 한 건가?"

"제가 한 게 이상한가요? 가르쳐 준 대로 했는데……."

"자네처럼 전음을 날렸다간 귀가… 아니지, 머리 속이 남아나는 인간이 없겠네. 뭔 놈의 전음을 그리 크게 보내나? 난 귀에서 천둥이 치는 줄 알았다네."

"……."

"하하하! 그게 그런 거였나? 난 갑자기 자네가 소리를 질러대서 무슨 일인가 했네."

이제야 전후 사정을 알게 된 형조문이 배를 잡고 웃었다. 단견도 마시던 술이 목에 걸렸는지 연신 기침을 해대고 있었다.

"웃지들 마쇼. 난 머리 속이 울려서 죽겠는데… 그리고 자네! 전음을 날릴 때는 내공을 적당히 조정하여 날려야지 그렇게 크게 날려서 안 돼… 큭! 더! 더 줄이게!"

말을 하던 곽검명이 다시 소리를 질렀다.

"흐… 그래. 그렇지, 그 정도로 보내야지. 그래. 휴!"

소문이 전음성의 크기를 제대로 조정했는지 역시 소리를 지르다 겨우 안색을 편 곽검명이 안도의 한숨을 내쉬며 말을 했다.

"이거 참! 어렵네요. 이딴 것도 다 힘 조절이 필요하다니……."

소문이 미안한 표정을 지으며 곽검명을 바라보았다. 그러다가 문득 궁금한 것이 있는지 말을 했다.

"흠, 전음성도 큰 소리로 보내면 상대가 힘들어하는군요. 그런데 혹시 이런 무공도 있나요? 전음 크게 날리기나 연속적으로 날리기. 검명 형님이 그리 괴로워하는 것을 보니 전음 크게 날리기도 상당히 효과가 있을 것 같은데……."

소문이 안색 하나 변하지 않고 말을 하자 곽검명은 물론이고 웃고 있던 형조문과 단견마저 소문을 바라보며 입을 벌리고 있었다.

"자, 자네, 그거 농담으로 하는 말이겠지?"

"농담이겠죠. 제정신이 박힌 인간이라면……."

"쯧쯧, 아직도 멀었어요. 저게 농담으로 들려요, 저 진지한 모습이?"

과연 단견의 말대로 질문을 하는 소문의 눈동자는 진지함 그 자체였다.

"왜요? 제 말이 이상한가요?"

"이상하다마다. 그걸 말이라 하는가? 그 따위 무공은 있지도 않고 행여나 있다 하더라도 어찌 그리 치사한 방법을 쓸 수 있는가? 아니지, 그런 방법을 쓴다 해도 자신에게 오는 음파는 기로 차단할 수 있네. 그러니 그 딴 방법은 전혀 쓸모없는 것이라 보면 되네. 자네도 행여 그런 짓을 할 생각은 말게나."

곽검명이 침을 튀기며 소문에게 당부를 했다. 그냥 그런 게 없다고만 말을 하면 성격상 소문은 그런 무공을 쓰고도 남음이 있었다. 그랬다간 다시는 회복할 수 없는 불명예를 얻을지도 모른다. 무공의 기본도 모르는 치사한 인간이라는 소리를.

"흠, 내가 한마디 덧붙이지. 자네의 말처럼 전음을 크게 날린다거나 하는 그런 무공은 없지만 음파(音波)를 이용한 무공은 많이 있네. 크게 외치는 소리에 기를 불어넣으면 내공이 진탕되기도 하고 머리 속을 울려 힘을 잃게 만들기도 하지. 특히 유명한 것이 패천궁의 성주였던 구양풍이 사용했던 패도후(覇道吼)지. 내가 아직 경험은 해보지 못했지만 정말 그 위력이 엄청났다는 소문이 있다네. 그리고 백도에선 사자후(獅子吼)가 널리 쓰인다네. 사실 사자후는 공격보다는 아까 말한 음파의 공격이나 다른 환술(幻術) 등에 미혹될 때 정신을 맑게 해주는 효용이 있다네. 이 모든 무공은 자신의 내공을 실어 크게 외치는 것으로 자네가 말한 '전음성 크게 보내기' 따위와는 차원이 다른 것이니 곽 아우의 말을 명심하게. 알았나?"

형조문마저 엉뚱한 생각을 하지 말라는 듯이 엄포를 놓자 오히려 반발심이 생기는 소문이었다.

'흥, 그런다고 안 할 내가 아니지. 까짓 한번 해보고 안 되면 안 하면 될 것 아니냐고. 또 무공에서 치사한 게 어딨어? 이기면 그게 최고지.'

하지만 소문은 자신의 의도는 내색하지 않고 그저 고개만 끄덕였다. 그런데 그런 소문의 일행을 아까부터 유심히 관찰하는 사람들이 있었다.

"언니! 정말 저 남자를 좋아하는 거예요? 아니지요?"

남궁수미가 계속해서 담담한 표정을 짓고 있는 남궁혜에게 확인이라도 하는 듯이 재차 물었다.

"내가 보기엔 무공 실력은 어떤지 몰라도 남자로는 영 아니에요. 얼굴도 그저 그렇고, 키는 훌쩍 커서 싱거운 것 같기도 하고, 특히 하는 짓이 너무 엉뚱해요. 언니도 방금 들었지요. '전음성 크게 보내기' 라니요. 내참."

남궁수미는 소문이 그렇게도 마음에 안 드는지 처음부터 끝까지 소문을 깎아내리기 위해 혈안이 되어 있는 듯했다. 하지만 남궁혜는 그런 남궁수미의 말에 아무런 반응도 보이지 않았다.

"언니, 뭐라 말 좀 해봐요. 다른 사람들이 언니가 그를 좋아한다고 생각하잖아요. 아니지요?"

"그만 해. 혜아가 아무 말 하고 싶지 않은 모양이잖니."

보다 못한 남궁가의 맏언니 남궁수연이 나서서 남궁수미를 말렸다.

"큰언니는 궁금하지도 않으세요? 저런 사내가 어디가 좋다고 그런 말이 도는지……."

"그만! 그에겐 정혼한 여자가 있다고 하지 않니. 그만 해라!"

남궁수연이 결국 큰 소리를 내자 그제야 남궁수미가 입을 닫았다. 하지만 남궁수미는 여전히 무슨 말을 하고 싶어하는지 입을 삐죽이고 있었다.

동생의 집요한 물음에도 아무런 말이 없던 남궁혜는 남궁수연의 말에 그저 무심한 얼굴로 소문을 한번 바라보았다. 소문과 그 일행은 여전히 웃고 떠드느라 정신이 없었다.

'정혼녀라…….'

"이, 이게 어찌 된 일이란 말인가?"

제갈공은 지금 자신의 앞에서 벌어지고 있는 일을 도무지 믿을 수가 없었다. 모든 것이 완벽했다. 자신들의 유인책에 말려 잠시 후면 정신없이 구룡산으로 들어올 패천궁의 무리들을 완벽한 매복과 기습으로 섬멸할 기회를 잡고자 했는데, 막상 일행이 구룡산에 들어서자 자신이 생각한 것과는 정반대의 상황으로 흘러가고 있었다.

아직 본격적인 공격을 해오지는 않고 있지만 자신들은 이미 철저하게 포위된 상태였다. 좌우에 새까맣게 포진한 그들, 적들은 하나같이 적색 옷을 입고 있고 여유로운 모습들을 하고 있었다.

"빌어먹을! 당했소이다. 어서 빨리 빠져나가야지, 만약 뒤에서 추격대마저 도착을 한다면 도저히 빠져나갈 방법이 없소이다."

황보천악의 다급한 말이 아니더라도 여기 있는 모든 이들은 그 사실을 잘 알고 있었다. 하지만 자신들을 포위하고 있는 이들을 빠져나간다는 게 말처럼 그리 쉬운 일이 아니었다.

그들은 혈참마대였다.

"절대로 흩어져서는 안 됩니다. 만약 그리된다면 이곳 구룡산의 어지러운 지형을 이용한 저들의 간계에 철저하게 각개격파(各個擊破)당하게 될 것입니다."

"하지만 그마저도 쉬운 일이 아니지 않습니까? 길은 외길에 너무 좁아서 한꺼번에 많은 인원이 빠져나가기 쉽지 않을 뿐더러 입구에서 우리를 막고 있는 동안 좌우에서 공격해 올 적들을 막기가 쉽지 않습니다."

남궁우가 제갈공의 곁으로 화급하게 다가오며 말을 했다.

"그래도 해야 합니다. 황보 가주님 말씀대로 만약 추격대마저 도착한다며 정말 꼼짝없이 당하게 됩니다. 약간의 피해를 감수하더라도 반드시 뚫어야 합니다."

남궁우도 지금의 사태를 제대로 이해하고 있었다. 아무리 생각해도 상황이 너무 안 좋았다. 지금 자신들이 포위당하고 있는 지형은 한마디로 호로병의 모양을 하고 있는 분지였다. 좌우의 언덕을 비롯하여 정면의 좁은 입구는 탈출을 방해하는 절대적인 방해물이었다. 말 그대로 매복을 하기엔 최고의 지형이었고 당하는 사람은 아득한 절망에 빠질 수밖에 없는 그런 지형이었다.
　말을 하던 제갈공은 그저 말없이 바라보고 있는 남궁상인에게 달려갔다.
　"어르신, 저희들이 불민하여 퇴각하는 마당에도 이런 어려움을 겪게 되었습니다. 하지만 책망은 나중에 하시더라도 우선 어르신의 도움이 필요합니다."
　"책망은 무슨… 그래, 내가 도울 일이 무엇인가?"
　남궁상인은 죄송스럽다는 듯이 다가오는 제갈공을 부드러운 눈으로 바라보며 담담하게 미소를 지었다.
　"저들이 우리의 의도를 눈치 채어 오히려 저희가 함정에 빠지고 말았습니다. 지금 빨리 이곳을 벗어나지 못하면 뒤에서 따라오는 추격대에게마저 공격을 당하게 됩니다."
　"그럼 빠져나가면 될 것이 아닌가?"
　남궁상인은 대수롭지 않게 말을 하였다. 하지만 제갈공은 남궁상인의 여유와는 다르게 몹시 다급했다.
　"하지만 뚫고 나가기가 쉽지 않습니다. 좌우는 제법 높은 지형을 하고 있어서 공격하기가 만만치 않고, 뚫자면 정면을 뚫어야 하는데 길이 너무 좁아 만약 고수가 지키고 있다면 일당백의 위세를 보일 곳이라……."

"그래서?"

"송구스럽지만 저희 진영의 최고 고수는 단연 암왕 어르신과 검성 어르신 아니겠습니까? 해서 그곳을 두 분이 뚫어주셨으면 하는……."

제갈공은 말을 미처 끝마치지 못하고 고개를 숙였다. 하지만 그런 제갈공의 어깨를 다독거리는 손이 있었다.

"그건 걱정하지 말게나. 저 친구와 내가 함께 손을 쓴다면 그건 문제도 아니네. 하지만 저들이 죽기를 각오하고 덤빈다면 제아무리 우리들이라 하더라도 제법 시간이 걸릴 것인즉 그동안 좌우에서 공격해 오는 적들을 막아야 하는데……."

당천호가 어느새 다가와 말을 하자 제갈공은 재빨리 말을 받았다.

"이곳에는 그래도 제법 뛰어난 고수들이 많이 있습니다. 함께 뭉쳐서 싸운다면 그리 큰 피해를 입지 않을 것입니다."

제갈공이 대답을 하자 더 이상 들어볼 것도 없다는 듯 남궁상인은 손을 저었다.

"알았네. 너무 걱정하지 마시게. 이보게, 암왕! 그럼 가볼까?"

남궁상인은 자신의 검을 뽑더니 검집은 한창 자신을 걱정스런 눈으로 바라보는 손자 남궁진에게 맡기고 천천히 앞으로 나갔다. 당천호 또한 그런 남궁상인과 어깨를 나란히 하여 걸어갔다.

백도를 대표하는 두 명의 절대자 검성과 암왕이 주는 위압감은 실로 엄청났다. 그들은 마치 한가로운 산길을 산보하듯 걸어갔지만 그걸 보는 혈참마대의 인물들은 절대 그렇게 생각하지 못했다.

"대주님! 검성과 암왕입니다."

"나도 보고 있다. 후! 정말 엄청나지 않느냐? 겨우 두 명인데 이런 압력을 줄 수 있다니, 역시 명불허전(名不虛傳)이야!"

냉악은 감탄이 서린 눈으로 정면을 막고 있는 수하들에게 다가가는 그들을 바라보고 있었다.

"정면은 몇 명이나 배치했나?"

"스물입니다."

"흠, 스물이라… 일각은 버틸 수 있겠지?"

냉악은 그것마저 의심스럽다는 듯 낭치에게 조심스럽게 물어보았다.

"최대로 잡아서 그 정도는 막을 수 있지 않을까 싶습니다. 물론 더 짧아지면 짧아졌지 길어지진 않을 것입니다."

낭치 역시 냉악의 말에 동의하는 듯했다.

"그렇다면 저들이 정면을 뚫고 있는 동안 최대의 피해를 주어야 한다는 결론인가?"

"……."

"저들이 공격하는 것을 기점으로 하여 우리도 일제히 공격을 하도록 한다."

"알겠습니다."

명령을 받은 낭치는 재빨리 수하들에게 뛰어갔다.

"후, 한번 싸워보고 싶은데… 솔직히 아직은 자신이 없구나."

냉악은 점점 끓어오르는 피를 느끼며 어느새 도를 잡고 있는 자신의 모습에 피식 웃고 말았다.

"후훗, 오랜만이군. 자네와 같이 손을 쓰는 게."

"오랜만이지. 한창 젊을 때 싸웠으니까 수십 년은 되었네. 허허!"

자신들을 막고 있는 적이 십여 장 밖에 서 있건만 그들은 여전히 담소를 나누며 걸어가고 있었다. 남궁상인은 검을 든 손을 아래로 내리고 있어 검끝이 땅에 질질 끌리며 그가 지나간 자리에 흔적을 남겼다.
"머, 멈춰라!"
정면을 지키고 있던 혈참마대의 대원들은 그들을 바라보며 무기를 곤추세웠지만 그들의 발걸음을 멈추게 하진 못했다. 마침내 자신들을 막고 있는 혈참마대 앞에 선 두 명의 절대자의 신형이 빠르게 움직이기 시작했다.
"하앗!"
"마, 막아랏!"
먼저 움직인 것은 검성이었다. 질질 끌리던 검이 어느새 하늘 높이 솟아 있고 검끝에선 강력한 예기가 뿜어져 나왔다. 그의 성명절기인 창궁무애검법이 시전되었다.
"크윽!"
단번에 두 명의 혈참마대 대원이 땅에 누웠다. 그런 자신의 동료들을 바라보는 나머지 혈참마대 대원들의 눈이 싸늘하게 변해갔다.
'역시! 다른 집단의 무인들이라면 지금 그 일검에 기가 꺾일 것인데… 오히려 저들은 전의를 불태우고 있구나!'
남궁상인이 기선을 제압하고자 조금 심하게 손을 쓴 것이 사실이었다. 간단하게 제압만 해도 될 것을 아예 머리에서 발끝까지 이 등분을 해버렸는데 그것이 오히려 그들의 투지(鬪志)를 불러일으킨 모양이었다.
"역시 대단한 놈들이야. 빨리 끝내려면 심하게 손을 써야 하겠네."
어느새 남궁상인의 곁으로 다가온 당천호가 감탄을 거듭하며 조용히 말을 했다. 고개를 끄덕인 남궁상인은 다시 검을 들어 그들에게 달려갔고, 그런 남궁상인을 쫓아가는 당천호도 자신의 주특기인 암기를 뿌리고 있었다.

"쳐라!"
"와아! 죽여라!"
밀려오는 파도가 그러할까? 검성과 암왕의 공격이 시작됨과 동시에 좌우에 포진하고 있던 혈참마대의 대원들은 냉악의 명에 따라 일제히 아래의 백도인들에게 달려갔다.
"막아라! 잠시만 버티면 된다! 곧 길이 뚫릴 것이다!"
남궁검은 부딪쳐 오는 혈참마대 대원의 검을 막으며 무리들을 독려했다.
과연 혈참마대 대원들의 무공은 강했다. 세가에서 먼저 싸웠던 흑기당의 무인들도 뛰어났으나 이들에게 비할 바가 아니었다. 지금 싸우는 백도인들도 지금까지의 싸움에서 살아남은 고수들이고 많은 전투 경험을 지니고 있었지만 이들을 상대하는 것이 결코 쉬운 일은 아니었다.
혈참마대의 대원들은 자신들과 동급이거나 하수라고 생각하면 일대 일로 싸웠지만 고수들에게는 철저하게 연합 공격을 했다. 포위를 하고 있는 혈참마대원의 수적인 우세가 가져온 현상이었다. 지금 남궁검이나 곽무웅 등 각 파의 수뇌들은 네다섯 명의 혈참마대 대원에게 둘러싸여 악전고투를 하고 있었다.
그렇게 시간이 흐르자 어느 한쪽 우세를 장담하지 못하고 팽팽한 균형을 유지하던 싸움판의 양상은 점점 혈참마대 쪽으로 흘러갔다. 혈참마대는 그동안 싸움을 하지 않아서 충분한 체력과 최상의 몸 상태를 유지하고 있었지만 수도 없이 생사의 기로를 넘었던 백도인들은 그렇지 못했다. 무공이나 기타 여러 면에서는 비슷한 전력임에도 체력적인 열세에 의해서 점차 밀리고 있는 것이었다. 벌써 상당수의 무인들이 혈참마대의 손에 의해 목숨을 잃었다. 그들이 쓰러진 것보다 훨씬 많은 혈참마대의 대원들도 목숨을 잃었지만 그럼에도 그들은 수적으로 불리한 백도인들에 비해 한결 여유가 있어 보였다.

'예상은 했지만 역부족이다. 만약 이때 추격대마저 온다면……'

한쪽에서 사태를 지켜보는 제갈공의 눈은 긴장의 빛이 역력했다. 제갈공은 그저 정면의 포위망이 뚫리기만을 간절히 바랐다. 그쪽에서도 치열한 싸움은 계속되고 있었다.

"지독한 놈들!"

남궁상인은 온몸을 던져 자신을 공격하는 혈참마대의 집요함에 새삼 놀라고 있었다. 이십여 명이나 되던 그들을 다 베었지만 새롭게 충원되는 인원이 계속해서 그들을 막고 있었다. 그나마 이제 몇 안 남았지만 어느새 시간은 일각을 훌쩍 넘기고 있었다. 어떻게든 이곳을 막아야 했던 혈참마대의 대원들은 죽음을 도외시하고 몸을 날렸다. 그런 극단적인 공격 방법으로 인해 많은 대원들이 죽어갔다. 그러나 남궁상인과 당천호의 몸에도 제법 만만치 않은 상처가 만들어졌다.

[시간이 많이 지났네. 더 이상 이렇게 시간을 낭비할 수는 없지. 비켜서게.]

당천호는 남궁상인에게 전음을 보낸 후 자신의 최고 절기이자 당가의 비전으로 내려오는 최후의 무공을 사용하고자 했다. 당천호의 전음을 받은 남궁상인은 재빨리 검을 거두고 뒤로 물러섰다. 어리둥절한 혈참마대의 반응 속에 당천호의 일성이 장내에 울려 퍼졌다.

"만천화우(滿天化雨)!"

당천호의 몸이 제자리에서 빠르게 선회하며 온몸에서 각종 암기가 쏟아져 나오기 시작했다. 위아래, 전후좌우를 가리지 않고 쏟아져 나오는 암기의 폭풍 속에서 혈참마대 대원들은 당황하기 시작했다.

"피해랏!"

"이런!"

인간의 몸에 어찌 저렇게 많은 암기가 숨겨져 있을 수가 있단 말인가? 지금 장내를 뒤덮으며 쏟아져 나가는 암기들은 틀림없이 당천호의 몸에서 방출된 것이 분명하건만 그 양이란 상상을 불허하는 것이었다. 말 그대로 장내에는 꽃비가 내리기 시작했다. 암기의 비가.

뭔가 심상치 않은 분위기를 감지하여 재빨리 움직인 혈참마대의 인원들조차 그 암기 속에서 무사하지 못했다. 한바탕 폭풍우가 지나간 싸움터에 남은 것이라곤 그저 온몸에 각종 암기가 빼곡이 덮여 있는 시체들뿐이었다.

"뚫렸다! 어서 저곳으로!"

정면의 싸움을 주시하던 제갈공은 당천호의 만천화우에 마침내 정면의 포위망이 뚫리자 재빨리 소리쳤다. 하지만 몇 명을 제외하고는 생사를 걸고 싸우는 혈참마대 대원들의 손에서 쉽게 몸을 빼지 못했다. 아차 하는 순간에 목숨이 날아가는 상황이니만큼 어쩌면 그건 너무나 당연했다.

"이런, 결국……"

몸을 빼내지 못하는 백도의 무인들을 바라보던 제갈공의 눈에 안타까움이 스쳐 지나갔다. 멀리 뒤에서 추격대가 도착하고 있었던 것이다.

"어르신들, 급합니다. 힘이 드시더라도 다시 한 번 싸워주셔야겠습니다."

제갈공은 한참 숨을 고르고 있는 당천호와 남궁상인에게 다시 도움을 청하였다.

"자네는 여기 있게. 내가 가도록 하지."

남궁상인은 만천화우를 펼치며 많은 진력을 소비한 당천호를 뒤로 하고 재빨리 싸움터에 끼어들었다.

그러나 다행히도 제갈공의 염려와는 다르게 추격대는 쉽사리 싸움터에 접근하지 못했다. 지금까지 구양풍에게 배운 무공을 시험한답시고 철검을 들고 이리 뛰고 저리 뛰며 마구잡이로 검을 휘두르던 소문이 뒤에서 쫓아오는 추격대를 발견한 것이었다.

"이런, 이러다가 도망도 못 가겠다."

소문은 들고 있던 철검을 집어 던지고 어깨에 메고 있던 활을 손에 들고는 예의 무영시를 달려오는 추격대의 선두에 마구 쏘아댔다. 효과는 바로 나타났다. 소리도 없이 날아간 무영시에 아무런 생각 없이 달려오던 추격대의 선두에 섰던 무인들이 쓰러지고 혼란이 오자 추격대는 곧 멈춰 서고 말았다.

그들이 겨우 정신을 수습하고 귀곡자의 말에 따라 소문의 무영시를 눈치 채고 막아낼 고수를 앞에 세울 때는 이미 남궁상인과 남궁상인의 만류에도 싸움터에 끼어든 당천호의 활약에 대부분의 무인들이 좁은 정면의 길을 통과한 이후였다. 비록 혈참마대의 대원들을 쓰러뜨린 것은 아니지만 두 고수의 출현에 심히 당황한 그들의 손에서 몸을 빼내는 것이 그리 어렵지만은 않은 일이었다.

"이크! 이러다 나만 가운데에 남겠네."

대부분의 백도의 동료들이 빠져나가고 싸움터에는 일부 수뇌와 혈참마대의 대원만 남아 있었다. 상대를 잃은 혈참마대의 대원들은 계속 추격하여 공격하고 싶었지만 좁은 길에다 절대고수들이 막고 있어서 그게 여의치 않았다. 그래서 손을 놓고 추격대를 기다리고 있었는데 그들과 한참 떨어져서 소문이 활을 쏘고 있는 것이 눈에 띄었다. 소문을 발견한 혈참마대의 인원들이 하나둘 소문에게 시선을 주고 있었다. 개중에는 벌써 소문에게 달려가는 사람도 있었다.

"흥! 어림없다, 이놈들아!"

소문은 재빨리 출행랑을 시전했다. 엄청난 속도로 쏘아져 나가는 소문을 잡을 수 있는 사람은 아무도 없었다. 소문에게 달려가던 혈참마대의 대원들은 그저 황당한 눈으로 도망가는 소문을 바라볼 뿐이었다.

싸움터에 헌원강을 필두로 추격대가 도착한 순간은 이미 모든 백도의 무인들이 넓은 싸움터에서 좁은 입구로 빠져나간 이후였다.

"아뿔싸! 조금 늦었구나! 충분히 시간이 있을 줄 알았는데……."

"저들의 이동 속도가 상상외로 빨랐던 것 같습니다. 하지만 상관없습니다. 어차피 저들은 혈참마대에게 많은 피해를 보았을 것이고, 지금 곧바로 쫓아간다면 한 사람도 이 구룡산을 빠져나갈 수 없습니다. 이제는 지난번과 같이 맥없이 놓아주는 싸움이 아닌 사냥이 될 테니까요."

귀곡자는 혀를 차는 궁상흔 말에 아무 염려 하지 말라는 듯 자신있는 미소를 지었다.

추격대가 도착하자 냉악은 재빨리 궁사흔에게 다가왔다.

"죄송합니다. 최선을 다했지만 검성과 암왕에게 정면으로 뚫리는 바람에……."

"흠, 어쩔 수 없는 일이겠지. 너무 걱정하지 말게나. 어차피 저들은 입 안에 들어온 먹이니까."

"어차피 누군가는 막아야 합니다. 모두 남궁세가를 위해서 희생하신 분들입니다. 더 이상 희생을 하는 것은 세가의 가주로서 볼 수 없습니다. 제가 남도록 하겠습니다."

남궁검의 말에 아무도 토를 다는 사람이 없었다. 그만큼 남궁검의 말은 진중하고 힘이 있었다.

"내가 남으마. 너는 남궁세가의 가주가 아니더냐. 앞으로 세가를 이끌 책무가 있거늘… 그리고 내가 막는 것이 너보다 시간을 더 많이 지체시킬 수 있을 것이다."

남궁상인은 결연한 자세를 보이고 있는 남궁검에게 다가가 말을 했다. 하지만 남궁검은 추호도 흔들림이 없었다.

"제가 가고 아버님이 남으신다면 지난날과 같은 세가의 번영을 가져오진 못합니다. 아버님이 가서서 진아에게 모든 것을 주십시오. 그리고 세가의 번영을 진아에게 맡기도록 하십시오. 이대로 우리 남궁세가가 쓰러질 수는 없습니다."

말을 하던 남궁검의 시선이 남궁진에게 향했다.

"진아는 내 말을 잘 들거라!"

"예, 아버님!"

남궁진은 남궁검 앞에서 무릎을 꿇었다.

"다시는 이런 치욕이 없어야 할 것이다. 어려운 때에 너에게 세가를 맡기게 되어 미안하다. 하지만 너라면 잘해내리라 믿는다. 어서 할아버님을 모시고 가거라!"

"아, 아버님!"
"시간이 없다. 어서! 제갈 가주, 어서 떠나시오. 저들이 벌써 움직이고 있소이다."
과연 남궁검의 말대로 패천궁의 무인들이 서서히 이곳으로 몰려오고 있었다.
"어쩔 수 없습니다. 떠나야지요. 모두들 서둘러야 합니다. 남궁 가주의 희생을 가벼이 여겨서는 아니 될 것이오."
제갈공은 머뭇거리는 군웅들을 독려했다.
"빌어먹을! 가자. 따라라!"
황보천악이 남궁검을 한번 바라보며 소리를 질렀다. 그것이 신호였다. 하나둘 자리를 떠나 이동을 하기 시작했다.
"어서 가십시오, 아버님! 세가를 부탁드립니다."
"……."
"숙부님도 건강하십시오."
남궁검의 인사를 받은 당천호는 그저 하늘을 바라볼 뿐이었다.
"어서 떠나십시오!"
남궁검은 마지막으로 인사를 한 후 길의 정면에서 달려오는 패천궁의 무인을 막기 위해 앞으로 나섰다.
"가자……."
남궁상인은 침울한 표정을 지으며 남아 있는 세가의 인물들에게 명을 내렸다. 모두들 내키지 않는 발걸음을 떼고 있었는데.
"형님 혼자 가시면 외롭지 않겠습니까? 저도 남겠습니다. 아우는 아버님과 진아를 잘 부탁하네."
남궁호명은 뭐라 말을 하기도 전에 벌써 남궁검의 곁으로 달려갔다.

"혀, 형님!"

남궁우는 남궁호명을 잡으려고 하였지만 남궁상인이 이를 만류했다.

"되었다. 그만 가도록 하자. 네 형들의 희생이 헛되면 아니 되지 않겠느냐?"

남궁우는 남궁상인의 싸늘한 말에 흠칫했다. 어찌 보면 너무나 냉정한 말이었다. 하지만 남궁상인의 말엔 지금 이 상황에 처한 남궁세가와 패천궁에 대한 처절한 분노가 느껴지고 있었다.

"자네는 왜 남았는가?"

"형님도 참! 이 넓은 길을 어떻게 혼자 막으시려고 그러십니까? 그리고 이런 명예로운 죽음이야 무인으로서 영광이 아니겠습니까?"

남구호명은 씨익 웃으며 남궁검을 바라보았다. 남궁검도 그런 동생을 바라보며 마주 웃어주었다. 동생의 마음을 누구보다 잘 이해할 수 있었기 때문이다.

"앞을 막고 있는 것이 누군가?"

궁사혼은 좁은 길을 막으며 수하들과 치열하게 싸움을 하는 두 명의 무인을 보고 누가 들으라는 말도 없이 물어보았다.

"남궁세가의 가주인 남궁검과 그의 아우 남궁호명이라 합니다."

"허, 역시 보통의 무위가 아니라 했네. 대단하구먼!"

궁사흠은 남궁검의 무위를 바라보며 저절로 감탄성을 내뱉었다. 과연 궁사혼이 감탄을 할 만큼 남궁검은 선전을 했다. 계속해서 밀려오는 흑기당의 무인들과 혈참마대의 대원들을 맞이하여 조금도 위축됨이 없이 잘 싸우고 있었다. 물론 넓은 장소에서 싸운다면 중과부적(衆寡不

敵)이라 금방 끝날 싸움이었지만, 지금 그들이 서 있는 곳은 매우 좁은 길이고 그나마 형제가 나란히 막고 있어서 적들이 덤빌 수 있는 방향은 한정되어 있어, 한 번에 덤빌 수 있는 무인들이 두세 명을 넘을 수 없었다. 그런 지형의 이점을 안고 있기에 겨우 두 명으로 벌써 반 시진이나 추격대를 막아내고 있는지도 몰랐다.

"태상장로님, 그리 감탄하실 일만은 아닙니다. 더 이상 시간을 지체하다간 추격이 불가능할지도 모릅니다. 오히려 저들이 함정을 파고 저희들을 기다릴 위험이 있는지라……."

귀곡자는 궁사혼을 재촉했다. 그런 귀곡자를 보며 궁사혼은 너털웃음을 지었다.

"자네는 무인을 사랑할 줄 모르는군. 얼마나 아름다운 광경인가? 단 두 명의 무인이 이 많은 사람을 막고 있다는 것이."

"태상장로님!"

"허허, 알았네. 두 호법이 길을 뚫으시게나."

궁사혼은 자신의 뒤에서 자신과 마찬가지로 감탄의 눈으로 남궁 형제를 바라보던 헌원강과 목사혁에게 조용히 말을 했다. 내심 뜨거워지는 피를 주체하지 못했던 그들은 반색을 하며 대답을 했다.

"예, 태상 어른. 그리하겠습니다."

대답과 동시에 행여나 명령을 거둘까 부리나케 싸움장으로 달려가는 두 호법을 바라보는 궁사혼은 절로 웃음이 나왔다.

"허허, 다른 사람에게 맡겼으며 큰일 날 뻔했네그려."

"하하, 그러게 말입니다."

귀곡자 역시 살짝 미소를 지으며 궁사혼의 말에 맞장구를 쳤다.

목사혁과 헌원강이 나타나자 계속해서 남궁 형제에게 달려들었던 무인들이 멀찌감치 물러났다.

[아우, 힘든 싸움이 될 것이네. 어쩌면 이제 마지막이 될지도…….]

[예, 형님. 하지만 후회는 없습니다.]

[그건 나도 마찬가지일세. 끝까지 최선을 다하세나.]

[예, 형님!]

남궁검과 남궁호명 형제는 서로를 바라보며 전음을 날리며 웃고 있었다.

마침내 두 명의 호법이 그들 앞에 나타났다.

"나는 염왕도 헌원강이고 이 친구는 환혼객 목사혁이라네. 자네들의 무위는 잘 보았네. 역시 남궁세가야. 하지만 우리도 어차피 이 길을 뚫어야 하고… 해서 우리가 나섰다네. 지쳐 있을 때 나섰다고 허물 삼지 말게나."

헌원강이 정중하게 말하자 남궁검 또한 함부로 말을 할 수는 없었다.

"무슨 말씀을, 두 분 선배를 뵙게 되어 영광입니다."

"이럴 게 아니라 이쪽으로 오게. 그리 좁은 지역에서는 제대로 된 싸움을 할 수가 없지 않은가? 자네들이 이곳을 벗어나도 싸움이 끝나기 전에는 누구 하나 이곳을 지나지 않을 것임을 내 이름을 걸고 맹세하지. 하니 이곳으로 나오게."

헌원강은 좁은 지역에 서 있는 남궁 형제에게 넓은 분지로 나올 것을 청했다. 남궁검은 잠시 머뭇거렸다.

'어차피 더 이상 버틴다는 것은 무리다. 그리고 이만큼 버텼으면 다들 틀림없이 안전한 곳으로 피했을 것이고.'

그리고 무엇보다 남궁검의 피를 끓게 만든 것이 앞에 있는 상대가 무림에 명성이 자자한 패천궁의 두 호법이라는 사실이었다. 무인이라면 꼭 한번 싸우고 싶은 강한 상대였다. 마다할 이유가 없었다.
"알겠습니다. 그리하지요. 가세나."
남궁검은 남궁호명에게 넌지시 말을 하고 넓은 공터로 천천히 걸어 나왔다. 남궁호명도 그런 남궁검을 따라나섰다.
"싸움이 끝이 날 때까지 누구도 경거망동하지 마라!"
"예! 호법님!"
헌원강의 말에 저마다 허리를 굽히며 대답을 했다. 만족스런 미소를 지은 헌원강은 고개를 돌려 남궁 형제를 바라보았다.
"지금까지 싸움을 하느라 많이 지쳤을 터, 잠시 시간을 줄 터이니 진기를 회복하게나."
"고맙습니다. 사양하지 않겠습니다."
남궁검과 남궁호명은 그 자리에 서서 운기를 시작했다. 그런 모습을 보는 귀곡자는 깜짝 놀라 궁사혼을 쳐다보며 말을 했다.
"아니, 두 분 호법께서 무엇을 하시는 겁니까? 시간이 없어서 부탁을 드렸건만 오히려 저렇게 시간을 지체하시면……."
"허허, 어쩔 수 없네. 하지만 말이지, 군사! 나도 지금 추격을 하는 것보다 저들의 제대로 된 싸움을 보고 싶으니 그리 나무라지는 말게나. 허허허!"
'빌어먹을, 뭐가 중요한지 전혀 모르는 고지식한 인간들 같으니라고.'
귀곡자는 지금 이 싸움보다 도망가는 자들을 잡지 못함이 더 안타까웠다. 하지만 그가 할 수 있는 일은 아무것도 없었다.

"빌어먹을! 이게 아니야."

급하게 이동을 하는 무리에 섞여 달려가던 소문은 무엇이 그리 불만인지 연신 투덜거리고 있었다.

"뭐가 아니라는 것인가?"

상처를 부여잡고 힘들게 뛰어가던 곽검명이 이상하다는 듯이 소문을 바라보았다.

"제길, 아무리 적이 무섭다 하더라도 이렇게 꽁지를 뺄 게 무어란 말이오! 게다가 두 명의 무인을 미끼 삼아서!"

"무슨 소릴 그리하는가? 미끼라니!! 그런 말 하지 말게!"

곽검명은 행여나 허튼소리하지 말라는 듯 소문의 입을 막았다.

"흥, 미끼가 아니면 뭐요? 거룩한 희생? 좋아하네! 희생은 무슨… 꽁지가 빠지게 도망가는 인간들을 위해 희생은 무슨……!"

소문은 곽검명이 말리든 말든 소리를 질러댔다. 소문의 말이 워낙 컸기 때문에 곽검명뿐만 아니라 도망가는 대부분의 사람들이 이 말을 듣고 있었다. 하지만 그 누구도 입을 여는 사람이 없었다.

"우리 조선에선 말입니다, 살면 같이 살고 죽으면 같이 죽습니다. 지금처럼 몇 명 던져 주고 이렇게 도망치진 않는단 말입니다. 젠장, 도저히 안 되겠어요."

소문은 말을 하다 말고 갑자기 신형을 멈추었다. 그리곤 구양풍을 바라보았다.

"잠시 다녀올 테니 행여 따라올 생각은 마시오."

구양풍이 뭐라 말을 하기도 전에 몸을 돌린 소문은 무서운 속도로 오던 길을 되돌아갔다.

출행랑의 극성! 사람들이 미처 말리기도 전에 소문의 신형은 그들의 시야에서 사라져 갔다.

"허, 저런 경공도 있단 말인가?"

"암튼 부끄러운 일입니다."

"하지만 어쩌겠소. 늙은 한목숨 버리는 것은 쉽지만 그렇다고 어린 제자들까지 죽을 걸 뻔히 아는 싸움터에 남겨놓을 수는 없지 않겠소."

"그건 그렇지만……."

소문을 바라보던 수뇌들은 저마다 한소리씩 할 뿐이었다. 그저 그럴 뿐이었다.

'역시 강하다!'

남궁검은 염왕도 헌원강의 명성이 절대로 거짓이 아님을 느끼고 있었다. 벌써 수십 합을 겨루었지만 도무지 방법이 없었다. 겨우겨우 공세의 예봉(銳鋒)을 피하는 것뿐이었다. 하지만 이런 생각은 남궁검만이 하고 있는 것은 아니었다.

'후, 역시 남궁세가! 아들이 이러할진대 검성이라 추앙받는 남궁상인의 무위는 어떠할까? 나보다 연배도 어린 친구가 이런 검학을 익히다니…….'

자신의 성명절기인 염왕도법이 이렇게 막힌 적이 있었을까? 헌원강은 새삼 남궁검의 무위에 감탄을 하면서도 계속 공세의 고삐를 늦추지 않았다. 그래도 아직은 자신이 유리했기 때문이었다.

남궁검과 헌원강이 거의 대등하게 싸움을 하고 있는 반면에 목사혁을 상대하는 남궁호명의 상태는 과히 좋지 않았다. 형인 남궁검에 비해 다소 손색이 있는 무위로는 목사혁의 검을 막기에 역부족이었다. 결정적인 상처는 허용하지 않고 있었지만 이렇다 할 반격도 하지 못하고 계속해서 몰리고 있었다.

"흠, 목 호법은 그다지 어렵지 않게 승리를 하겠지만 이쪽은 정말 용호상박(龍虎相搏)이로구먼. 도무지 누가 우위를 보이는지 알 수가 없네."

궁사흔은 흥미진진한 얼굴로 싸움을 바라보고 있었다. 그런 궁사흔의 눈빛이 갑자기 빛났다.

"저건?"

남궁검의 기수식이 일순 변하였다. 지금까지 창궁무애검법을 시전하며 헌원강에 맞서 나갔던 남궁검은 더 이상 시간을 끌다가는 도저히 승산이 없다는 것을 느끼고 자신이 알고 있는, 그리고 아직 무림에는 알려지지 않은 검성이 새로 창안한 무공 제왕검법을 시전하려 하였다.

'아직 육성에도 미치지 못했지만 할 수 없지, 해보는 수밖에!'

남궁검의 자세가 변하자 헌원강은 절로 긴장을 했다. 지금까지 보지 못했던 새로운 무공이라는 것을 본능적으로 간파한 것일까? 자신이 모을 수 있는 모든 내공을 끌어올리며 준비를 했다.

'좋지 않다. 좋지 않아!'

"하앗! 제왕검법 제1초, 제왕독보(帝王獨步)!"

남궁검의 검에서 웅후한 검명이 들리더니 검기가 하늘을 찌를 듯한 기세로 뻗어 나왔다. 헌원강도 이를 악물고 맞서 나갔다.

"염왕도법 제3초, 염왕분뢰(閻王吩雷)!"

꽈과광!!

검기와 검기의 충돌! 자욱한 먼지가 걷히자 드러난 모습. 누구 하나 성한 몸은 아니었다. 신형을 비틀거리며 물러나는 두 사람의 입에서는 연신 피가 흘러나오고 있었다. 단 한 번의 충돌로 두 명 다 치명적인 내상을 입었다. 하지만 그것이 끝이 아니었다.

"크악!"

갑자기 옆에서 비명성이 들려오고 한 명의 신형이 끊어진 연처럼 날아가는 것이 눈에 띄었다. 결국 버티다 못한 남궁호명이 목사혁의 최후 절초에 목숨을 잃고 쓰러지고 말았다.

'아우야!'

남궁검은 쓰러지는 남궁호명을 바라보며 찢어지는 가슴을 주체할 수 없었다. 하지만 상대를 목전에 둔 자신이 할 수 있는 것은 아무것도 없었다.

'나도 곧 따라가마!'

움직일 줄 모르는 남궁호명의 몸뚱이를 다시 한 번 쳐다본 남궁검이 입술을 깨물었다. 검에 의지해 간신히 중심을 잡은 남궁검이 다시 몸을 움직였다. 처음에는 천천히, 그러나 점점 빠르게 움직이는 남궁검의 몸이 제자리에서 무섭게 회전하며 주위의 공기를 끌어당겼다. 어느새 그의 몸은 주변의 돌고 있는 바람과 흙으로 둘러싸여 그 모습을 감추었다.

"제왕검법 제2초, 제왕천하(帝王天下)!"

거대한 제방이 넘치는 강물에 무너지듯 그렇게 끌어 모아졌던 힘이 사방으로 뻗어 나갔다. 그리고 그 힘의 정면에는 헌원강이 서 있었다.

'무섭군! 하지만!'

"염와도법 제4초, 염왕영세(閻王永世)!"

그 누구도 입을 열지 못했다. 헌원강과 남궁검의 주변에 있던 무인들은 무섭게 쏟아져 날아오는 강기에 저마다 몸을 보호하느라 정신이 없었다.

"크악!"

"윽!"

동시에 들려오는 비명성! 그리고 약속이나 한 듯 뒤로 날아가는 신형들!

잠시 동안의 침묵이 흘렀다. 갑자기 패천궁의 무인들이 함성을 질렀다. 쓰러져 있던 헌원강의 신형이 천천히 움직이고 있었다.

결국 남궁검이 죽을 각오를 하고 펼친 제왕검법으로도 헌원강을 완벽하게 제압하지는 못했다.

"그게 무슨 검법인가? 남궁세가에 창궁무애검법이 있다는 것은 알지만 이것은 훨씬 더 무섭구먼!"

간신히 신형을 일으켜 세운 헌원강이 미처 신형을 세우지 못하고 바위에 기대어 있는 남궁검에게 물었다.

"제왕검법이라 합니다. 아버님이 창안하신 거지요. 제가 우둔하여 미처 그 오의를 깨닫지 못했을 뿐 결코 약한 무공이 아닙니다."

"허, 오의를 깨닫지 못한 무공에 천하의 염왕도가 꺾일 뻔한 것인가? 허허허!"

헌원강은 어처구니없다는 듯 웃고 말았다.

"암튼 대단한 무공이었네. 자네 말대로 자네의 화후가 조금만 깊었다면 난 이 자리에 서 있지도 못했을 것이네. 자네의 아버님, 정말 대단한 분이네."

헌원강은 진심으로 탄복하고 있었다. 남궁검은 헌원가의 말에 조금의 위안을 가지며 고개를 돌려 이미 싸늘한 시체가 된 자신의 아우를 바라보았다.

'후, 결국 이리 되었네. 하지만 난 후회는 하지 않는다네.'

"아우와 같이 가고 싶소. 다른 사람에게 나의 목숨을 맡기고 싶지 않으니 선배께서 끝내주시오."

"자, 자네……."

헌원강은 무슨 말인가를 하려 하다가 입을 닫고 말았다. 지금 자신이 무슨 말을 하든지 죽음을 각오한 남궁검에겐 모욕으로 들릴 것이란 생각을 했기 때문이었다.

"알았네… 자넨 내 평생 최고의 적수였네."

"……."

남궁검은 말이 없었다. 남궁검에게 다가간 헌원강은 자신의 애도인 묵향을 하늘 높이 쳐들었다.

'아버님, 진아야! 세가를……..'

"헉!"

막 남궁검의 목을 치려는 헌원강은 갑자기 다가오는 기의 덩어리에 대경실색(大驚失色)하여 재빨리 묵향을 들어 힘겹게 막아냈다. 하지만 평소의 그도 제대로 막지 못할 힘이었다. 온몸에 상처를 입고 내상도 입은 지금의 그로서는 그 기운을 도저히 감당하지 못했다.

"크윽!"

가슴에 불로 지지는 듯한 통증이 느껴졌다.

"비… 러… 머글…….."

헌원강은 아득해지는 정신을 잃지 않기 위해 이를 악물었지만 점점 쓰러지는 몸뚱이를 부여잡진 못했다.

"뭐, 뭣들 하느냐! 막아랏!"

귀곡자는 도대체 무슨 일이 일어난 것인지 알지 못하고 어안이 벙벙해서 서 있는 주변의 수하들을 보며 소리쳤다. 목사혁은 어느새 헌원강의 앞을 막고 서 있었다. 그리고 단번에 헌원강을 쓰러뜨린 그 기가 날아온 곳을 노려보고 있었다.

엄청난 공기의 울림을 만들며 곧 도착한 사람! 소문이었다.

"자네군!"

"오랜만입니다."

"하긴, 자네가 아니면 그 먼 거리에서 어떻게 그런 화살을 날릴 수 있겠는가? 기의 화살을 말이지."

목사혁은 담담하게 말을 하며 검을 잡아갔다. 입 안이 바싹바싹 타들어갔다. 비록 그때처럼 허무하게 무너지지 않을 자신은 있었지만 앞에 있는 청년은 도저히 가늠할 수 없는 실력을 지닌 자였다. 아차 하는 순간에 자신은 물론이고 자신의 뒤에서 아직은 미약하게나마 숨을 쉬고 있는 헌원강의 목숨도 결딴날 것이었다. 하지만 그런 목사혁은 아랑곳하지 않고 장내에 도착한 소문은 재빨리 남궁검에게 달려갔다.

"괜찮습니까?"

"허, 뭣 하러 왔는가? 이런 사지(死地)에……."

남궁검은 자신에게 다가오는 소문을 바라보며 깜짝 놀랐다. 깜짝 놀라는 남궁검을 보며 소문은 하얀 이를 드러내며 웃었다.

"하하! 제가 원래 엉뚱한 곳이 있어서요. 우선 업히시지요. 이곳을 빠져나가야지요."

소문은 걱정스레 쳐다보는 남궁검을 자신의 등에 업고, 들고 있던 활을 들어 남궁검과 자신의 몸에 위에서부터 끼어 넣어 떨어지지 않게 신형을 고정시켰다. 가슴께에 활이 걸쳐 있어 불편하였지만 기력이 떨어진 남궁검이 혹시 정신을 잃을까 걱정도 되었고 자신을 위한답시고 남궁검이 등에서 내릴까도 염려되어 그렇게 조치를 취한 것이었다. 연후 소문은 남궁검에게 검을 청했다.

"그거 무거우실 텐데 제게 맡기시지요."

"허!"

소문은 남궁검에게 거의 억지로 빼앗다시피 한 검을 들고 주위를 살폈다. 자신이 남궁검과 말을 하는 동안에 적들도 놀고만 있지 않았다. 어느새 상처를 입은 헌원강을 뒤로 보내고 자신의 주변을 목사혁과 냉악을 중심으로 한 혈참마대가 포위하고 있었다.

"준비는 되었나?"

소문이 남궁검에게 칼을 받자 목사혁이 나직하게 물어왔다.

"보시다시피!"

소문은 검을 휘휘 돌리며 가볍게 대답을 했다.

'허, 도무지 이 친구가 어떤 인물인지 감을 잡지 못하겠구나. 사지로 뛰어든 것도 그렇지만 저토록 위험한 적들을 맞이하고도 이런 여유를 부리다니……'

남궁검은 도대체 이해가 가지 않았다. 한두 사람이 아니었다. 소문을 둘러싸고 있는 적들은 목사혁과 냉악을 비롯한 혈참마대였다. 저 정도의 적이라면 자신은 물론이고 검성으로 추앙받는 자신의 아버지도 감히 대적하지 못할 정도로 막강한 전력이었다. 아니, 웬만한 문파는 소리도 없이 멸문시킬 수 있을 정도였다. 그런 적을 맞이한 소문은 그저 태연자약했다.

"그럼 먼저 손을 쓰겠네. 쳐라!"

목사혁이 말을 마침과 동시에 주변에 있던 혈참마대의 대원들이 몸을 날렸다. 냉악은 소문의 무서움을 아는 터라 혹시 방심을 할지도 모른다는 생각에 이미 공격을 하는 수하들에게 긴장의 끈을 놓지 말라고

의기천추(義氣千秋) 123

단단히 주의를 주었다.

 '흥, 인원이 아무리 많아도 정신만 차리면 어차피 똑같을 뿐! 이 정도의 적을 물리치지 못하고서야……'

 소문은 전후좌우에서 달려오는 적들을 냉정한 눈으로 바라보고 있었다. 하지만 상황은 그리 간단하지 않았다. 사실 이번이 소문으로선 처음으로 활이 아닌 검을 들고 적과 마주하는 것이었다. 물론 조금 전에 있었던 싸움에서도 검을 들고 설치기는 하였지만 일 대 일로 여유롭게 싸우던 그때와 지금은 사정이 많이 달랐다. 최선을 다한다 하더라도 어쩌면 이곳에 뼈를 묻을지 모르는 상황이었다.

 소문은 우선 달려오는 적을 향해 좌우로 검을 쓸어갔다. 구양풍에게 배운 횡소천군이었다.

 "크악!"

 소문에게 달려들던 혈참마대의 인원 둘이 소문이 그저 한번 휘두른 검에 가슴이 갈라져 절명하고 말았다.

 "검기(劍氣)!"

 냉악의 입에서 경악성이 터져 나왔다. 그러나 주변에 있던 혈참마대의 대원들은 재빨리 쓰러진 인원이 보인 공백을 채워갔다.

 꽈과꽝!

 또 한 번의 충돌이 있었다. 이번에는 아까보다 많은 인원들이 쓰러져 갔다. 싸움을 뒤에서 지켜보던 궁사흔은 그 상황에 깜짝 놀라 재빨리 말에서 내려왔다.

 "말을!"

 궁사흔은 자신의 말을 옆에 있던 수하에게 맡기더니 천천히 싸움터로 걸어나갔다. 몇 년 만인지 몰랐다.

'다시는 이런 긴장감을 맛볼 수 있으리라고는 생각하지 못했는데……'

단 두 번의 출수였지만 고수는 고수를 알아보는 법! 궁사혼은 소문이 절대로 만용(蠻勇)만을 앞세우는 그저 그런 무인이 아니라는 것을 알 수 있었다.

'허허, 검기라… 시정잡배도 알고 있는 횡소천군에서 검기가 쏟아져 나온다? 훗, 누가 나의 말을 믿겠는가?'

궁사혼은 방금 소문이 시전한 평범한 초식 횡소천군이 말 그대로 그렇게 간단하지 않다는 것을 잘 알 수 있었다. 궁사혼이 이에 놀랄 정도니 싸우고 있는 혈참마대의 대원들은 이런 상황을 도무지 이해할 수가 없었다. 횡소천군도 모자라서 이번에 상대한 것은 틀림없는 팔방풍우였다. 일 초에 여덟 번의 변초를 일으켜 사방팔방에서 밀려오는 적을 막는다는 초식. 말이 좋아 그런 것이지, 그저 그런 아주 쓸모없는 무공이었건만…….

"피, 피해라!"

누가 소문이 펼친 팔방풍우를 그저 그런 무공이라 말을 하겠는가? 소문이 펼치는 무공은 결코 팔방풍구가 아니었다. 한 번, 두 번, 세 번 연속으로 이어 펼치는 팔방풍우는 변초에 변초를 거듭하며 일순 온 세상을 검기로 뒤덮어 버렸다.

눈부신 햇살처럼 사방 수십 갈래로 뻗어 나가는 검기의 무리들, 검기가 지나가는 곳에는 예외없이 비명성이 들려왔다. 몇 명의 혈참마대 대원들과 주변에 포위하고 있던 십여 명의 무인들이 땅에 뒹굴었다. 그들의 몸 이곳저곳에는 검기가 쓸고 간 상처가 남아 있고 상처마다 피가 샘솟듯 솟아오르고 있었다.

목사혁과 냉월은 그런 수하들을 보며 두 눈을 부릅떴다.
'어떻게! 이럴 수가! 이들이 누구던가? 이들이 나타났다면 우는 아이도 울음을 멈춘다는 혈참마대의 대원들이 아닌가? 한데 이것을 믿어야 한단 말인가?!'
겨우 세 번이었다. 소문이 연속으로 이어 펼친 횡소천군, 태산압정, 팔방풍우에 이십여 명의 혈참마대 대원이 그 자리에서 즉사하고 상당수가 부상을 입었다. 그리고 그 검기의 여파로 주변에 포위하고 있는 다른 무인들까지도 죽임을 당하는 상황에 이른 것이다.
냉악이 놀란 가슴을 진정시키며 정면을 바라보았다. 남궁검을 등에 업고 미친 듯이 검을 움직이는 소문이 눈에 들어왔다. 일견 너무나 형편없는, 마치 발광처럼 느껴지는 그런 소문의 칼질에 어쩔 줄 모르는 수하들의 모습이 보였다. 소문의 검은 마치 마술이라도 부리는 듯 밝은 빛을 주저리 주저리 뿌리고 있었고, 동료들이 어떻게 죽었는지를 직접 목격한 혈참마대 대원들은 그저 주변을 포위하고 있을 뿐 감히 소문이 휘두르는 검을 받겠다고 나서는 이가 없었다.
"빌어먹을! 혈참마대의 수치다! 반드시 죽인다!"
마침내 참지 못하고 냉악이 싸움에 뛰어들었다. 그에 발맞추어 목사혁도 싸움에 뛰어들었다.

"괜찮을까?"
"글쎄……."
"아무리 그랬더라도 말리는 것이었는데 그랬습니다."
남궁검을 뒤로하고 자리를 벗어난 일행들은 한 시진 동안 잠시도 쉬지 않고 달려와 어느덧 구룡산을 벗어나고 있었다. 어느 정도 위험에서 벗어났다고 생각하는 것일까? 무리를 이끌고 가던 수뇌들은 잠시의 휴식을 위해 이동을 멈추었다.

"말릴새나 있었나? 몇 마디 하더니 혼자 뛰어갔는걸."

지금껏 곽검명을 부축하며 달려온 형조문은 바위에 걸터앉으며 뒤를 바라보았다. 그런 그의 눈에는 걱정의 빛이 역력했다.

"어찌 보면 소문이의 말이 옳을지도 모릅니다. 이렇게 도망을 갈 것이 아니라 차라리 싸우다 죽는 것인데……."

"제길, 이미 끝난 얘긴 해서 무엇 합니까? 죽은 자식 불알 만지기지. 지금은 그런 말을 할 때가 아니라 그들이 무사하기만을 바랄 뿐이지요. 어차피 힘들겠지만."

단견은 더 이상 술이 나오지 않는 술병을 하늘 높이 쳐들고 간간이 떨어지는 술 방울을 핥으며 말을 했다.

"그건 막내의 말이 옳다. 지난 다음 그런 말을 해서 무엇 하리. 그리고 그런 결정을 내린 것이 죽음이 두려워서 그런 것이 아니라는 것은 모두 잘 알고 있는 것 아니던가?"

형조문은 말을 하면서 슬쩍 무리의 수뇌부들을 쳐다보았다. 누구도 말을 하는 사람이 없었다. 황보천악도 제갈공도 곽무웅도… 다만 남궁세가의 살아남은 식속들만이 간간이 눈물을 훔치는 것이 보일 뿐이었다.

'누구를 탓할 것인가? 누구를……'

휘이익!

소문의 검은 여전히 검기를 뿜어대며 사방을 휩쓸고 다녔다. 하지만 조금 전처럼 적에게 많은 피해를 주지는 못했다. 그 검기의 대부분을

의기천추(義氣千秋) 127

냉악과 목사혁이 막아내고 있었기 때문이다.

'제길, 역시 힘든 것인가? 그렇다면… 이제 물러설 때가 된 듯도 싶은데……'

소문은 내심 초조했다. 아무리 천하무적 내공을 지니고 있는 소문이라 할지라도 벌써 반 시진이 넘도록 검기를 쓰고 있었다. 그저 그런 검법을 쓰면서도 적에게 막대한 피해를 입힐 수 있었던 것은 단순히 휘두르는 검에서도 막강한 내공을 바탕으로 한 검기가 쏟아져 나왔기 때문이다.

처음 적과 마주친 소문은 검기를 사용함으로써 적들의 기세를 꺾고 한결 편하게 싸움을 하려고 하였다. 이런 소문의 의도는 처음엔 잘 맞아 들어가는 듯싶었지만 냉악과 목사혁이 싸움에 끼어들고는 처음과 같은 효과를 보고 있진 못했다. 물론 그들이 나선 이후에도 상당수의 무인들이 소문의 검기에 목숨을 잃었지만 소문이 상대하고 있는 것은 어린아이가 아니었다. 그들 모두 난다 긴다 하는 실력을 지닌 고수들이었다.

처음엔 소문의 엄청난 무위에 기가 질려 감히 대적할 엄두를 내지 못했던 그들이었지만 지금은 사정이 달랐다. 무슨 수를 쓰더라도 소문에게 접근하기 위하여 자신의 희생 따위는 신경도 쓰지 않았다. 그들에게도 목숨보다 중요하게 여기는 것이 있었다. 자존심! 자신이 속해 있는 혈참마대가 겨우 한 사람에게 농락당하는 꼴은 볼 수 없다는 자존심이.

"흠, 정말 대단한 고수야. 정말 대단해!"

궁사혼은 검을 잡은 손이 떨려오는 것을 느낄 수 있었다. 처음 소문이 검기를 뿌리는 것을 보곤 바로 싸움에 나서려고 하였지만 냉악과 목사혁이 나서자 미처 끼어들지 못하고 약간 떨어진 곳에서 잠시 관망을 하는 중이었다.

"내 익히 그 활 솜씨를 보질 못했건만 검을 쓰는 솜씨 또한 그에 못지 않구나!"

이미 도망간 이들을 쫓는다는 생각은 하지 않았다. 이곳에서 단 세 명의 무인들에게 잡혀 있었던 시간이 무려 한 시진이었다. 도망을 가도 한참을 갔을 시간이었다.

"태상장로님! 어차피 더 이상의 추격은 불가능합니다. 하지만 저놈이라도 반드시 잡아야 합니다. 만약 지금 저놈을 놓친다면 저희 패천궁으로선 두고두고 신경을 써야 할 우환 덩어리를 놓아주는 우를 범하게 되는 것입니다."

어느새 다가왔는지 귀곡자는 소문을 노려보며 말을 했다.

"자네가 보기엔 저 청년이 쉽게 잡힐 듯이 보이나? 벌써 반 시진이네. 나라도 저렇게 무시무시한 검기를 반 시진이나 지속하지는 못한다네. 게다가 그는 지금 등에 남궁검을 업고 있다네. 정말 엄청난 인물이야. 자네 말이 아니더라도 반드시 잡아야 하겠지. 어떤 희생을 치르더라도."

말을 하던 궁사혼의 눈빛이 눈에 띄게 굳어졌다. 계속 같은 자리에서 검기를 날리던 소문이 처음으로 자리를 벗어났기 때문이다.

'더 이상 시간을 끌면 위험해지는 것은 나다. 모험을 해야 할 때가 되었구나!'

소문은 마침내 결심을 했다. 자신의 내공도 점점 바닥을 드러내는 것이 느껴졌고 등에 업은 남궁검의 상세가 심상치 않아 보였기 때문이다. 남궁검은 한참 전에 의식을 잃었는지 몸이 계속 밑으로 처지고 있었다. 그나마 활로 지탱을 했기에 망정이지 조금만 부주의하면 그대로 땅에 떨어지고 말 상황이었다.

'적을 치려면 우선 우두머리를!'

소문은 재빨리 신형을 움직였다. 출행랑을 극성으로 펼친 것이었다.

"헉!"

갑자기 다가오는 소문의 신형에 목사혁은 깜짝 놀랐다. 겨우겨우 쏘아져 나오는 검기를 막는 데 정신을 쏟고 있었는데 어느새 자신에게 다가온 소문이 자신에게 검을 휘두르고 있었다. 목사혁은 재빨리 정신을 가다듬고 소문의 검을 막았다. 아니, 막았다고 생각하는 것은 목사혁과 다른 이들의 생각일 뿐이었다.

"이, 이것이……."

목사혁은 믿을 수가 없었다. 분명히 자신에게 다가오는 검을 막았건만 자신의 가슴에서 밀려오는 고통은 무엇이란 말인가? 목사혁은 자신의 가슴을 쳐다보았다. 아무런 흔적도 남지 않은 가슴이었다. 하지만 목사혁은 곧 그 고통의 원인을 알 수 있었다.

쾌검(快劍)이었다. 소문의 검이 얼마나 빠르게 자신의 가슴을 베고 지나갔는지 그 느낌을 알아차린 것은 오로지 그의 가슴에 위치하고 있었던 신경들뿐이었다. 목사혁도 오른쪽 가슴에서 왼쪽 허리에 이르기까지 점점 붉은 혈선이 그어지고 나서야 자신이 소문의 검에 베어졌다는 것을 알 수 있었다.

"허허, 이런 쾌검도 있었던가?"

불신의 가득 담긴 목사혁의 말에 소문은 조용히 말을 했다.

"가문의 무공이지요. 지난번에 보여주었던 검법과 같은."

"역시 무섭군, 자네의 검법은. 그래, 이 초식의 이름은 무엇인가?"

"절대삼검의 제1초, 무심지검(無心之劍)이라 합니다."
"허허, 마음이 없는 검이라… 말 그대로… 정말… 느끼지도 못할 검… 이었네……."
"……."
 목사혁은 점점 아득해져 가는 정신을 붙잡고 소문을 바라보던 눈을 돌려 자신에게 화급히 달려오는 궁사흔을 바라보았다.
 씨익!
 그것이 끝이었다. 그저 한 번의 웃음을 짓는 것으로 목사혁은 생을 마감하고 말았다.
"목 호법!"
 궁사흔은 지금 이 상황을 믿을 수가 없었다. 목사혁은 자신이 가장 아끼는 수하이자 동료였다. 그런데 이렇게 허무하게 죽고 말다니…….
 그 분노는 소문에게 쏟아졌다.
"헉!"
 소문은 갑자기 날아오는 검을 피해 화급하게 몸을 날렸다. 소문이 간발의 차로 검을 피하기는 했지만 그것은 끝이 아니었다. 궁사흔은 소문에게 날렸던 검을 회수하더니 계속해서 검기를 뿌리며 소문을 핍박했다. 궁사흔의 손속은 목사혁이나 냉악에 비할 바가 아니었다. 과연 백도엔 검성, 흑도에 천살검존이라는 말이 허명이 아니라는 듯 그 위력이 무시무시했다.
"네놈이 언제까지 피하는지 두고 보마!"
 궁사흔은 무서운 살기를 내뿜으며 계속해서 소문을 공격했다. 조금의 숨 쉴 틈도 없이 공격을 당하자 많은 내공을 소모한 소문은 상대하기가 벅참을 인정할 수밖에 없었다.

'제길, 하필 이런 고수와 싸울 때 내공이 부족하면 어떡하란 말이야!'

출행랑을 시전하며 겨우겨우 몸을 피했지만 그런다고 해결될 문제는 아니었다.

'제기, 이렇게 된 것! 될 대로 되라지!'

소문은 움직이던 신형을 멈추었다. 궁사혼은 잠시 의문을 가졌지만 그저 잠시일 뿐이었다. 소문의 최후라도 보겠다는 듯이 필생의 공력이 담긴 검기를 날렸다.

"거, 검강(劍罡)이다!"

궁사혼과 소문의 싸움을 바라보던 냉악은 경악을 했다. 검기를 일으키는 것도 힘든 것이거늘 무형(無形)의 검기를 유형화(有形化)시킨 검강의 위력을 말로 표현해서 무엇 하리! 궁사혼의 분노가 얼마나 컸는지 능히 짐작할 수 있었다.

소문은 궁사혼의 검강이 얼마나 무서운지 누구보다 잘 알고 있었다.

"절대삼검 제2초, 무애지검!"

소문은 지금 궁사혼의 공격을 막을 수 있는 것은 절대삼검밖에 없다고 생각했다. 하지만 내공이 거의 바닥난 소문은 은근히 걱정이 되었다. 절대삼검은 그 막강한 위력답게 상당한 내공을 필요로 한다. 그래서 소문의 선조들이 무위공을 익히기 위해서 그토록 많은 심혈을 기울인 것이었고.

소문의 검이 움직이자 그의 검에서도 궁사혼의 검에서 뿜어져 나온 것처럼 기의 덩어리가 쏟아져 나왔다.

꽈과과과꽝!!

엄청난 기의 충돌의 여파가 장내를 휩쓸며 지나갔다.

곧 장내를 뒤덮었던 먼지가 가라앉고 궁사혼과 소문이 흔들리는 신형을 움직이며 중심을 잡기 위해 애쓰고 있는 모습이 눈에 보였다. 궁사혼이 어이없다는 듯이 소문을 바라보고 있었다. 절대로 막지 못할 것이라 생각하고 회심의 일검을 날렸건만 그걸 소문이 막아내자 순간 놀람을 감추지 못하고 있었다. 그때 갑자기 소문의 신형이 움직였다. 예의 그 출행랑이었다.

자신의 염려와는 달리 궁사혼의 공세를 무사히 막은 소문은 목사혁에게 썼던 방법을 다시 한 번 시도했다. 출행랑을 극성으로 시전하자 자연 엄청난 살기가 동반되어 궁사혼에게 쏟아져 갔다. 하지만 상대는 목사혁이 아니었다. 궁사혼은 빠르게 다가오는 소문의 신형을 냉정한 눈으로 바라보고 있었다. 그리고 소문이 일검을 날리자 자신도 이에 맞서 검을 움직였다.

"크윽!"

"윽!"

동시에 터지는 신음성!

궁사혼은 가슴을 부여잡고 있었고 소문은 옆구리를 붙잡고 있었다.

'충분히 대비를 했다고 생각했는데······.'

궁사혼은 이해할 수 없는 결과에 경악을 금치 못했다. 틀림없이 피했다고 생각한 검이 자신의 가슴을 가르고 지나간 것이었다. 소문의 공력이 조금만 더 이어졌다면 그대로 숨이 끊어졌을 중상이었다. 하지만 놀라기는 소문도 마찬가지였다. 무심지검에 가슴이 베어지면서도 궁사혼은 악착같이 자신을 베어왔고 결국 거의 모든 힘을 소진한 소문에겐 치명적이라 할 수 있는 상처를 옆구리에 만들었다. 더 이상 머물러서 좋을 것이 없었다. 소문은 자신의 공력이 끊어졌음을 안타까워하며 그대로 몸을 날렸다.
"쪼, 쫓아라!"
냉악은 궁사혼마저 소문의 검에 치명상을 당하자 멍하니 넋을 놓고 있다가 귀곡자의 음성에 겨우 정신을 차릴 수 있었다.
"저놈도 중상을 입었다. 반드시 잡아야 한다. 반드시!!"
귀곡자는 출행랑을 시전하며 위태롭게 달아나는 소문을 가리키며 고래고래 소리를 지르고 있었다.
"혈참마대는 그를 쫓아라! 반드시 그놈의 목을 가지고 오도록 하라!"
냉악은 남아 있는 혈참마대의 대원들에게 추격을 명령했다. 냉악의 명을 받은 스무 명의 대원들이 급히 소문을 추격하기 시작했다.
명령을 내린 냉악은 재빨리 궁사혼의 곁으로 다가갔다. 자신의 생각보다 궁사혼의 상처는 심각했다.
"허허, 천하의 궁사혼이 이런 꼴로 눕게 될 줄이야… 쿨럭!"
궁사혼은 말을 하다 말고 숨이 벅찬지 기침을 했다.
"말을 멈추십시오, 태상장로님!"
냉악이 기침을 하는 궁사혼을 부축하자 그런 냉악을 보며 궁사혼이 처연하게 말을 했다.
"자네가 가지 않아도 잡을 수가 있겠나?"
"걱정 마십시오. 그 또한 심각한 상처를 입었습니다. 그리고 제겐 그보다 태상장로님의 안위가 더 걱정입니다. 그러니 아무런 말씀 하지 마시고 치료를 받으십시오."
"과연……."
궁사혼은 냉악의 말에 소문이 도망간 방향을 바라보며 염려의 눈빛을 보냈다.

'힘이 없다.'

절체절명의 위기였다. 도망을 오면서 너무 많은 피를 흘렸는지 정신마저 혼미해졌다. 자신을 추격해 온 혈참마대의 인원 중 벌써 반은 자신의 검에 세상을 하직했지만 아직 반이나 살아 있었다. 애초에 출행랑을 시전하고도 이들에게 따라잡힌 것이 문제였다. 처음과는 달리 숙달된 지금, 비록 펼치는 데 내공이 많이 필요하지 않은 출행랑이었지만 한 손으로 벌어진 옆구리의 상처를 잡고 한 손으론 뒤에 업혀 있는 남궁검마저 받친 상태에서는 제아무리 소문이라 할지라도 빠른 속도를 내는 것이 무리였다.

결국 얼마 가지 못해서 자신을 추격한 혈참마대와 다시 한 번 치열하게 싸움을 할 수밖에 없었다. 하지만 이번 싸움은 소문이 일방적으로 몰아쳤던 조금 전의 싸움과는 양상이 달랐다. 우선 내공이 바닥난 소문이 검기를 뿌리지 못했고 그렇다고 빠른 움직임도 보이지 못했기 때문인데, 그럼에도 온몸의 세 맥에 자리 잡고 있는 반야심경도해의 힘을 빌려 그들의 공세를 막고 반이나 되는 인원을 잠재운 것은 어찌 보면 기적이라 할 수 있었다.

'제길 이렇게 죽을 줄 알았으면 미친 척하고 무극지검(無極之劍)이라도 사용하는 건데…….'

소문은 절대삼검 중 마지막 3초식을 사용하지 못한 것이 영 마음에 걸리는 모양이었다. 하지만 소문이 자신도 모르게 간과하는 것이 있었는데 소문의 선조가 무위공을 창안한 이유가 오직 이 마지막 3초식을 시전하기 위함이라는 것이었다. 웬만한 내공으론 감히 꿈도 못 꾸는 그런 무공이 제3초 무극지검인데 하물며 그렇게 내공을 소진하고 사용하려 하다니…….

암튼 검을 들 힘조차 없는 소문은 여전히 자신에게 두려움을 느끼며 천천히 다가오는 적을 그저 바라만 볼 수밖에 없었다. 세상 무서울 것 없던 자신이 이런 모습이 될 줄은 꿈에도 생각 못했던지라 약간 억울한 생각은 들었지만 어릴 적부터 죽음의 고비를 많이 겪어봐서 그런지 그다지 두렵지는 않았다.

그때였다. 뭔가를 보았을까? 체념을 하며 담담하게 서 있는 소문이 아픈 허리를 뒤로 젖히며 세상이 떠나가라 웃어 젖혔다.

"크크크!! 하하하하!!"

소문에게 다가오던 혈참마대의 대원들은 갑자기 웃는 소문의 모습을 보며 흠칫 발걸음을 멈췄다.

"흥, 네놈도 죽으려니 두려운 모양이구나!"

몇몇 혈참마대의 대원들이 그런 소문을 바라보며 비웃는 듯한 표정을 지었다. 하지만 소문은 그런 그들의 말에 아랑곳하지 않고 여전히 크게 웃고 있을 뿐이었다.

"이놈이 미쳤나? 네놈이 목이 달아나도 그렇게 웃을 수 있는지 두고 보자!"

화가 머리끝까지 솟은 혈참마대의 대원들이 검을 들고 소문에게 달려들었다. 그제야 웃음을 멈춘 소문은 혈참마대의 뒤를 보며 소리를 질렀다.

"빌어먹을 영감탱이! 오지 말랬다고 진짜 안 올 생각을 하다니……!"

"허허, 도와주러 와도 뭐라 하는 심보는 무엇인가?"

갑자기 들려오는 음성에 깜짝 놀란 혈참마대의 대원들이 뒤를 돌아

보자 그곳에는 한쪽 팔은 잃었지만 여전히 당당한 모습의 구양풍이 싱글거리며 서 있었다.

"이쯤 왔으면 위험에서 어느 정도는 벗어난 듯싶습니다."

남궁세가에서 퇴각한 이들이 호남성을 가로지르는 장강의 어귀에 도착한 것은 석양(夕陽)이 지고 있는 늦은 오후였다.

무리를 이끌고 있던 제갈공의 말에 겨우 살았다는 안도의 한숨을 쉬던 그들은 곧 자신들의 처지를 생각하고는 비참한 마음을 금하지 못했다.

처음 남궁세가의 모였던 무인의 수가 수백이었다. 며칠 동안의 치열한 싸움 끝에 살아남아 세가를 탈출한 인원은 도저히 움직일 수 없는 심각한 부상을 당해 세가에 남은 사람들을 제외하면 겨우 구십여 명 남짓이었다. 추격하는 패천궁의 수하들을 끌어들여 기습을 한다는 의도마저 실패하고 도리어 함정에 빠졌다가 간신히 구룡산을 벗어나기까지 희생당한 무인들이 또 기십 명이었다. 지옥 같은 여정을 겪고 이곳까지 이른 사람들은 언뜻 보기에도 오십이 채 안 되는 것처럼 보였다.

"허허, 백여 명이 넘는 제자를 이끌고 왔건만 남아 있는 사람이 없구나."

황보천악이 자신의 곁에서 구룡산의 싸움에서 입은 상처를 살피고 있던 황보장을 보며 탄식을 했다.

"어쩔 수 없는 일입니다. 비단 저희 세가만이 그런 것이 아니지 않습니까? 팽가나 당문 또한 직계 가족 몇을 제외하곤 거의 모든 제자들이 목숨을 잃었습니다. 게다가 무공이 약한 제갈가는 겨우 가주 한 분만이 살아 계시지 않습니까?"
　황보장이 침울한 표정으로 대답을 하자 황보천악의 안색은 더욱 어두워졌다.
　"그저 답답해서 한 말이다. 이번 남궁세가에 모인 우리 오대세가의 전력은 결코 만만한 것이 아니었거늘……."
　비단 이들뿐이 아니었다. 단견과 구육개를 제외하고 전 제자들이 몰살한 개방, 영각 대사와 사부의 끔찍한 보호를 받았던 무상, 그리고 18나한 중 고작 세 명이 살아남은 소림이나 대부분의 제자를 잃은 무당 또한 사정은 마찬가지였다. 특히 무당파는 무리를 이끌던 운경 진인마저 구룡산의 함정에서 희생당하고 단 두 명의 어린 제자만 살아남은 지경이었다.
　"그나저나 그 친구는 어찌 되었는지 걱정이 되는군요."
　한숨을 쉬던 황보천악이 의아한 얼굴로 황보장을 보자 황보장은 계속해서 말을 이었다.
　"소문이라는 친구 말입니다. 뒤에 남은 남궁 가주님께 달려갔던……."
　황보장이 말하기가 약간은 거북한 듯이 머뭇거리자 황보천악 또한 안색을 굳히며 말을 했다.
　"후… 의기(義氣)는 좋았지만 살기 힘들 게다. 참 대단한 활 솜씨를 지닌 친구였는데, 뒤에 쫓아오던 인물들이 그리 만만하지 않음에야……."
　황보천악은 고개를 절레절레 흔들었다. 황보장도 소문이 살 가능성이 없다는 것쯤은 잘 알고 있었다. 다만 포로로 잡혀 있던 그가 무사하게 돌아올 수 있었던 것이 모두 소문의 덕이었다는 소리를 들었던 참이라 안타까운 마음에 걱정을 하고 있을 뿐이었다.

그런 황보천악과 황보장의 대화가 끊긴 것은 무리의 맨 뒤에 위치하고 있던 화산파의 장문인 곽무웅이 나서면서부터였다.

"아직 위험에서 벗어난 것은 아니라고 생각합니다. 강을 넘어야 비로소 그들의 마수(魔手)에서 완전히 벗어났다 말할 수 있을 것입니다."

이번 싸움에서 가장 적은 피해를 본 곳이 있다면 그건 화산파였다. 이번에 곽무웅이 데리고 온 제자들은 모두 고르고 고른 정예 중의 정예였다. 그래서인지는 몰라도 남궁세가에 온 화산파의 인원이 이십칠 명이었는데 무려 일곱 명이 살아남았다. 이것은 다른 무파나 세가에 비하면 실로 대단한 것이었다.

"물론입니다. 빨리 강을 건널 선박(船舶)을 준비해야 할 것입니다. 이곳에서 얼마 떨어지지 않은 곳에 포구(浦口)가 있으니 조금만 더 서둘러서 간다면 이 밤을 넘기지 않고 강을 건널 수 있을 것입니다."

누구도 곽무웅과 제갈공의 말에 이의를 달지 않았다. 그저 빨리 편하게 쉬고 싶은 마음뿐이었다. 그런 그들의 행동을 제지하는 사람이 있었다.

"그러지 말고 잠시 기다리는 것이 어떠한가? 자네들의 말이 일리가 있음을 내 잘 알지만 그래도 뒤에 남은 사람들이 있지 않은가? 비록 말은 하진 않고 있지만 남궁세가의 입장도 생각을 해보게나. 남아 있는 사람이 누군가? 그들의 가주네. 그렇게 허무하게 당하지는 않았으리라 믿네. 그리고 그를 구출하러 간 소문이의 무공 또한 범상치가 않으니 기대를 갖고 조금만 기다려 보세."

포구로 이동을 하려던 사람들은 조용히 들려오는 말에 일제히 움직이던 걸음을 멈추었다. 다른 사람도 아니고 당천호의 말이었다. 그의 말대로 따를 수는 없지만 충분히 납득할 만한 대답을 해야 했다. 당천호는 그 정도의 대접은 받을 만한 위치와 힘이 있었다.
"하지만 어르신, 이런 말씀을 드리기 송구하지만 남궁 가주와 소문이라는 친구가 살아온다는 것은 거의 불가능합니다. 물론 저도 그렇게 되기만을 간절히 바라지만 혹여 여기서 머뭇거리다 추격하는 이들에게 덜미를 잡힌다면 남궁가의 형제 분들의 희생이 헛되이 되고 말 것입니다. 안타깝지만 이대로 떠나는 것이 좋을 듯싶습니다."
"……."
당천호가 아무런 말도 하지 않자 그에게 대답을 한 제갈공의 입장이 매우 난처해졌다. 이러지도 저러지도 못하는 상황이 잠시 지속되자 결국 보다 못한 남궁상인이 조용히 한마디 말을 했다.
"그만 가세나. 그들의 운명이야 하늘만이 알고 있겠지. 우선은 남은 사람만이라도 확실히 살아야 하겠지."
모든 문제는 남궁상인의 말 한마디에 해결되었다. 당천호는 남궁상인을 안타까운 눈으로 바라보았지만 어쩔 수 없다는 듯 뒤로 물러섰다. 남궁상인의 말에 힘을 얻은 제갈공은 멈추었던 사람들을 독려했다.
"조금만 가면 안심하고 강을 넘을 수 있소이다. 힘들을 내십시다."
멈추었던 사람들은 다시 이동을 시작했다.
"그런데 소문의 할아버지가 아까부터 보이지 않으시는군요."
"이런, 몸이 안 좋다고 눈까지 흐려졌는가? 소문이 그렇게 떠난 뒤에 조용히 따라가시지 않았나? 다른 사람은 몰라도 그분은 소문과 인척이 아니던가?"
형조문이 곽검명을 나무라며 대답을 했다.
"후, 그렇군요. 무사하셔야 할 텐데……."

곽검명의 말에 고개를 숙이고 잠시 동안 뭔가를 곰곰이 생각하던 형조문은 고개를 번쩍 들고 나지막하게 말을 했다.

"안 되겠네. 자네들 먼저 가세. 나라도 잠시 그들을 기다리다 따라 가겠네."

"아니, 그게 무슨 말입니까? 너무 위험합니다. 그냥 가시지요."

"아무도 그들을 기다려 주지 않는다면 너무 비참한 일 아닌가? 그래도 남은 사람들의 희생 덕에 우리가 이렇게 살아 있는 것인데……."

곽검명이 깜짝 놀라 만류를 하였지만 형조문은 이미 생각을 굳힌 듯했다. 그러자 아무 말 없이 듣고만 있던 단견도 발걸음을 멈추고 말았다.

"제길, 나도 남을랍니다."

"이런, 막내마저… 에라, 모르겠다. 나도 남는다."

결국 곽검명까지 발걸음을 멈추자 이동을 하던 사람들이 멈칫거리지 않을 수 없었다. 모른 체하고 있었지만 이들의 대화를 못 들은 그들이 아니었기 때문이다.

"이게 무슨 짓들인가? 자네들의 마음은 알지만 이래서는 아니 되네. 이미 결정난 사항을 마음에 들지 않는다고 이렇게 마음대로 행동하면 되는가? 그리고 명이는 그런 몸을 하고선 무슨 짓이더냐?"

급히 다가온 곽무웅이 이들을 나무라자 형조문이 당당하게 나섰다.

"결정을 따르지 않겠다는 것이 아닙니다. 다만 그래도 누군가는 그들을 기다려 줘야 한다고 생각을 한 것뿐입니다. 자네들은 포구로 가도록 하게. 남는 것은 나 하나만으로도 족하네."

"아니, 그게 무슨 말입니까? 남으려면 같이 남는 것이지. 저도 남을 겁니다."

곽검명이 어림없는 소리 말라는 듯 아픈 몸을 이끌고 나섰다.
형조문이야 그렇다 쳐도 자신의 아들마저 정면으로 자신의 말에 역행(逆行)하는 행동을 하자 곽무웅은 일순 당황했다. 그리고 갑자기 들려온 단견의 웃음소리는 이런 곽무웅을 더욱더 당황하게 만들었다.
"크크크! 하하하하!"
모든 사람의 시선이 단견에게 쏟아졌다. 그러나 단견은 주위의 시선에 아랑곳없이 웃음을 주체하지 못했다. 오히려 민망해진 형조문이 급히 소리쳤다.
"자네 이게 무슨 짓인가? 여러 선배님들 앞에서!"
하지만 소용이 없었다. 단견의 웃음소리는 더욱 커져만 갔다.
"도대체 무얼 보고… 하, 하하하하!"
도대체 왜 그런 것인지 의아심을 갖은 곽검명은 단견이 바라보고 있던 곳에 시선을 주다가 자기도 모르게 웃음을 터뜨렸다.
"자네마저 왜 그러는가?"
형조문은 곽검명마저 웃음을 터뜨리자 더욱 당황할 수밖에 없었다. 곽검명은 이유를 말하는 대신 한쪽 방향으로 손가락을 가리켰다.
"아!"
모든 이들의 시선이 그쪽으로 향했고 순간 그들은 자신들도 모르게 감탄성을 내뱉고 말았다. 그들이 바라보고 있는 방향에선 두 명의 사람이 힘겹게 걸어오고 있었다.
남궁세가의 형제를 구하러 갔던 소문과 그런 소문을 몰래 따라나선 구양풍이었다.
그러나 자세히 보면 힘겹게 걸어오는 사람은 소문뿐이었다. 그 옆에 걸어오는 구양풍의 모습은 한가롭기 그지없었다. 소문의 모습은 참으로 가관이었다. 등에는 죽었는지 살았는지 모를 사람 한 명을 업고 있었는데 활과 한쪽 손으로 간신히 그 몸을 받치고 있었고, 나머지 한 손으로는 아직도 피가 조금씩 묻어 나오는 옆구리의 상처를 누르고 있었다.

많은 피를 흘리고 거의 모든 힘을 소진한 소문의 걸음은 자연히 갈 지(之) 자가 될 수밖에 없었다. 소문은 자신의 옆에서 태연하게 걷고 있는 구양풍을 바라보며 연신 욕을 해대고 있었다.

'빌어먹을 영감탱이! 내가 걸을 힘도 없는 걸 뻔히 알면서도 도와줄 생각을 하지 않는구나. 훙, 제길! 힘들어 죽겠네.'

사실 지금까지 소문이 남궁검을 업고 온 것은 처절한 자존심의 발로였다. 바람과 같이 등장한 구양풍은 비록 내상이 치유된 것은 아니었지만 소문이 눈을 부릅뜰 만큼 간단하게 혈참마대를 물리치곤 소문에게 다가왔다. 힘들게 버티고 있던 소문이 업고 있던 남궁검을 구양풍에게 넘기려 했지만 구양풍이 던진 한마디는 그런 소문을 얼어붙게 만들기에 충분했다.

"고작 그 정도의 상처에 힘들다고 하는 것인가? 자네도 보지 않았나. 지난번에 내가 입은 상처를. 자고로 상처라면 그 정도는 되어야지. 이 정도의 상처는 검을 업으로 하는 무인에게는 그저 생채기 하나 생긴 것뿐이니 너무 엄살 부리지 말게. 그리고 내가 손이 하나뿐인 관계로 누구를 업고 간다는 게 영……."

황당했다. 어찌 저리 매몰찬 말을!

구양풍은 말을 하자마자 재빨리 몸을 돌리더니 걷기 시작했다. 소문은 그저 멍하니 그런 구양풍을 바라보다가 이를 악물고 걸음을 옮기기 시작했다.

의기천추(義氣千秋) 143

'좋다. 그렇다고 못 갈 내가 아니다. 도와달라고 사정을 할 줄 아는 모양인데 어림도 없지.'

그리고 지금까지 혼자서 남궁검을 짊어지고 여기까지 걸어온 것이었다. 정신을 차리고 있어도 지금의 자신에게는 버거운데 남궁검은 이미 오래전에 정신을 잃고 완전히 늘어져 있었다. 어찌 보면 지금까지 버틴 것만으로도 기적에 가까웠다.

"이보게, 소문이!"

"형님!"

그런 소문에게 제일 먼저 달려온 것은 형조문과 단견이었다. 소문은 말할 기운도 없었다. 그저 가볍게 웃음을 지어 보일 뿐이었다. 딴에는 미소를 짓는다고 지었지만 지금 소문이 보여준 웃음은 남이 보기엔 곧 죽음을 앞둔 사람처럼 처절했다.

"이놈아……."

어느새 달려온 남궁상인이 소문의 등 뒤에 매달려 있는 남궁검을 보며 떨리는 목소리로 그를 불렀다. 하지만 남궁검은 아무런 대답을 하지 않았다.

"많은 상처를 입었지만 생명에는 지장이 없을 것입니다. 하지만 다른 한 분은 도착했을 때 이미……."

소문은 남궁호명이 죽은 것이 자신의 잘못이라도 되는 양 미안해했다.

"아닐세. 정말 고맙네. 이렇게 한 명이라도 살아 돌아올 줄이야! 내 꿈에도 생각을 하지 못했었는데……!"

"아니, 뭣들 하는가? 어서 남궁 가주를 소문의 등에서 내리게. 보아하니 남궁 가주보다 소문의 상처가 더 위중한 듯하네. 어서 서두르게!"

자신들의 등 뒤에서 당천호의 호통이 터지자 그제야 정신을 차린 사람들은 재빨리 소문의 등에 업힌 남궁검을 땅에 눕혔다. 남궁검이 다른 곳으로 옮겨지자 일순 긴장이 풀린 소문은 그 자리에서 주저앉고 말았다. 그리고 그대로 정신을 잃고 말았다.

제18장

사천행(四川行)

사천행(四川行)

"어라! 이곳은 어디지? 이상하네."

눈을 뜬 소문은 자신이 지금 매우 이상한 곳에 있다는 것을 알 수 있었다. 분명히 들판에서 정신을 잃은 것 같은데 지금 자신이 누워 있는 이곳은 아주 잘 꾸며진 방이었다. 어리둥절하여 방 안을 살피던 소문은 문득 자신이 누워 있는 침상의 한쪽 모서리에 엎드려 있는 사람을 볼 수 있었다. 얼굴이 가려 보이진 않았으나 몸이 가늘고 머리카락이 긴 것을 보니 여자가 틀림없었다.

"누구지?"

소문이 의아하게 생각하고 있을 때 방문이 열리며 반가운 사람들이 방 안으로 들어왔다.

"하하! 자네, 깨어났구먼. 그래, 몸은 좀 어떤가?"

방 안에 들어서던 형조문은 소문이 깨어 있는 것을 보고 대뜸 크게 소리쳤다.
"아! 예, 뭐 별 이상은 없는 것 같은데… 한데 여기는 어디인가요?"
소문은 여전히 방 안을 두리번거리며 궁금하다는 듯이 말을 했다. 형조문에 이어 방에 들어온 단견이 대답을 했다.
"제갈세가(諸葛世家)입니다."
"제갈세가?"
소문이 이해가 안 간다는 듯이 반문을 하자 단견은 설명을 하기 시작했다.
"지난번에 형님이 정신을 잃은 다음에 전부 이곳으로 이동을 했지요. 벌써 이틀이나 지났습니다."
"이틀이나?"
단견이 막 뭐라 말을 하려 하는데 조금 전에 소문이 보았던 침상 끝의 여자가 방 안의 소란함에 정신을 차리고 천천히 몸을 일으켰다.
"아! 남궁 소저가 고생이 많습니다."
형조문의 말대로 잠을 깨고 허리를 편 여자는 남궁혜였다. 남궁혜는 형조문의 힐끔 보더니 소문에게 시선을 돌렸다.
"깨어나셨군요."
"예? 아, 예."
남궁혜의 말에 소문이 얼떨결에 인사를 받자 남궁혜는 허리를 굽히며 다시 인사를 했다.
"이번에 저희 아버님을 구해주셔서 뭐라 감사의 말씀을 드려야 할지 모르겠습니다."
"아니, 그게……."
"그럼 몸조리 잘하세요. 그럼 다음에 뵙도록 하지요."

남궁혜는 다시 한 번 허리를 굽히고 방을 빠져나갔다.

"예? 아, 예."

소문은 남궁혜가 인사를 하자 자신도 덩달아 허리를 굽혔다. 하지만 소문이 허리를 폈을 때는 남궁혜의 신형은 이미 방을 빠져나간 이후였다.

"크크큭!"

형조문과 단견이 뭐가 그리 우스운지 킥킥대고 있었다.

"뭐가 그리 우습소?"

"아, 아닐세. 그나저나 자넨 알고 있는가?"

"뭘 말이오?"

소문이 퉁명스럽게 대답을 하자 형조문이 눈을 크게 뜨며 말을 했다.

"아니, 자네는 남궁 소저가 지난 이틀 동안 밤낮을 가리지 않고 자네 곁을 지킨 것을 아직 모른단 말인가?"

"……."

"허허, 이런! 암튼 대단한 정성이었지. 누가 봐도 사랑하는 사람을 간호하는 것으로 착각할 만큼 헌신적이었다네."

"무슨 소릴 하시는 겁니까? 누구 혼삿길 망치려고 그러시는 게요? 행여나 그런 소리 하지 마세요."

소문은 큰일 날 소리 하지 말라며 손사래를 쳤다.

"어휴, 이런 답답한 친구 같으니! 왜 자네를 좋다고 하는 여자를 마다하려 하는가?"

"아니, 왜 자꾸 엉뚱한 소릴 하시는 겝니까? 누가 누구를 좋아한다고 그러는 거요?"

"자넨 남궁 소저의 태도를 보고도 그런 소릴 하는가? 아무리 가문의 은인(恩人)이라지만 자네를 좋아하는 마음이 없다면 그런 정성을 보일 수 있다고 보는가? 그녀가 무가의 딸이고 원체 무림인이라는 것이 남녀의 예의를 그리 심하게 따지지 않는다고 하지만 밤낮을 가리지 않고 병구완을 할 수는 없는 법이라네."

형조문이 사뭇 진지하게 말을 했다. 하지만 소문의 대답은 한결같았다.

"그래도 그런 것은 아닐 것이니 그런 말은 하지 마시구려."

소문도 말은 그리했다지만 마음 한구석에 찜찜함이 드는 것은 어쩔 수 없었다. 아무리 아니라고 우겨도 전혀 관계가 없는 사람의 병구완을 그렇게 정성스럽게 할 수는 없는 것이었다. 더구나 그녀와 자기는 남녀지간이었다.

'제길, 이러다가 엉뚱한 오해 사기 딱 좋겠다.'

그렇다고 병구완 오는 사람보고 오지 말라고 할 수도 없는 노릇이었으니 소문은 그저 답답할 뿐이었다.

남궁혜는 소문이 정신을 차린 이후에도 몇 번을 더 방에 들어왔지만 소문과 별다른 말을 나눈 것은 아니었다. 그저 식사를 챙겨주거나 방 안 정리를 하고는 별다른 말 없이 방을 떠났다. 하지만 그마저도 소문이 불편해하는 눈치를 주자 곧 발걸음을 끊었다. 그런 소문의 처사를 보고 형조문은 여자에 대한 예의가 아니고 남자로서 할 짓이 아니라며 소문을 닦달했지만 소문은 오히려 홀가분할 뿐이었다.

소문이 상처를 치료하고 내공을 회복하는 데는 그리 오랜 시간이 걸리지 않았다. 어차피 바닥난 내공은 무위공을 몇 번 운용하자 순식간에 되찾을 수 있었다. 오히려 문제는 옆구리에 입은 상처였다. 워낙 갈라진 상처 부위가 커서 심히 걱정을 했는데 소문의 상세를 걱정한 사천당가, 남궁세가의 등살에 못 이겨 제갈세가는 그들이 보유하고 있던 많은 약을 소문을 위해 사용했다. 아무리 중한 상처라도 명약(名藥)이란 명약을 있는 대로 써대는 데에는 당할 재간이 없었다.

병상에 있었지만 소문은 매일같이 형조문, 곽검명, 단견 등이 찾아와 이런저런 말을 해주는 통에 많은 사실들을 알 수 있었다.

소문이 쓰러진 그날 구파일방의 본대(本隊)가 장강에 도착을 했고, 막 강을 넘은 남궁세가의 인원들과 만날 수 있었다. 남궁세가의 처절한 상황을 전해 들은 그들은 장강의 요소요소에 척후병(斥候兵)을 내보내고 혹시 모를 패천궁의 도발에 대비를 한 후, 우선은 근처에서 가장 가까운 곳에 위치한 제갈세가로 모여들었다.

하지만 제갈세가는 무가(武家)라기보다는 병법가(兵法家)였다. 세가의 규모가 남궁세가에 비해 다소 손색이 있었기에 세가로 모여든 모든 사람을 수용할 처지가 되지 못했다. 그리고 구파일방의 늦은 대응에 은연중 불만을 지닌 오대세가의 무인들을 염려하여 한자리에 모인 수뇌들은 제갈세가에는 오대세가의 인원들과 몇몇 백도인들만이 남도록 하고, 구파일방은 제갈세가에서 약 사백여 리 떨어진 무당파에 거점을 마련하기로 결정을 했다.

비록 거리가 멀고 세가에 남은 무인의 수도 적었지만 제갈세가는 말 그대로 철옹성(鐵甕城)이었다. 세가 주변에 겹겹이 쳐진 절진(絶陣)은 그 누가 오더라도 하루 정도는 가뿐히 버텨낼 정도였다. 해서 약간의 염려는 되었지만 안심을 하고 떠날 수 있었는데 그들의 염려와는 다르게 강남을 정복한 패천궁에선 아직 이렇다 할 움직임을 보이진 않고 있었다.

그렇게 며칠이 지나고 몸을 회복한 소문이 가장 먼저 찾아간 곳은 당가의 무인들이 거처하는 곳이었다.

"자네 왔는가? 어서 오게."

제일 먼저 소문을 발견한 당문성이 반갑게 소문을 맞아주었다.

"안녕하셨는지요?"

"그래, 몸은 좀 어떤가? 몇 번 보기는 했지만 그때보다 많이 나아진 것 같구먼."

당천호 또한 반색을 하며 인사를 받았다. 방 안에는 지난번 싸움에서 살아남은 당가의 가족들이 모두 모여 있었다. 물론 함께 왔던 세가의 무인은 모두 생명을 잃었고 고작 직계만이 살아남은 상태였다. 소문이 우선 어른들께 인사를 하는데 방 한구석에서 밝은 목소리가 들려왔다.

"이분인가요?"

"……?"

갑자기 들려오는 소리에 소문이 고개를 돌리자 거기에는 자기 또래의 청년이 맑은 치아를 보이고 웃고 있었다.

"저는 당소걸이라 합니다. 말씀 많이 들었습니다."

"아예, 저는 을지소문입니다."

'어라, 이놈은 누구지? 형제가 또 있었나?'

소문이 인사를 하면서 머리를 굴려보았지만 도무지 생각이 나지 않았다. 틀림없이 오늘 처음 보는 사람이었다.

"지난번에 말하지 않았나. 습격조로 나섰다가 팽가의 무인과 실종되었던 동생이라네. 우리는 죽은 줄만 알고 있었는데 다행히 추격을 피해 장강을 넘었다는군."

'아하! 이 친구가 그 친구로구먼.'

소문이 당소걸에 대한 말을 들은 적이 있다는 것을 기억해 내는 것은 그다지 어렵지 않았다. 한데 자신에게 말을 해주고 있는 당소기의 안색이 그리 밝지 않았다.

"혹시 아직 부상이 완쾌되지 않으셨습니까? 어찌 안색이 밝지 않습니다."

소문이 조심스레 그 영문을 물었는데 대답은 엉뚱한 데서 나왔다.

"하하, 큰형님이 저러시는 건 다 저 때문입니다. 걱정할 것도 아닌데 뭘 그리 걱정을 하시는지……."

"이 녀석아! 앞으로 무공을 익힐 수 없다는데도 웃음이 나오는 것이더냐?"

"하하, 형님들도… 비록 단전이 파괴되어 내공은 쌓지 못하지만 외관상 이상한 곳은 없지 않습니까? 팽후 형님은 한쪽 눈을 잃었습니다. 어차피 저는 무공보다는 세가에서 쓸 암기를 연구하고 싶었습니다. 이 기회에 아예 그쪽으로 제 길을 돌리려고 합니다. 어쩌면 전화위복(轉禍爲福)의 기회가 될 수도 있는 것이니 너무 염려하지 마십시오."

당소걸은 자신을 걱정하는 당소기, 소명 형제를 보면서 담담하게 말을 했다.

"그래, 그렇게 강한 신념(信念)을 지니고 있으니 그리 걱정할 일은 아니로구나. 다행스런 일이야."

가만히 대화를 듣던 당천호는 손자들이 대견스러운 듯 부드러운 음성으로 말을 했다. 그리곤 시선을 소문에게 돌렸다.

"그런데 내 가만 보니 자네가 그냥 인사를 하러 온 것은 아닌 듯싶은데 무슨 일인가?"

"예. 이미 몸도 추스르고 했으니 이참에 사천에 다녀올까 합니다."

소문의 갑작스런 말에 좌중의 모든 사람들이 깜짝 놀랐다.

"갑자기 사천이라니? 무슨 소리인가? 어차피 시일이 지나면 큰애가 당가의 정예를 이끌고 올 것이고, 그때 자네 부인 될 소희도 올 터인데 일부러 갈 것까지야……."

당천호는 괜한 고생하지 말고 잠시 기다리라는 의중을 내비쳤지만 소문의 생각은 달랐다.

"조선에서는 남자가 직접 처가에 가서 신부 될 사람을 맞이합니다. 전 조선 사람, 당연히 그리해야지요. 그러니 너무 말리진 말아주십시오."

소문은 자신의 생각을 당당하게 밝혔다.

"허허, 이것 참."

"꼭 가야겠나?"

당천호를 대신해서 당문성이 재차 물어왔다.

"예. 허락해 주십시오."

소문은 크게 고개를 끄덕이며 대답을 했다.

"흠, 그렇다면 할 수 없지. 하지만 자네 혼자 보내기는 모양이 좋지 않으니 여기 소명이나 소기가 함께 가도록 하게."

당문성은 당천호의 눈치를 살짝 보며 은근히 허락을 하는 말을 했지만 이번에도 소문의 생각은 달랐다.

"혼자 갈 수 있습니다. 저들이 아직은 조용해도 언제 이곳으로 몰려올지 모르는 일 아니겠습니까? 한 사람의 무인이 아쉬울 겁니다. 저야 물론 그보다 더 중요한 일을 하러 가는 것이니 어쩔 수 없지만 그런 저를 위해 수고까지 하실 필요는 없습니다."

"하지만 사천은 먼 길이네."

"하하, 너무 염려 마십시오. 배를 타고 가면 쉽게 간다고 들었습니다. 그리고 사천에 당도해서야 당가를 찾는 것은 일도 아니라고 들었습니다만."

당문성은 소문의 말에 살짝 미소를 지으며 말을 했다.

"하하, 그도 그렇지. 배를 타고 사천에 가기만 한다면 당가를 찾는 것은 일도 아닐 것이네."

"그래, 언제 떠날 생각인가?"

당천호도 결국 허락을 할 모양이었다.

"쇠뿔도 단김에 빼랬다고 내일 아침에 떠날까 합니다."

"그래, 알았네. 자네의 생각이 그런 것을 어찌하겠나. 그럼 그리하게나."

당천호의 허락이 떨어지자 소문은 깊게 허리를 굽히고 인사를 했다.

"감사합니다, 어르신."

소문은 잠시 더 그곳에 머물며 이런저런 이야기를 나누다가 자신의 처소로 돌아왔다. 아무리 급하게 가더라도 간단하게 준비를 할 건 해야 했기 때문이다. 준비는 간단하게 끝났다. 그저 옷가지 몇 개만 준비하면 되었는데 그런 소문을 난처하게 한 문제는 따로 있었다.

갑자기 방문이 열리며 들어선 인물, 남궁혜였다.

"아, 어서 오십시오. 안 그래도 검성 어르신께 인사를 드리러 갈 참이었습니다."

소문은 반갑게 인사를 했지만 방 안으로 들어서는 남궁혜의 안색은 그리 밝지 않았다.

"내일 사천으로 떠나신다는 말을 들었습니다."

"예? 아, 그렇습니다. 내일 떠나기로 했습니다. 하하, 이런 말을 해도 될지는 모르겠지만 제가 사천에 있는 정혼녀를 데려가기 위해서 집을 떠난 지도 벌써 1년이 넘었습니다. 빨리 만나서 고향으로 가야지요. 이제 곧 정혼녀를 만날 생각을 하니 가슴이 두근거립니다. 하하하!"

"그렇군요……."

남궁혜는 그저 조용하게 대답을 할 뿐이었다.

"그런데 무슨 일로 오셨는지요? 제게 무슨 볼일이라도……."

"아니요. 그냥… 내일 떠나신다고 해서……."

"하하, 이렇게 오시지 않아도 지금 남궁세가 분들이 머무르시는 곳으로 가려 했습니다. 가시지요."

소문은 남궁혜의 대답을 듣지도 않고 방문을 나섰다.

"후, 내가 무슨 꼴인지……."

그런 소문을 보며 남궁혜는 크게 한숨을 쉬었다.

"지금쯤이면 배를 탔겠지?"

"글쎄요. 시간으로야 충분히 타고도 남음이 있지만 하도 종잡을 수 없는 인간이라."

"크크, 배를 타고 사천으로 가는 게 아니라 소주(蘇州)로 가고 있다고 해도 전혀 놀라운 일이 아니지요."

오후의 따가운 햇살을 피해서 나무 그늘에 주저앉아 술을 마시며 한가로이 웃는 세 사람이 있었다. 누가 빼어 먹기라도 하는 듯 연신 술을 들이키는 사람은 상취개 단견이었고, 술을 마시면서도 들고 있는 섭선을 살랑거리는 인물은 여의공자 형조문이었다. 그리고 가슴을 풀어헤치고 한껏 취해 있는 인물은 검치자 곽검명으로 은세충과의 싸움에서 입은 상처는 벌써 나았는지 붕대를 풀고 있었는데 그래도 가슴에는 제법 큰 흉터 자국이 남아 있었다.
"막내 말도 일리가 있지만 소문이는 그렇다고 쳐도 어르신이 따라가니 그렇게까지 문제가 될 것은 없을 것이네."
형조문이 그래도 의심은 된다는 표정을 지으며 말을 하다가 정색을 했다.
"그나저나 나야 전혀 상관없는 인간이고, 둘째도 화산파에선 이미 포기한 인간이라지만 차기 개방의 방주 직을 맡을 막내는 무당에 가봐야 되지 않는가?"
"아니, 내가 어디가 어때서 그런 말을 하는 게요? 포기라니, 그런 말도 안 되는 유언비어(流言蜚語)를……."
옆에서 듣고 있던 곽검명이 눈을 부라리며 짐짓 화난 표정을 지었다.
"그럼? 자기 문파의 일에는 쥐꼬리만큼도 관심없고 매일같이 무공이나 쫓아다니는 인간을 포기하지 않으면 누굴 포기하나? 그 증거로 이번에 자네의 아버님께서 무당에 올라가시면서 자네에게 혹시라도 같이 가자는 말을 하셨던가? 절대로 그런 말씀을 하지 않으셨을 거라 믿네."
"크크크, 하긴 그도 그럴 게요. 지난번과 같이 대뜸 무당파의 장문인께 비무하자고 검을 들이댈지 누가 알겠소?"
정신없이 술을 마시던 단견이 어느새 또 하나의 술병을 비우며 말을 했다.
"험험, 무슨 소리! 내가 언제 그랬다고 그러는 것인가? 그리고 형님은 내가 아버님께서 가자고 하시는 걸 혼자 남을 형님을 보아 정중하게 거절을 했다는 걸 모르시오?"

"행여나!"

형조문은 기도 안 찬다는 듯 콧방귀를 뀌었다. 그러더니 다시 단견에게 시선을 돌렸다.

"정말 가보지 않아도 되는 것인가?"

"상관없어요. 어차피 제가 가거나 가지 않거나 매한가지인걸요. 그리고 지금 무당파는 각 파에서 몰려든 제자들로 바글바글할 텐데 저까지 가서 소란스럽게 할 필요는 없지요."

"하긴 그건 그렇겠지. 참, 이번에 정도맹에서 파견한 무인들이 누구누구인지 정확하게 아는가? 내가 이놈의 상처 때문에 거의 방 안에만 틀어박혀 있었더니 요즘 돌아가는 사정을 도통 모르겠네."

단견의 말을 듣던 곽검명은 그제야 생각이 났다는 듯 질문을 했다. 그러자 단견을 대신해서 형조문이 대답을 했다.

"정도맹, 아니지, 구파일방이라고 해야 하겠군. 암튼 그들은 이번 남궁세가와 장강 이남에서 일어난 패천궁의 움직임에 놀라긴 많이 놀란 모양이야. 이번엔 하나같이 각 문파의 정예들만 파견을 했네. 그리고 그들을 이끄는 사람들이 대부분 각 파의 장문인들이라지 아마?"

왠지 말하는 형조문의 말투에서 구파일방에 대한 강한 불만이 느껴졌다.

"그만큼 사안이 중요하다고 여긴 것이겠지요. 강남이야 그렇게 되고 말았지만 강북마저 흑도의 손에 넘길 수 없다는 정의감 때문에 장문인들이 나선 것일 겁니다."

단견이 약간은 변명하는 말투로 말을 하자 형조문은 비아냥이 섞인 말투로 반박을 했다.

"홍! 정의감? 자네도 설마 막내의 생각처럼 그들이 정의감 때문에 그렇게 제자들을 이끌고 나섰다고 생각하는가?"

"……."

형조문의 시선을 받은 곽검명은 아무런 말을 하지 못했다.

"그렇게 정의감이 넘쳤다면 애초에 선발대만 보내는 것이 아니었어. 그저 자신들의 일신의 안위만 생각을 한 것이지. 그리고 발등에 불이 떨어지고 다음의 목표가 자신의 문파가 될 수도 있다는 위기감이 그들을 이곳으로 내몬 것이지. 그리고 또 하나, 내가 생각하기엔 아무리 패천궁의 세력이 강맹하다 하더라도 이 싸움은 반드시 백도가 승리를 하리라 보네. 모든 싸움, 그것이 나라 간의 싸움이든 무림문파의 싸움이든, 아니, 뒷골목 파락호들의 싸움에서도 그 싸움이 끝난 이후에는 논공행상(論功行賞)은 반드시 이루어지게 되어 있네. 각 파의 장문인들은 최소한 장문인인 자신들이 직접 제자를 이끌고 싸움에 임했다는 것을 공으로 내세우려 할 것이야."

가만히 듣고 있던 곽검명이 결국 한마디 하고 말았다.

"형님, 아무리 그래도 그럴 리가 있습니까? 물론 그렇게 생각하실 수도 있지만 아마도 그렇지는 않을 것입니다. 그래도 명색이 명문대파(名門大派)들 아닙니까?"

"저도 둘째 형님 말이 옳다고 생각합니다. 이번 강남에서 있었던 일에 대해 구파일방이 비록 그 대응이 늦은 감이 있지만 그렇게 졸렬한 집단은 아닙니다. 설마 하니……."

단견이 곽검명의 말에 동조를 하고 나서자 형조문은 조금은 누그러진 말투로 말을 했다.

"후, 나라고 이런 생각을 하고 싶어서 하겠는가? 하지만 그들이 어떤 생각과 마음을 지니고 있는지는 몰라도 이번 일에 대해선 틀림없이 반성을 해야 해. 자네들도 겪지 않았나? 만약 그들이 하루만 더 빨리 세가에 도착했던들 우리는 남궁세가를 지켜낼 수 있었네."

"……"

"……"

형조문의 말에 곽검명과 단견은 약속이나 한 듯 입을 다물었다. 그들 또한 이번 남궁세가에서 살아남은 아주 극소수의 일원이었다. 남궁세가에서 있었던 싸움이 얼마나 치열하고 위험했는지 잘 알고 있었다. 특히 구룡산에서의 위기를 생각하면 지금도 심장이 놀라 두근거릴 정도였다.

"강남백도의 자존심이 무너졌다네. 비단 강남에만 국한된 것이 아니라 중원백도의 기둥 하나가 무너진 것이라 해도 과언이 아니겠지. 그나마 소문이 그 몸을 하고도 남궁 가주를 구해왔기에 망정이지……"

형조문은 그 당시의 처절했던 일들이 생각나는지 말을 멈추고 살며시 눈을 감았다. 그런 그를 바라보는 곽검명과 단견도 약속이나 한 듯 입을 다물었다.

호북성의 균현(均懸)에는 그 둘레가 삼백여 리에 이르고 주봉인 천주봉(天柱峰)을 중심으로 수십의 봉우리가 호위하듯 둘러싸고 있는 무당산(武當山)이 있었다. 무당산은 그 신비함이 남다르다 하여 중원에 산재한 명산(名山)의 하나로도 유명했지만, 무엇보다 무당산이 그 이름을 사해(四海)에 떨치게 된 것은 중원무림의 태산북두라는 소림과 버금가는 명성을 누리는 중원 최대의 검파(劍派)인 무당파(武當派)가 자리 잡고 있었기 때문이다.

천주봉. 보통 자소봉이라 불리는 곳의 중턱에 무당파의 도관(道館)이 자리 잡고 있었다. 남향으로 지어진 건물 중 정중앙의 태청궁(太淸宮)은 무당을 이끌어가는 장문인이 무당의 대소사(大小事)를 관장하는 곳이었고, 주변의 명심관(明心館)은 무당파의 장로(長老)들이 주로 거주하는 곳이었다.

사실 무당산은 아름답거나 수려한 산세(山勢)보다는 보기만 해도 아찔할 정도로 험한 산으로 유명했다. 기암괴석(奇巖怪石)이 즐비하고 어느 봉우리 하나 평범한 것이 없었다.

이런 험한 산세의 영향으로 무당파는 많은 건물들을 자소봉에 짓지 못하고 자소봉을 둘러싸고 있는 주변의 다른 곳에 지을 수밖에 없었다. 하지만 장문인과 장로들이 거주하는 자소봉에 거의 모든 무당의 힘이 집중되어 있다고 해도 과언은 아니었다.

중원에서 최고의 검학을 자랑하는 무당파였지만 무당파라 해서 반드시 무공만 익히는 곳은 아니었다. 소림에서도 무승(無僧)과 학승(學僧)이 있듯이 무당에서도 도(道)의 원리와 가르침을 공부하는 많은 도인(道人)들이 있었다. 다만 소림과 무당이 모두 무림에 적(籍)을 두고 있는 세력이었기에 사람들의 생각이 오로지 무공 쪽으로만 쏠린 것뿐이었다.

또한 무공을 익히는 제자라 하더라도 신분은 도사(道士)였기 때문에 항상 청정(淸淨)한 마음을 지키기 위해 수련을 게을리 하지 않았고 계율(戒律)을 지킴에도 한 치의 어긋남이 없도록 가르치는 곳이 또한 무당이었다.

한데 평온하고 조용해야 할 무당파가 여느 때와는 사뭇 다른 모습을 하고 있었다. 도관과 연무장에는 한참 수련에 열중이어야 할 무당파의 제자들보다는 며칠 전에 이곳으로 거처를 옮긴 구파일방의 제자들로 인해 몹시 소란스러웠다. 아무리 무당파가 크고 이름이 높다 하더라도 한꺼번에 산에 올라온 많은 인원을 수용하는 데는 다소 모자람이 있었다. 해서 특별히 거처를 배당받지 못한 구파의 제자들이 삼삼오오 모여 야영(野營)을 하는 등 몹시 소란스러웠기 때문에 청정을 유지해야 할 도관이 애초 모습과는 사뭇 다른 모양을 연출하고 있었다.

또한 무당산의 곳곳에는 무장을 한 많은 무인들이 삼엄한 경계를 펼치고 있었고, 대기하고 있는 다른 무인들 또한 항상 긴장의 끈을 놓고 있지 않았다. 그리고 이곳, 무당파의 대소사를 관장하는 태청궁에서는 구파일방의 수뇌들이 모여 연일 회의가 계속되고 있었다.

이곳이 비록 무당파이고 장문인의 거처인 태천궁이었지만 지금 회의를 주재하고 있는 사람은 무당파의 장문인인 운상 진인(雲常眞人)이 아니었다. 지금 무당파는 정도맹에 잠시 그 자리를 양보한 상태였다. 운상 진인을 대신해 정도맹의 맹주 직을 맡고 있는 영오 대사를 중심으로 활발한 회의가 계속되고 있었다.

"며칠 동안 계속해서 대책을 논의하고 그들을 세심하게 관찰했지만 다행히도 패천궁에선 별다른 움직임을 보이지 않고 있습니다. 아마도 우리의 주력이 남하하자 은근히 겁을 내고 있는 것이 분명합니다."

조심스럽게 자신의 의견을 말한 사람은 종남파를 이끌고 있는 장문인 목인영이었다. 이번에 종남파는 장문인인 목인영을 비롯하여 종남파의 약 삼 분지 이에 해당하는 제자와 장로들이 이곳 무당에 집결해 있었다.

하지만 그의 말은 화산파의 장문인인 곽무웅의 반발에 부딪쳤다.

이번 싸움에 제자들을 이끌고 직접 참여한 곽무웅은 다른 어느 때보다 발언권(發言權)이 강했다. 지금도 그는 다른 누구보다 소리 높여 자신의 의견을 개진(開陳)하고 있었다.

"그건 목 장문인께서 너무 안일하게 생각하시는 겁니다. 이번에 제가 그들과 손속을 겨뤄본 결과 여러분께서 생각하시는 것보다 그들의 전력이 실로 막강함을 알 수 있었습니다. 저들은 자신들의 주력이 아닌 그저 흑도의 별 볼일 없는 무인들을 앞세우며 간간이 자신들의 전력을 노출시켰을 뿐인데도 강남의 백도와 남궁세가가 무너졌습니다. 다행히 싸움 막바지에 저들 수뇌부의 일부가 죽임을 당했기에 잠시 여유를 가지고 전력을 재정비하는 것일 뿐, 곧 또 다른 도발이 있을 것입니다. 이렇게 그들을 관망(觀望)만 하고 있으면 언제 다시 강남에서 벌어진 일이 강북에서도 일어날지 모르는 일입니다. 다른 대책을 강구해야 합니다."

"무량수불, 저도 곽 장문인의 말이 옳다고 생각합니다. 아무리 적들이 많았다지만 남궁세가가 그리 호락호락한 곳이 아닙니다. 그런 남궁세가가 무너졌는데 그런 안일한 생각은 아니 되지요. 게다가 지난 수십 년 간 축적된 패천궁의 힘은 그 누구도 가늠하기 어려울 정도입니다."

영오 대사와 동등한 위치에 앉아 있던 운상 진인의 말은 나직하면서도 위엄이 있었다. 그리도 정확하게 사태를 직시하는 식견(識見)도 갖추고 있었다.

"노도 또한 그리 생각합니다. 저들이 잠시 몸을 웅크리고 있는 것은 더 큰 무언가를 노리고 있기 때문 아니겠습니까? 반드시 대비가 있어야 할 것입니다."

공동파의 장문인인 일각 진인(一覺眞人)은 좌중의 시선이 자신에게 모여지자 하던 말을 계속했다.

"그리고 또한 이번 싸움은 결코 쉽게 끝나진 않을 것입니다. 과거를 돌아보더라도 이렇게 흑백 간의 정면 대결은 짧게는 오 년, 길게는 삼십 년 가까이나 지속된 적도 있습니다. 그러니 좀 더 다방면에서의 대비가 있어야 할 것 같습니다."

"그래, 어떤 생각을 가지고 계시는지요?"

처음으로 정도맹의 맹주인 영오 대사가 입을 열었다.

"예, 우선 여러 장문인들의 말씀대로 계속해서 패천궁의 동태를 살피고 경계에 만전을 기해야 할 것이며, 그 다음은 정도맹의 거처를 마련해야 한다는 것입니다. 언제까지 이곳 무당에 머무를 수는 없지 않겠습니까? 빠른 시일 안에 정도맹의 현판을 걸 수 있는 장소를 물색하고 그에 알맞은 직위와 기구, 단체를 만들어야 할 것입니다. 저들은 이미 패천궁이라는 하나의 단체에 모든 명령 체계가 정비되었습니다. 하지만 우리는 어떻습니까? 정도맹이라는 이름은 있지만 구체적으로 무엇이 정해진 것은 하나도 없지 않습니까? 이래선 지금 당장의 싸움에서는 어떨지는 몰라도 싸움이 장기화된다면 틀림없이 큰 낭패를 보게 될 것입니다."

일각 진인의 말은 거침이 없었다. 누구 하나 고개를 끄덕이지 않는 사람이 없었다. 매사에 부정적이고 회의적인 목인영마저 힘차게 고개를 끄덕일 정도였다.

"그렇다면 지금은 저들이 별다른 움직임을 보이지 않고 있으니 만일에 대비하여 경계를 철저히 하는 것으로 하고 우선은 정도맹이 거처할 곳과 세부 기구에 대해서 논의해 보도록 하지요. 사실 지난번에 이미 논의되었어야 하는 것이었는데 갑자기 상황이 급박하게 돌아가는지라 충분한 의견을 교환하지 못한 것이 내심 마음에 걸렸습니다. 잠시 여유를 가지고 생각을 해보도록 하지요."

영오 대사는 어느 정도 의견이 모아졌다고 생각했는지 잠시 휴식을 권고했다. 연일 계속되는 회의에 모두가 지쳐 있었기 때문이다.

*　　*　　*

"첫 번째, 백도멸살지계(白道滅殺之計)는 큰 성과를 거두었습니다. 강남은 물론이고 남궁세가와 그들을 도와주고자 몰려든 많은 무인들을 거의 전멸시킬 수 있었습니다. 비록 몇 명이 살아서 도주를 했지만 더이상 강남에 백도의 세력은 존재하지 않습니다."

"하지만 귀면쌍살(鬼面雙煞)이나 목 호법의 죽음은 내가 전혀 생각하지 않은 일들이네. 목 호법이야 그렇다 쳐도 귀면쌍살은 오랫동안 나를 위해 애쓴 사람들인데."

자신이 세운 계획의 성과를 자랑하던 귀곡자는 예상과 다르게 관패의 반응이 싸늘하자 당황하지 않을 수 없었다.

"하, 하지만……."

"그래, 어쩔 수 없었겠지. 다른 곳도 아니고 남궁세가였거늘."

관패가 안색을 풀고 조용히 말을 하자 귀곡자가 때를 놓치지 않고 재빨리 대꾸를 했다.

"그렇습니다. 비록 쓰러뜨리긴 했어도 남궁세가와 세가를 돕기 위해 몰려든 무인들의 솜씨가 예사롭지 않았습니다. 안타깝지만 그분들의 희생은 어쩔 수 없는 것이었습니다."

그런데 관패는 귀곡자의 말이 끝나자 갑자기 뜬금없는 소릴 했다.

"그렇게 잘 쓰던가?"

"예? 무슨 말씀이신지?"

귀곡자는 갑작스런 관패의 질문에 영문을 모르겠다는 듯 반문을 했다.

"그 친구 말일세. 이번에 백도 측에서 대단한 활약을 했다는… 그 친구가 활을 그렇게 잘 쏘더냔 말일세."

귀곡자는 그제야 관패가 하는 말이 무슨 말인지 알 수 있었다.

"잘 쏘는 정도가 아닙니다. 제가 본 궁의 혈궁단의 솜씨를 익히 알지만 그들은 그놈에 비하면 활을 쏜다고 말할 자격도 없을 정도였습니다."

"허! 그 정도냐?"

관패가 다른 사람들에게 소문에 대한 말을 듣기는 했지만 이 정도는 아니었다. 하지만 직접 책임을 맡았던 귀곡자의 말을 믿지 않을 수도 없었다.

"그놈은 주로 기를 이용해 화살을 날렸는데, 그 기운이 어찌나 막강한지 그걸 제대로 막는 사람이 없었습니다. 심지어 돌아가신 목 호법이나 헌원강 호법마저도 그저 막는 데에 급급할 뿐이었습니다. 하지만 그것이 전부가 아닙니다. 그놈은 활 솜씨뿐만 아니라 검에도 상당한 경지에 이르렀습니다. 어쩌면 태상장로님을 능가할지도 모르겠습니다."

"이런, 아무리 그렇기로서니 태상장로님과 비교해서야 되겠는가?"

관패는 짐짓 노여움이 섞인 투로 말을 했지만 귀곡자는 이에 아랑곳하지 않고 더욱더 충격적인 말을 했다.

"그건 제가 한 말이 아니라 태상장로님께서 직접 하신 말씀입니다."

"허허! 그럴 리가……."

관패는 도저히 믿지 못하겠다는 듯 그저 웃고 말았다. 그런 관패를 보며 귀곡자는 아무런 말을 하지 않았다. 직접 본 자기도 아직 실감이 나지 않으니 보지 않은 관패야 아무리 말을 해도 믿지 못할 것이 뻔했다.

"반드시 제거해야 하는 놈입니다. 해서 제가 이미 혈영대(血影隊)에게 그놈을 제거하라고 명을 내렸습니다. 지금쯤 그놈을 죽이기 위한 준비가 끝나고 있을 것입니다."

"흠, 혈영대라… 알았네. 직접 보지 못하는 것이 아쉽기는 하지만 어쩔 수 없는 일이겠지. 그나저나……."

약간은 아쉬운 듯 말을 하던 관패의 목소리가 갑자기 진지해졌다.

"일은 잘 진행되고 있는가?"

순간 멈칫거린 귀곡자는 금방 관패의 말을 알아듣고 자신감있는 목소리로 말을 했다.

"물론입니다. 지난번 남궁세가에서 제법 많은 시간과 세인들의 눈을 모을 수 있었습니다. 이미 그들은 일차 집결지(集結地)까지 무사히 이동을 끝마쳤습니다. 곧 본격적인 목표를 향해 움직일 것입니다."

설명을 하는 귀곡자의 음성엔 확신이 넘치고 있었다. 말을 듣고 있던 관패도 상당히 흡족했는지 입가에 미소를 보였다.

"흠, 좋아. 이제 시작이지, 이제."

     *   *   *

좁은 소로(小路)를 벗어나 막 관도로 접어든 소문은 기분이 날아갈 듯 붕 떠 있었다. 며칠 동안 생사를 건 싸움을 하느라 피곤도 했지만 무엇보다도 중요한 것은 자신을 따라다니며 늘 귀찮게 굴었던, 물론 한 번 목숨을 구해주기는 했지만 어차피 자기도 목숨을 구해준 적이 있으니 피장파장인 구양풍이 소문의 곁을 떠난 것이다.

제갈세가를 나설 때만 해도 소문은 이런 생각은 전혀 하지 못했었다. 이번에도 또다시 따라오는 구양풍을 보고 속으로야 귀찮고 그저 조용히 세가에 남아주기를 바랐지만 남들의 눈도 있고 해서 아무런 말도 하지 못하고 있었는데 길을 떠난 지 하루 만에 돌연 구양풍의 태도가 돌변했다.

"아쉽지만 이제 그만 헤어지세나."

"……?"

구양풍은 아직 무슨 말인지 이해를 못하고 있는 소문에게 한숨을 내쉬며 말을 이었다.

"자네는 아니라고 할지 모르겠지만 자네는 이미 중원에 불고 있는 풍운(風雲)의 소용돌이에 휘말리고 말았네. 아니, 어쩌면 그 핵심에 자네가 존재하게 될지도 모르지. 자넨 이번 싸움으로 인해 제법 명성을 얻을 수 있을 것이네. 그리고 이제는 자네가 원하든 원하지 않든 간에 흑도무림인들의 표적이 되겠지. 어쩌면 자네를 누르고 명성을 떨치려는 자들도 덤벼들지 모르겠고."

구양풍은 잠시 말을 멈추고 안색을 흐렸다.

"하지만 무엇보다도 자네는 패천궁에서 보내는 살수(殺手)들을 조심해야 할 것이네. 저들의 호법을 죽인 이상 이미 자넨 그들에겐 구파일방의 장문에 버금가는 척살(刺殺) 대상으로 인식되고 있을 것이네. 지금까지의 전례(前例)를 보더라도 이미 자네를 죽이고자 움직이고 있는 자객(刺客)들이 있을 것이네."

"나참, 그 딴 건 하나도 문제될 것 없어요. 전 당가에 가서 정혼녀만 데리고 바로 고향으로 돌아갈 겁니다. 지금까지의 싸움은 어쩔 수 없었지만 이제는 그들이 싸우거나 말거나 저하고는 상관이 없지요. 설마 제놈들이 저를 쫓아 장백산까지 오겠어요?"

소문은 걱정하는 구양풍이 한심하다는 듯 쳐다보았다. 하지만 그런 소문을 바라보는 구양풍의 안색은 펴지지 않았다.

"자넨 강호의 은원(恩怨)이 얼마나 무서운지 모르는군. 그들은 자네를 쫓아 지옥까지 갈 것이네. 그까짓 거리는 문제도 아니지."

구양풍이 그렇게까지 말하자 소문의 안색이 눈에 띄게 굳어졌다.

"그렇다면 그만한 대가를 지불해야겠지요. 지금까지는 제 일이 아니라서 그다지 심하게 손을 쓰지 않았지만 그것이 제 일이 된다면 저도 사정이 달라지지요."

"후! 강호의 일이란 뜻대로 되는 것이 없으니… 아무튼 난 이 길로 소림으로 갈 생각이네."

구양풍의 갑작스런 말에 소문은 깜짝 놀랐다.

"갑자기 소림엔 무슨 일로?"

소문이 그 이유를 묻자 한동안 말이 없던 구양풍은 조용히 그 이유를 말하기 시작했다.

"자네는 부인하지만 자네가 중원에 머물고 있는 한 패천궁의 무인과 계속 부딪치게 될 것이네. 내가 자네와 함께 다닌다면 좋든 싫든 나 또한 그들과 마주치게 되겠지. 하지만 그들이 누군가? 며칠 전만 하더라도 나에게 충성을 바치던 수하들이네. 이전에 자네를 구하면서 어쩔 수 없이 손을 쓰기는 했지만 마음이 편한 것은 결코 아니었네. 내가 이런 말을 하면 그들이 나를 배신했는데 왜 그러냐고 말을 하겠지만 그건 그렇지가 않다네. 어차피 무인이라 자신과 자신이 속한 문파의 명성이 천하에 진동하기를 원한다네. 내가 그것을 수십 년 간 막아왔으니 어쩌면 나의 잘못이 더 크다 할 수 있겠지. 해서 아예 이참에 그들을 피해 나의 마음을 가장 잘 알고 계실 큰스님께 가려고 하네. 그곳에서 내가 입은 내상도 치료하고 지금 일어나는 사태도 지켜보아야겠네. 그러니 아쉽기는 하지만 이쯤에서 헤어지도록 하세나."

'안면(顔面)의 근육 유지(筋肉維持)! 참아야 하느니!'

소문은 행여나 구양풍이 말을 바꿀까 안색을 유지하기 위해 필사적이었다.

'아쉽기는! 바라고 바라던 바인데… 한데 어째 찝찝하네.'

소문은 구양풍의 헤어지자는 말에 우선은 반기기는 했지만 뭔가 이상한 느낌이 들었다. 그리고 그런 마음이 왜 생기는 것인지 알 수 있었다.

"흥, 어째 영감님은 지금 이 상황을 즐기는 것 같습니다. 마치 무인들의 비무를 보는 것처럼 누가 이길지를 관찰하는……."

소문의 말에 구양풍은 크게 웃음 지었다.

"허허, 어쩌면 자네의 말이 맞을지도 모르겠네. 누가 뭐라 해도 패천궁은 내가 이끌어가던 문파가 아니던가? 그들의 힘이 어느 정도인지 궁금하지 않다면 거짓말이겠지. 하지만 나는 그것보다 더 기다려지는 승부(勝負)가 있다네."

"그것이 무엇이란 말입니까?"

구양풍이 자신의 말을 순순히 인정하자 약간은 맥이 빠진 소문이 힘없이 물었다.

"그건 말이지, 나의 무공과 소림의 무공을 비교할 기회가 조만간 온다는 것이지."

"……?"

"자네도 큰스님께 들었을 것 아닌가? 내가 그 옛날에 소림에 도전을 했다가 달마삼검(達摩三劍)에 허무하게 패한 적이 있다네. 그 이후 그 검을 꺾기 위해 절치부심(切齒腐心)한 나는 내가 아는 모든 무공을 집대성하여 달마삼검에 필적하는 무공을 만들어냈다네. 그리고 지금 패천궁의 궁주로 있는 내 제자가 그 무공을 익혔지. 그가 비록 나를 밀어내긴 했지만 그건 어쩔 수 없는 선택일 것이네. 지금 생각해 보면 그만큼 패천궁의 무인들이 불만이 쌓인 것이고, 나를 밀어낸 것은 자중지란(自中之亂)이 일어날 것을 염려한 제자의 최후의 선택이라 보네."

"그건 영감님이 그리 생각하고 싶은 것이 아닌가요?"

"그럴 수도 있겠지. 하지만 그는 그 이전에도 수없이 나를 찾아와 궁내의 그런 상황을 말해 주었지. 하지만 내가 신경을 쓰지 않자 보다 못한 제자가 움직인 것이라네. 어쩌면 그것이 별다른 동요 없이 패천궁을 지키는 마지막 방법이라 생각했을지도 모르겠네."

"……"

소문은 아무 말도 하지 않았다. 패천궁의 그간 사정이 어찌 돌아갔는지는 몰라도 자기의 생각으론 사부이자 주군을 배신한다는 것은 상상할 수도 없는 일이었기 때문이다.

"그 또한 진정한 무인이지. 그리고 강하다네. 어쩌면 자신의 무공보다 강할지 모르는 무공이 있다는 것을 용납하지 않으려 할 것이야. 반드시 그는 소림에 올 것이네. 물론 그가 아닌 다른 사람이 올 수도 있지. 아무도 예상하지 못한 아이가. 암튼 난 그때의 승부를 보고 싶은 것이지."

 구양풍은 말을 하면서도 은근히 제자에 대한 자랑을 숨기지 않았다. 소문의 머리로는 도저히 이해가 안 가는 사제지간(師弟之間)이었다. 소문이 고개를 갸웃거릴 때 어느새 소문에게 다가온 구양풍이 은근히 말을 했다.

 "흠, 원래 한 문파의 무공이란 남에게 잘 보여주지도 않는 것이지만 자네가 원한다면 그 무공을 전수해 줄 수도 있네만. 어떤가? 한번 배워보려는가?"

 구양풍은 큰 선심이나 쓴다는 듯 말을 했다. 하지만 듣고 있는 소문의 반응은 썰렁하기만 했다.

 "아니, 왜 말이 없는가? 배우기 싫은 것인가?"

 구양풍이 재차 물었지만 소문은 대답하기도 귀찮았다. 그러나 간단하게 몇 마디 해주고 말았다.

 "제가 지난번 영감님께 무공을 배운 것은 그저 필요해서 그런 것이지요. 사실 무공은 지금 익히고 있는 무공만으로도 충분합니다."

 소문이 정중하게 거절하자 구양풍은 약간은 실망한 표정을 지으며 말을 이었다.

 "자네가 그리 말을 한다면 어쩔 수 없겠지. 이것 참, 누구는 나의 무공을 배우지 못해 난리인데 거절을 당할 줄이야. 허허허!"

 '나아참! 무공에 엄청 자신이 있는 모양인데 내 무공이 큰스님으로부터 달마삼검보다 더 뛰어나다고 인정받았다면 과연 그런 말을 할 수 있을까? 카카카!'

 하지만 내색은 하지 않았다. 마음이 바뀌어 떠나지 않으면 큰일이었으니까.

"그래, 자네 혼자서도 사천에 갈 수 있겠나?"

"하하, 물론입니다. 이래 봬도 표국에서 꽤 일을 했습니다. 사람들을 어떻게 상대하고 여행을 하는지는 잘 알고 있습니다. 제 염려는 하지 마시고 영감님께서나 조심히 길을 떠나십시오."

소문은 제법 걱정스런 말투로 말을 하였다.

"그럼 자네가 나를 소림까지 데려다 주면 되지 않겠나?"

"예?"

소문은 눈을 동그랗게 뜨고 깜짝 놀라 반문을 했다. 그런 소문의 모습을 보며 구양풍은 박장대소(拍掌大笑)를 하더니 소문이 뭐라 미처 말을 하기도 전에 말을 이었다.

"하하, 농담일세. 그간 얼마나 나를 귀찮아했으면 그리 정색을 하고 놀라나?"

"아, 그… 그게……."

"되었네. 그럼 여기서 헤어지도록 하지. 몸조심하고 당분간은 항상 긴장의 끈을 놓치지 말게나. 틀림없이 살수가 올 것이니. 그리고 너도 잘 지내고."

구양풍은 손을 뻗어 소문의 어깨 위에 앉아 있는 면피를 가만히 쓰다듬어 주었다. 그리곤 곧 몸을 돌려 북쪽, 소림을 향해서 발걸음을 옮겼다.

"몸조심하십시오."

소문은 재빨리 허리를 굽히고 인사를 했다. 구양풍은 그저 하나 남은 손을 들어 공중에서 몇 번 흔드는 것으로 인사를 대신 하곤 고개조차 돌리지 않고 그대로 떠나 버렸다.

"흠, 막상 떠나니 서운하기도 하네. 쥐꼬리만큼은… 하하!"

사천행(四川行) 175

소문은 구양풍이 떠난 방향을 물끄러미 바라보다가 여전히 자신의 어깨에 앉아 깃털을 가꾸기에 여념이 없는 면피를 바라보았다.

"면피야, 오랜만에 둘이 길을 떠나게 되니 기분이 새롭지? 암튼 뭔 놈의 일들이 그리 많은 것인지. 며칠 동안 정말 숨 쉴 틈 없이 싸움만 했다. 이제 나한테 시비 걸 놈도 없겠다… 즐거운 마음으로 떠나보자꾸나. 하하하!"

소문이 형조문이 가르쳐 준 대로 약 반나절을 걸어 도착한 곳은 동정호에서 동쪽으로 약 삼십 리 정도 떨어진 작은 포구였다. 얼마 떨어지지 않은 곳에 있는 동정호에 크고 작은 많은 포구들이 있어서 그런지 소문이 도착한 곳은 그다지 규모도 크지 않았고 왕래하는 배 또한 많지가 않은 듯했다.

"흠, 한산해서 좋기는 한데, 이거 사천으로 가는 배가 있기는 있는 거야?"

소문은 약간은 불안한 얼굴을 하며 중얼거렸다. 소문은 한창 짐을 싣느라 정신이 없는 한 선원(船員)에게 다갔다. 그다지 크지 않은 덩치에도 상당히 무거워 보이는 짐을 번쩍번쩍 드는 폼이 오랫동안 이런 일은 한 듯 보였다.

"저기, 말씀 좀 묻겠습니다."

소문은 배에다 짐을 막 부리고 내려오는 선원에게 말을 걸었다. 선원은 이마에 흐르는 땀을 닦으며 걸음을 멈췄다.

"왜 그러시오?"

"제가 이번에 사천을 가려 하는데 어떻게 하면 사천으로 가는 배를 탈 수 있는지요. 이곳으로 오면 오늘 사천으로 가는 배가 있다고 들었습니다만, 제가 이번에 처음으로 배를 타게 되어서 그런지 그저 막막하기만 합니다."

소문이 자신의 처지를 말하며 선원에게 도움을 청했다.

"이런, 조금 늦었구려. 방금 전에 사천으로 떠나는 배가 있었는데."

선원은 안타깝다는 듯 혀를 찼다. 형조문이 가르쳐 준 배가 그 배인 모양이었다.

'제길, 조금 더 빨리 올걸. 오랜만에 혼자 다닌다고 이곳저곳 기웃거렸더니…….'

소문은 자신의 느린 걸음을 후회했지만 한번 떠난 배가 돌아올 리 만무했다.

"그럼 언제 다시 사천으로 떠나는 배가 있습니까?"

소문이 다급한 심정으로 말을 했지만 선원은 그저 안타까운 표정을 지을 뿐이었다.

"여기는 다른 곳과는 달리 규모가 크지 않은 포구인지라 배가 별로 다니지 않소. 사천으로 가는 배는 보통 열흘에 한두 번 있을까 말까 하니 차라리 동정호에 있는 큰 포구로 가보도록 하시오. 그곳에서는 쉽게 배를 탈 수 있을 것이오."

선원은 친절하게 방법까지 알려주었다. 하지만 소문은 답답할 뿐이었다.

'후, 정말 힘들다, 힘들어. 도대체 어떻게 생겨먹은 정혼녀길래 이리 만나기가 힘든 것이라냐.'

소문이 아무 말 하지 않고 상심을 하고 있자 선원은 딱하다는 듯이 소문을 바라보다가 말을 했다.

"사실 이 배가 사천으로 가기는 가오. 하지만 이 배는 손님을 나르는 배가 아니라 단순히 물건을 싣는 배이고, 더구나 이번엔 사천 지방으로 표행 길에 나서는 은마표국(銀馬驃局)에서 이 배를 통째로 빌렸기 때문에… 하지만 그대의 사정이 정 급하다면 내 은마표국의 표사들에게 안내해 줄 테니 말을 한번 해보도록 하시오."

난감해하던 소문은 선원의 말에 귀가 번쩍 뜨였다.

"감사합니다. 부탁은 제가 할 터이니 안내를 해주시지요. 정말 감사합니다."

"이런, 당신이 하도 상심해하기에 말을 한 것뿐인데 뭘 그러시오. 그리고 아직 승선(乘船)이 결정된 것도 아닌데."

선원은 구릿빛 피부와는 달리 하얀 이를 드러내며 웃었다.

"아닙니다. 그들에게 허락을 받든 못 받든 제게 신경을 써주신 것은 틀림없지요. 전 그것에 대해 감사할 뿐입니다."

"알았소. 알았으니 그만 하시오. 원……."

선원은 약간은 겸연쩍은 표정을 지으며 소문을 포구에서 얼마 떨어지지 않은 객점으로 소문을 데리고 갔다.

"잠시 기다리시오. 아무래도 그대보다는 내가 가서 말을 하는 것이 나을 듯싶으니 예서 잠시 있어보시오."

선원은 객점 입구에 소문을 세워놓고 안으로 들어갔다. 사실 이곳은 객점이라고 부르기엔 규모가 너무 작아 침실이 있는 이층만 보이지 않아도 그냥 단순한 주점(酒店)이라 해야 더 어울릴 것 같은 그런 곳이었다. 잠시 동안 소문이 객점 입구에서 서성거리고 있을 때 안으로 들어갔던 선원이 활짝 웃으며 걸어나왔다.

"하하, 잘됐소. 별다른 말을 하지 않았는데도 쉽게 승낙을 하는구려. 솔직히 기대는 하지 않았는데… 보통 다른 표국에서는 이런 부탁을 하면 혹시 모를 녹림의 간세(奸細)가 아닐까 염려하여 다른 사람과 동행하는 것을 꺼리는데 역시 은마표국은 중원 최고의 표국답게 자신만만하구려. 암튼 잘됐소. 배는 잠시 후에 떠날 것이니 혹시 준비할 것이 있으면 어서 준비를 하도록 하시오."

소문은 선원의 말에 크게 기뻐하면 연신 인사를 하다가 잠시 의아한 표정을 지었다.

"한데 지금 가서 인사라도 해야 하는 것은 아닐까요?"

"아니오. 저들도 지금 떠날 채비를 하느라 몹시 분주하오. 인사는 잠시 후 배에서 하는 것이 좋을 듯싶소."

인사를 하러 객점 안으로 들어가려는 소문을 만류한 선원은 고개를 가로저었다. 소문은 그런 선원을 보다 문득 생각나는 것이 있어 말을 했다.

"저기, 언뜻 보아하니 나이도 저보다 한참 윗길일 듯싶은데 편하게 말씀하시지요."

"하하, 처음 보는 사람에게 나이가 어리다고 말을 편하게 해서야 되겠소?"

"그래도 제가 불편해서 그렇습니다. 그냥 편하게 대해주시지요."

소문이 재차 청하자 선원은 껄껄 웃으며 대답을 했다.

"좋소. 그게 편하다면 내 그리하겠소. 그래, 자넨 이름이 무엇인가?"

"을지소문입니다."

소문의 대답을 들은 선원은 소문의 이름을 몇 번 되뇌어 보더니 말을 했다.

"을지소문이라… 을지 성은 좀처럼 듣기 어려운 성인데……."

"하하, 좀 그렇지요? 그래도 특이한 성이라 기억하기는 쉽지 않습니까?"

소문이 씨익 웃으며 말을 하자 선원도 웃으며 말을 받았다.

"하하, 그럼! 없는 것보다야 있는 것이 좋지. 이런, 내 정신 좀 보게. 아직 내 소개도 안 했구먼. 내 이름은 두아(竇牙)라고 하네. 반갑네."

겉모습은 무뚝뚝하고 험상한데 웃는 모습은 완전히 순박(淳朴)한 시골 사람 그 자체였다.

'이야, 내가 듣기엔 뱃사람은 상당히 거칠다고 했는데 그런 것도 아닌 모양이구먼.'

소문은 웃을 때마다 드러나는 하얀 이의 두아를 보며 속으로 웃고 있었다.

이런 소문의 생각을 아는지 모르는지 두아는 그저 여전히 웃음 지으며 소문에게 이런저런 이야기를 하고 있었다.

"우웩! 우웨엑!"

조용히 앞으로 나아가던 배에서 요란한 비명성이 들리고 있었다. 배에 타고 있던 사람들은 벌써 한 시진째 들려오는 소리에 이제는 면역(免疫)이 되었는지 그저 그러려니 하는 표정이었다. 더러는 안타까워하는 사람도 있었고 웃는 사람도 있었지만 그저 바라만 볼 뿐이었고, 단지 소문을 배에 태워주었던 두아만은 또 한 번 강 쪽으로 목을 빼고 구역질을 하는 소문에게 다가와 염려가 된다는 듯이 쳐다보고 있었다.

"괜찮겠나? 처음 배를 타면 원래 뱃멀미가 심하게 난다네. 하지만 바다에 나간 것도 아니고 강에서 운행(運行)하는데 이렇게 심하게 뱃멀미를 하는 사람은 자네가 처음일세."

소문은 두아가 무슨 말을 하는지 들을 힘도 없었다. 소문은 한참을 구역질을 하다가 겨우 진정이 되는 듯 갑판(甲板) 위의 난간 걸쳐 배 바깥으로 빼고 있던 몸을 세우다가 그대로 주저앉고 말았다. 이미 뱃속에 들어 있던 모든 내용물은 쏟아낸 지 오래였고 조금 전부터는 그저 누런 액체만 간간이 나오고 있었다. 얼마나 그 고통이 심했던지 사람들이 소위 말하는 명경지수(明鏡止水) 같은 눈동자 정도는 아니지만 나름대로 맑게 빛난다고 생각하던 두 눈은 어느새 풀려 있고, 볼은 초췌해져 단 한 시진 만에 다른 사람을 보는 것 같았다.

"으… 이놈의 것이 언제까지 계속된답니까?"

소문이 말도 잘 안 나오는 듯 겨우 쥐어짜서 물어오자 두아는 재빨리 대답을 해줬다.

"사람마다 다르네. 금방 적응하는 사람도 있고 제법 긴 시간을 고생하고서야 비로소 적응을 하는 사람도 있지. 그게 언제쯤 멎을지는 아무도 모르지."

"제, 제엔장! 지난번 장강을 건널 땐 이러지 않았는데……."

"흠, 자네가 배를 타는 것이 이번이 처음이 아니었군. 그런데 무슨 멀미가 이리도 심한가? 이상하군 그래."

"그러니까 환장할 일이 아닙니까? 우웩!"

"또 그러는가? 휴……."

소문은 말을 하다 말고 다시 구역질을 하기 시작했다. 이제는 나오는 내용물도 없는지 아예 바닥에서 움직이지도 않고 있었다. 자신이 해줄 수 있는 것은 그런 소문의 등을 두들겨 주는 것뿐 아무것도 할 수 없던 두아는 소문을 보며 혀를 찰 뿐이었다.

"호호, 어린 친구가 고생하는군. 나도 저 고통을 알지. 정말 미치고 환장할 고통이지. 크크크!"

소문이 그렇게 구역질을 하는 동안 배의 한쪽에서 아까부터 소문을 바라보고 있는 시선들이 있었다.

"자네 말투가 어째 영 그렇구먼. 저 친구를 안쓰러워하는 건가? 아니며 재미있어하는 건가?"

치평(治平)은 아까부터 웃느라고 정신이 없는 예도준(芮挑峻)을 바라보며 핀잔 섞인 말을 던졌다.

"흠흠, 누가 재미있어한다고 그러나? 난 그저 옛날의 내가 생각이 나서 그러는 것이지. 내가 첫 표행 길에 이놈의 배를 타지 않았겠나. 어찌나 고생했던지……."

예도준이 손을 저으며 변명을 했지만 동료의 믿음을 받지는 못했다.

"그렇다면 자네야말로 저 친구의 심정을 잘 알 텐데 도움을 주기는커녕 웃고만 있으니 백번을 양보해서 생각해도 자넨 저 친구의 고통을 즐기는 것 같아."

치평의 옆에 섰던 사내마저 그렇게 말하자 예도준은 조금 무안했던 모양이었다.

"이런! 은상(慇償)이, 자네마저 그리 말을 하는가? 내가 설마 남의 고통을 즐기는 사람으로 보이나? 험, 나도 속으로는 계속 걱정을 하고 있었다네."

"행여나?"

예도준은 자신의 말에 도저히 믿을 수 없다는 눈을 하며 이상하게 쳐다보는 동료들을 뒤로하고 보란 듯이 소문에게 다가갔다.

"소형제가 고생이 많네그려."

"예? 예……."

소문이 대뜸 다가온 예도준을 이상하다는 듯이 쳐다보았다.

"나는 은마표국에서 일을 하는 예도준이라 하네. 소형제가 하도 뱃멀미로 고생을 하기에 내 보다 못해 도움을 주려고 왔네."

"아, 그러시군요. 저는 을지소문이라고 합니다."

소문은 아직 은마표국 사람들과 인사를 하지 못했다. 자신이 배에 타는 것을 허락한 것에 대한 인사를 하려고 마음먹었지만 아직 그런 기회를 갖지 못했다. 그도 그럴 것이 배가 출발하자마자 채 일각도 안 돼서 시작한 뱃멀미였다. 인사를 하고 자시고 할 정신이 없었다.

"먼저 인사를 드려야 하는 것인데 제가 이런 모습이라……."

소문이 약간은 죄송스럽다는 표정을 지으며 말을 하자 예도준은 살짝 미소를 지었다.

"하하, 그런 소리 하지 말게. 나도 옛날에 뱃멀미를 지독하게 경험을 한 적이 있어서 소형제의 고통을 잘 알고 있다네. 멀미를 해보지 않은 사람은 아무도 모르지, 그 고통을."

"그러시군요."

"이놈의 뱃멀미라는 것이 처음 시작할 때 그저 속이 조금 이상한 정도에 불과하지만 곧 온몸에서 식은땀이 흐르고 머리는 지끈지끈 아파오고 종내에는 뒤집어질 대로 뒤집어진 뱃속에서 모든 음식물을 토해내고 말지. 문제는 그걸로 끝이 아니라 그건 시작에 불과하니 계속되는 배의 움직임에 따라 뱃속도 요동을 치고 덩달아 따라오는 고통, 끊임없이 밀려오는 그 고통을 뭐라 말로 표현하겠나. 이것은 어디 싸우다 다친 것도 아니고 그 느낌마저 요상한 고통 아니겠는가?"

소문은 자신이 바로 그렇다는 듯 고개를 끄덕였다. 문제점을 정확하게 표현하는 것을 보니 틀림없이 해결책을 가지고 있을 것이다. 소문은 기대에 찬 눈으로 예도준을 바라보았다.
 "험, 해서 말을 하겠네만 소형제는 지금 멀미의 거의 끝 부분에 와 있다네. 고통이 가장 심할 때지. 하지만 사람의 몸은 참으로 위대한 것이라네. 아무리 힘든 상황이 와도 곧 그것에 적응하는 힘을 준다네. 내가 보기에 이제 얼마 지나지 않으면 자네의 고통도 멈추게 될 것이네. 사실 멀미가 시작하기 전엔 멀미를 막을 많은 방법들이 있지만 한번 시작한 멀미는 그 방법이 없다네. 그저 시간이 해결해 줄 뿐이지. 그러니 조금만 더 고생을 하시게나. 넉넉잡고 한 두어 시진만 더 고생을 하면 그 고통에서 벗어날 수 있을 것이네. 그럼 힘을 내시게. 난 돌봐야 하는 물건이 있어서… 그래도 멀리서나마 자네를 응원하고 있겠네."
 예도준은 자기의 할 일을 다 했다는 듯이 말을 하고는 자신의 동료들이 기다리는 곳으로 돌아가 버렸다.
 '뭐냐, 저놈은! 뭐라고? 두어 시진을 더 고생하라고? 나보고 죽으라고 하는구나. 날 놀리려고 온 거야, 아님 걱정돼서 온 거야? 빌어먹을 자식! 그 따위 말은 지나가는 개라도 하겠다!'
 소문은 너무 어이가 없었지만 그런 예도준에게 뭐라 해줄 힘도 남아 있지 않았다.
 '윽, 또!'
 소문은 또 한 번 요동 치는 뱃속의 기운을 감지하고는 절망에 빠지고 말았다. 될 대로 되라는 식으로 아예 갑판에 누워버렸지만 그 고통이 줄어든 것은 아니었다.
 "우웩!"

 "고생했네. 어떤가? 이제 속은 좀 괜찮은가?"

두아의 말에 선실(船室) 안에서 쉬고 있던 소문은 약간은 생기가 도는 목소리로 대답을 했다.

"예. 이제 많이 진정되었습니다. 조금 전에는 약간의 죽도 먹었습니다. 저 때문에 일부러 만들었다고 하더군요. 고맙습니다."

"하하, 고맙기는. 암튼 고생했네. 원래 이렇게 고생을 하면 다음부터는 그리 심하게 고생하지는 않는 법이지. 이제는 배를 타도 그렇게 힘들지 않을 것이네."

두아는 여전히 미소를 지으며 말을 했다.

"참, 제게 죽을 가져오던 친구가 그러던데 이 배의 주인이시라면서요? 저는 그저 여기에서 일하는 선원인 줄 알았는데… 제가 큰 실수를 했습니다."

소문이 고개를 숙이자 두아는 깜짝 놀라며 소문을 말렸다.

"이런, 그 친구가 쓸데없는 소리를 했군. 하지만 그게 무슨 상관인가? 자네가 모른 것은 내가 말을 안 했으니 그런 것이고, 또 그게 그렇게 중요한 문제도 아니니 이러지 말게. 내가 무안하네."

두아의 말에 숙였던 허리를 편 소문은 문득 생각나는 것이 있었다.

"그런데 배의 주인쯤 되면 밑에서 일하는 사람들이 많을 텐데 무엇 때문에 그렇게 손수 짐을 나르고 계셨습니까? 제가 그 모습에 깜빡 속았지 뭡니까?"

소문은 처음 두아를 만날 때 그가 짐을 나르고 있던 모습이 생각나서 이렇게 물었다. 그러자 두아는 아무렇지도 않은 듯 말을 했다.

"그거 말인가? 하하, 그거야 당연하지 않은가. 내가 아무리 배의 주인이고 밑에서 일하는 선원들도 있다지만 아무것도 안 하고 놀 수는 없지 않은가? 자네가 보기엔 어떤지 몰라도 난 힘이라면 누구에게도 지지 않는다고 자부했던 사람이네. 내가 자네 나이였을 때는 힘 자랑을 한다고 무던히도 아버지의 속을 썩여드리기도 했고. 비록 아버지가 돌림병에 걸리셔서 돌아가셨다지만 원래 그리 약한 분이 아니었는데… 나도 아버지가 돌아가신 하나의 원인이 되었다네. 그런 데다가 아버지가 돌아가시고 이렇게 가업(家業)을 물려받게 되니 자연히 감사하고 죄송스런 마음에 내 나름대로 열심히 일하고 있는 것이라네. 하하! 그게 나 때문에 속을 끓이다 돌아가신 아버지께 조금이나마 속죄를 하는 길이기도 해서."

말을 하던 두아의 안색에 살짝 어둠이 비쳤다. 두아가 입을 다물자 왠지 말을 꺼내기가 어색했던 소문도 덩달아 입을 다물었다. 잠시 침묵을 지키다가 다시 본래의 안색으로 돌아온 두아가 밝은 목소리로 말을 하기 시작했다.

"참, 자네 사천으로 간다고 했는데 정확하게 어느 곳으로 가는가?"

"사천당가로 갑니다."

"흠, 사천당가라… 처음 자네의 모습이 심상치가 않더니만 사천당가와 관계가 있었군."

두아가 약간은 놀란 표정을 지으며 말을 하자 소문은 재빨리 말을 이었다.

"하하, 관계는요. 무슨 그저 볼일이 있어서 가는 겁니다."

"그런가. 그나저나 사천당가면 성도(成都)에 위치하고 있는데… 지금 이 배가 가는 곳은 성도보다는 귀주성에 가까운 강안(江安)이라는 곳이네."

"강안이라는 곳에서 성도가 많이 떨어져 있는 겁니까?"

소문이 내심 걱정이 되는 듯 물어오자 두아도 걱정스런 어투로 대답을 했다.

"글쎄, 아주 먼 것은 아니지만 제법 거리가 있지. 적어도 오백 리는 떨어져 있을 것이니."

'후, 정말 힘들구나, 힘들어.'

오백 리라는 말에 왠지 정신이 아득해지는 느낌이 들었다.

"그래도 사천까지 갈 수 있는 게 어딥니까? 그까짓 거리야 문제도 아니지요."

소문은 내심 밀려오는 짜증을 털어내려는 듯 큰 소리로 말을 했다.

"하하, 그럼 다행이네. 하긴 그 정도의 거리야 크게 문제될 것이 없겠지."

* * *

동정호가 바라보이는 어느 객점 안에서 조용한 움직임이 있었다.

"연락은 왔는가?"

동정호의 풍경을 바라보던 사내는 뒤에서 느껴지는 인기척에 고개조차 돌리지 않고 물었다.

"예, 대주님. 막 접근에 성공하였다는 전갈이 왔습니다."

"호오! 벌써?"

자신의 뒤에서 들려오는 대답에 약간은 의외라는 반응을 보이며 돌아선 사내, 나이는 이제 갓 삼십을 넘어 보이고 얼굴이 상당히 준수하게 생긴 인물이었다. 방으로 들어온 사내로부터 대주라고 불린 사내는 들고 있던 찻잔을 내려놓으며 다시 한 번 질문을 했다.

"자네가 보기엔 어떤가? 성공할 수 있다고 생각하는가?"

"혈영대(血影隊)에게 불가능이란 없습니다."

사내는 지체없이 대답을 했다.

"하하하! 부대주, 자네는 그 자신감이 너무 커서 탈이야. 내가 보기엔 그리 쉬운 상대가 아닌 것처럼 보이네만. 자네 말대로 그렇게 쉽다면 그자에게 당한 패천궁의 호법들은 무슨 꼴이 되겠는가? 더구나 쉬쉬하고 있지만 태상장로께서도 그를 어쩌지 못했다고 하지 않는가? 자네가 생각하는 것처럼 결코 쉬운 상대가 아니야."

백검마라는 명호를 지닌 혈영대의 대주 안당은 절대 그럴 리 없다는 표정을 짓고 있는 부대주 하문도를 보며 조용히 웃을 뿐이었다.

"그래, 성공하고 실패하고는 곧 드러날 일이겠지. 연락은 그게 다인가? 그저 접근했다는?"

"그게……."

하문도는 대답을 하다 말고 일순 말을 멈췄다. 그러자 안당은 의아하다는 듯 물었다.

"왜 그러는가? 무슨 문제라도 있는 것인가?"

"성공을 자신하던 속하였지만 사실 은근히 걱정을 하고 있었습니다."

안당은 냉막한 표정의 얼굴에 전혀 안 어울리는 표정을 지으며 말을 하는 하문도를 바라보며 크게 웃음 지었다.

"하하핫! 자네도 그리 생각하고 있었구먼. 그놈의 자존심 하고는. 하하하! 그런데 무슨 안 좋은 소식이라도 있는 것인가?"

"그런 건 아닙니다."

"허참, 자네답지 않게 무슨 뜸을 그리 들이나. 어서 말을 하게나. 답답하네."

하문도는 거듭되는 안당의 재촉에 자신이 머뭇거리고 말을 하지 못했던 그 이유, 소문에게 접근한 수하에게서 날아온 서찰에 적힌 그대로를 천천히 설명하기 시작했다.

"하하하하! 그래서? 그냥 바라만 보고 있었다는 말이지? 혹시 잘못 안 것은 아닌가 하고?"

"그랬다고 합니다."

안당이 방 안이 떠나가라 웃어대자 괜스레 낯이 뜨거워진 하문도가 힘없이 대꾸했다.

"크크크! 이것 참, 그 좋은 기회를 놓치고 나서야 그가 목표임을 확신할 수 있었단 말이고?"

"그랬다고 합니다."

하문도는 이번에도 좀 전과 같이 힘없이 대답했다.

"이런, 웃어서 미안하네. 하지만 생각만 해도 웃음이 나오지 않는가? 절세의 고수를 암살하기 위해서 우리 혈영대에서 수위를 다투는 자객이 투입되었고, 그 고수라는 자가 배에 오르자마자 뱃멀미에 구역질을 해서 온갖 허점을 노출시켰는데도 그 좋은 기회를 놓쳤다니. 게다가 그가 목표인지 아닌지를 고민했을 일호를… 참, 이번 일을 맡은 자가 일호 맞는가?"

안당은 말을 하다 말고 질문을 했다.

"예, 혈영일호가 맞습니다."

하문도는 대주란 자가 중대한 일에 파견된 수하가 누군지도 모른다며 질책하는 표정을 지으며 대답을 했다.

"그런 눈으로 쳐다보지 말게. 내가 이런 게 어디 하루 이틀인가? 힘, 아무튼 일호가 얼마나 고민을 했겠나? 생각만 해도 우습지 않은가?"

사천행(四川行) 189

"전혀 웃으실 문제가 아닙니다. 어쩌면 쉽게 제거를 할 수 있는 자를 어리석은 놈 때문에······."

하문도는 혈영일호가 눈앞에 있으면 당장이라도 목을 칠 기세를 하며 분개해했다.

"하하! 그러지 말게. 군사의 부탁을 받고 이곳으로 온 내가 왜 수하들을 풀지 않은 줄 아는가? 지금 당장 그 친구와 부딪치면 모르긴 몰라도 상당히 많은 수하들이 목숨을 잃게 될 것이야. 하지만 그게 두려운 게 아니지. 어차피 그 친구는 제거되게 되어 있는데 아까운 내 수하를 무엇 하러 희생시키겠는가? 그 친구가 사천에 도착한 연후에는 사정이 달라질 것이니 우리는 그저 조용히 지켜만 보면 될 것이야."

하문도도 안당이 말하는 바가 무엇인지 알고 있는지 고개를 끄덕이고 있었다.

"참, 그런데 확신을 못했다던 일호가 어떻게 그가 목표인지 알았다던가?"

"그의 짐에 있는 활을 보고 알았답니다."

하문도는 자신의 말에 고개를 끄덕이는 안당을 보며 조심스레 말을 이었다.

"하면, 혈영일호에게는 어떻게 하라고 합니까? 그래도 제법 접근하는 데 성공한 듯한데······."

"기왕 접근을 했으니 시도는 하라고 하게. 하지만 별다른 기대는 하지 않는 것이 좋아. 어차피 그가 상대할 수준의 고수가 아닌 듯하니. 그런데 멀미라··· 크크크! 허참, 웃음이 계속 나오는구먼 그래. 하하하!"

"알겠습니다. 그리 전하겠습니다."

하문도는 여전히 키득거리며 채신없이 웃고 있는 안당을 보곤 고개를 절레절레 흔들며 재빨리 방 안에서 나오고 말았다.

*　　　*　　　*

"을지소문입니다. 좀 더 일찍 인사를 드렸어야 했는데, 제게 피치 못할 일이 생겨서 이렇게 늦었습니다."

하루가 지나고 이제는 어느 정도 안색을 회복한 소문이 간단히 아침 식사를 해결하고 제일 먼저 한 일은 표행에 나선 은마표국 사람들에게 인사를 하러 간 일이었다. 혼자 가기에는 어딘지 어색해 두아와 함께 표행단이 머물고 있는 선실에 들어섰는데 미리 기별을 받은 표사들과 그들을 이끌고 온 표두 송염(宋炎)은 그런 소문을 반갑게 맞이해 주었다.

"하하, 자네의 피치 못한 사정을 모르는 사람은 이곳에 아무도 없다네. 그런 걱정일랑은 하지 말고 우선 앉게나. 나는 이번 표행단을 맡고 있는 송염이라 한다네."

소문은 송염이 권하는 대로 선실에 마련된 탁자에 자리를 잡았다. 잠시 둘러보니 자신이 머물고 있는 선실과는 비교도 할 수 없을 정도로 규모가 큰 선실이었다.

"이제 속은 괜찮은가? 원래 처음 배를 타는 사람은 그렇게 고생을 하게 되어 있다네."

송염은 소문이 탁자에 앉자 이름 모를 차를 권하며 말을 꺼냈다.

"예. 이제는 단련이 되었는지 어제와 같지 않습니다. 어제는 정말 이러다 죽는 것은 아닌가 하는 생각이 들 정도로 힘들었습니다."

"하하! 설마 멀미 조금 한다고 그렇기야 하겠는가? 하지만 힘들긴 힘들었는가 보네. 그런 말을 하는 것을 보니."

소문의 말에 파안대소(破顔大笑)를 한 송염은 고개를 돌려 한 사내를 바라보았다.

"그러고 보니 도준이, 자네의 옛날이 생각나는구먼. 그게 아마 자네의 첫 표행이었지? 나로서는 표두가 되고 나서 처음 한 표행이었고?"

"예, 표두 어른. 그때는 장강이 아니라 황하(黃河)였습니다. 어찌나 고생을 했던지 지금도 그때의 기억이 생생합니다."

소문은 자신의 왼쪽에서 어딘지 익숙한 목소리가 들리자 고개를 돌렸다. 그곳에는 어제 오후에 한참 고생을 하던 자신에게 다가와 약만 올리고 간 그 '빌어먹을 놈'이 서 있었다.

"어제 보았지? 정말 고생했네. 그래도 안색이 좋아 보이는 걸 보니 이제는 나도 안심이 되네그려."

천연덕스럽게 말하는 그의 입을 한 대 쳐주고 싶은 충동을 가까스로 참은 소문은 정말 내키지 않는 마음으로 대꾸를 했다.

"감사합니다. 다 염려해 주신 덕분이지요."

"하하! 염려는 무슨."

그래도 염치는 아는지 그쯤에서 물러나는 예도준이었다.

"내가 소개를 하겠네. 저 친구는 안면이 있다고 했으니 되었고, 이 친구는 치평이라 하고 저기 서 있는 친구는 백은상이라 한다네. 그리고 두 명의 표사가 더 있는데 그들은 배에 실린 물건을 살피고 있다네."

송염의 소개를 받은 표사들은 저마다 소문의 건강을 물으며 인사를 했다. 소문 자신도 약간의 표국 생활을 했는지라 이들이 왠지 남들 같지가 않았다. 일부러 그런 것도 아닌데 마치 이들의 일행이나 된 듯 금방 친숙해졌다. 물론 단 한 사람을 제외하고는.

"그런데 물건에 비해서 표사님들이나 쟁자수들의 수가 상당히 적어 보입니다."

"흠, 원래 선박으로 이동하는 표물엔 그리 많은 쟁자수가 필요없다네. 표행의 대부분이 배로 이루어지다 보니 오히려 많은 수의 인원은 불편할 수도 있지."

송염은 간단하게 말을 했지만 소문의 의구심을 다 해결해 주지는 못한 듯했다.

"하지만 이 많은 짐들을 다 옮기기엔 일손이 너무 부족한 듯 보입니다만."

"하하, 그 친구 참, 사실 지금은 없지만 배가 떠난 포구까지는 꽤 많은 인원이 따라왔다네. 그동안은 육로로 왔으니까. 하지만 포구에 도착해선 그들의 대부분을 돌려보냈지. 표물을 실은 배가 도착할 포구와 표물을 운송해야 하는 곳이 그리 멀지 않으니 운송에 그다지 걱정도 없고, 만약에 그 거리가 멀다면 현지에서 인원을 구할 수도 있겠지. 장강에 때때로 등장하는 수적(水賊)들이 문제이기는 하지만 약간의 성의 표시만 하면 문제가 없다네. 물론 그것은 우리 은마표국에만 해당하는 일이겠지만."

대단한 자신감이었다.

"아! 그렇군요. 하하! 제가 배를 이용한 표행에 나서본 적이 없어서 그런 이유가 있다는 것을 몰랐습니다."

소문은 송염의 설명에 새로운 것을 알게 되었다는 듯이 대수롭지 않게 말을 했지만 그의 말을 듣던 송염과 주변의 표사들은 깜짝 놀라는

사천행(四川行)

표정을 지었다.

"아니, 자네도 표국에서 일하나?"

"예? 표국이라니요?"

소문은 대뜸 물어오는 송염의 말에 되려 놀라 반문을 했다.

"방금 자네가 그러지 않았나. 배를 이용한 표행에 나서본 적이 없다고. 그건 표국에서 일하고 있다는 말이 아니던가?"

"제가 그랬던가요? 하하, 사실 얼마 전까지 천리표국에서 쟁자수로 일을 했습니다."

보통의 사람이라면 표사도 아니고 단순히 쟁자수의 일을 했다는 것을 밝히기 꺼려하겠지만 그런 것에 전혀 구애받지 않는 소문은 지난 몇 달 동안의 표국 생활에 대해 간단하게 설명을 하였다.

"하하! 자네도 참 괴짜로구먼. 그러니까 사천에 오기 위해 표국에 들어갔단 말인가? 그것도 표사도 아니고 쟁자수로?"

"이 친구야! 자넨 귀가 막혔나? 표사로 시험을 보려 했지만 때를 놓친 것이라 하지 않는가? 오죽 급했으면 쟁자수로 표국에 남았을까."

치평은 웃고 있는 예도준을 나무랐다.

"그거나 이거나 결과는 마찬가지 아닌가?"

예도준은 자신을 나무란 치평을 바라보며 입을 삐죽였다.

"그럼 말씀 나누시지요. 저는 갑판에 나가봐야겠습니다. 나 먼저 가겠네."

소문과 은마표국의 표사들이 인사를 나누는 모습을 지켜보던 두아가 허리를 약간 굽히며 인사를 한 후 고맙다는 눈치를 보내고 있는 소문의 어깨를 툭 치곤 선실을 빠져나갔다.

"나이는 그다지 많아 보이지 않는데 이런 배를 소유하고 있다니 대단한 친구야."

"그럼에도 그렇게 열심히 일을 하는 것을 보면 앞으로 더 많은 배를 소유하게 될지도 모르지. 휴, 한 달을 죽어라 일해야 은자 몇 냥 얻는 내 신세가 처량하네그려."

두아가 나가자 표사들은 저마다 한마디 하기에 바빴다. 누구나 자신과 연배가 비슷한 사람이 자신보다 나은 모습을 하고 있는 것을 보면 부러워하기 마련인 것은 마찬가지인 모양이었다.

"허허! 그나마 그 은자 몇 냥을 벌지 못해 배를 곯는 사람이 부지기수인데 어째 자네는 배가 부른 모양이네."

예도준에게 한소리 하는 것을 잊지 않은 송염은 약간은 노기를 띤 모습을 하다가 그저 담담하게 웃고 있는 소문에게 시선을 돌렸다.

"사실 내 자네의 이름을 처음 듣는 순간 요즘 새롭게 무림에 명성을 떨치는 고수가 아닌가 하고 의심을 했었다네. 그 친구 이름이 소문이라 했지 아마?"

송염은 말을 하면서 표사들에게 동의를 구하는 듯했다. 그런 송염의 의도에 답을 한 사람은 지금껏 말을 아끼던 백은상이었다.

"예. 이름이 소문인지, 아니면 성과 이름을 같이 부른 것인지는 모르지만 요즘 그의 이름이 중원을 진동시키고 있습니다."

"하긴 그럴 만도 하지. 세상에 누가 있어서 단신으로 그 무시무시한 혈궁단을 작살낼 수 있으며 패천궁의 호법인 목사혁을 죽일 수 있겠는가? 특히 퇴로를 보장하기 위해 남았던 남궁세가의 가주를 구하러 홀로 싸움터에 끼어들어 그 많은 무인들과 처절한 싸움을 한 그의 무위란!!"

예도준은 마치 자신이 본 것처럼 떠들어댔다.

"그의 무위가 얼마나 뛰어난지는 아직 확실하게 나타나지 않았지만 사지(死地)로 뛰어들어 남궁 가주를 구해왔으니 진정한 무인의 의기가 무엇인지를 보여주었다는 말은 틀림없을 듯하네. 소문에 의하면 백도는 물론이고 흑도의 청년 무인들조차 그런 그를 동경한다고들 하네그려."

송염도 연신 감탄을 하며 말을 하는데 그들의 말을 듣고 있던 소문만은 약간은 어색해하는 표정을 짓고 있었다. 저들이 하는 말을 들어보니 틀림없이 자기에 대해서 말하고 있는 것이 아닌가?

'흠, 내 얘기를 하는 모양인데 나서기도 귀찮은 노릇이고… 에라, 모르겠다. 그냥 조용히 입 다물고 있으면 되겠지. 그런데 나에 대해 이러쿵저러쿵 말들이 많은 모양이네. 그까짓 싸움 몇 번 했다고.'

소문 자신은 상처를 치료를 받느라고 방 안에만 틀어박혀 있었고, 또한 상처가 치유되자마자 길을 떠나 잘 모르고 있었지만 이미 그에 대한 소문은 무림인들 사이에서 빠르게 퍼지고 있었다.

한 자루 평범한 철궁을 들고 강호에 나타난 궁귀(弓鬼)!

전무후무(前無後無)한 활 솜씨를 앞세워 공포의 대상이었던 혈궁단을 쓸어버리고 수백의 적들에게 포위된 상황 속에서도 유유히 남궁검을 데리고 빠져나온 이 시대의 풍운아(風雲兒)!

명문정파의 후기지수도 아니었고 미리 명성을 떨친 것도 아닌, 갑자기 강호에 나타나 그 누구도 해내기도 힘든 일을 해낸 소문을 바라보는 사람들의 시선은 경악과 호기심, 그리고 부러움과 질시 등이 뒤섞여 있었다. 일찍이 이처럼 빠르게 명성을 얻은 사람이 몇이나 되었던가? 말하기 좋아하는 호사가(好事家)들은 벌써부터 백도에도 구양풍 같은 무인이 나타났다고 떠들고 다녔다. 하루가 다르게 퍼지고 있는 소문은 살에 살을 붙여 이제는 소문의 팔이 다섯 개요, 천년내공을 지녔으며, 또한 구양풍을 죽인 것이 소문이라는 등 실로 해괴한 유언비어까지 나돌고 있었다. 그러니 정작 몇 명을 제외하고는 소문에 대해 제대로 알고 있는 사람은 없었다.

이번 남궁세가의 싸움에서 소문만큼은 아니지만 사람들의 입방아에 오르내리고 있는 사람들이 있었다. 다름 아닌 삼광이었다.

지금까지 삼광이란 이름은 그들의 독특한 행동을 비아냥거리는 사람들에 의해 매우 폄하되고 있었다. 특히 무광 곽검명에 대해선 대부분의 사람들이 '화산파의 장문인인 아버지만 믿고 철없이 까부는 철부지' 정도로 여기고 있었다. 화산파 장문인의 아들이라는 배경만 없다면 수없이 많은 비무에서 이기지도 못하고 그렇게 무사할 리가 없다고 생각했기 때문이었는데, 이번 싸움에서 그는 이런 사람들의 시선을 비웃기라도 하듯이 그 실력을 유감없이 드러냈다.

그의 활약은 특히나 패천궁 흑기당의 당주인 은세충을 쓰러뜨린 데에서 절정을 이루었다. 이 한 번의 활약으로 '호부(虎父) 밑의 견자(犬子)'였던 그에 대한 평가가 새롭게 시작되었고, 곽검명 못지 않게 많은 활약을 했던 색광 형조문과 주광 단견에 대한 인식 또한 달라지게 되었다.

이렇게 남궁세가에서의 싸움은 일단락되었지만 그에 따라 많은 말들이 나돌고 있었다. 하지만 이런 사실을 전혀 모르는 소문은 자신이 그들이 말하는 사람이라는 것을 일부러 밝힐 필요는 없다고 생각했다. 소문이 입을 다물고 있자 사람들은 '역시나!' 하는 표정을 지으며 화제를 새롭게 시작된 백도와 흑도 간의 싸움으로 돌렸다.

"암튼 패천궁의 기세가 만만치 않아. 세상에 남궁세가와 강남의 백도세가가 그렇게 허무하게 밀릴 줄 누가 예상이나 했겠나?"

"하지만 이대로 물러설 백도가 아니지. 이미 구파일방을 중심으로 정도맹이 결성되고 지금 장강 일대에 많은 고수들이 대거 모여 있다고 하지 않는가?"

치평과 백운상은 저마다 백도가 유리하네 흑도가 유리하네 하며 한참 동안 설전(舌戰)을 벌였다. 그런 둘을 한심하다는 듯 바라보던 예도준이 한마디 했다.

"쯧쯧, 별 쓸데없는 걱정을 하기는. 누가 이기든 그게 우리와 무슨 상관인가? 그저 우리는 굿이나 보고 떡이나 먹으면 되는 것이라네. 세상에서 싸움 구경만큼 재밌는 건 없는 법이라구."

예도준이 너무나 태연하게 말을 하자 나머지 사람들은 물론이고 그들의 말에 별 관심이 없던 소문마저 입을 쩍 벌리고 경악을 했다.

"자, 자넨 도대체 생각이 있는 인간인가? 무슨 말을 그렇게……."

"내가 뭐라나? 놀라기는."

기가 막히는지 말도 제대로 잇지 못하는 치평을 보며 예도준은 심드렁한 표정으로 대꾸를 했다.

"허허, 자넨 아직 사태의 심각성을 모르는군. 그들이 아직까지 우리 표사들이나 표국을 직접적으로 건드리진 않고 있지만 조만간 그들의 상당한 압력을 받게 될 것이네. 자네가 알런지는 모르지만 중원의 거의 모든 표국들은 구파일방이나 다른 백도문파의 속가제자(俗家弟子)와 그 문파와 관련이 있는 사람들이 일으키고 꾸려오고 있다네. 그 말은 관의 직접적인 지원을 받는 소림이나 무당을 제외한 대부분 백도문파의 자금 줄이 이런 표국에서 본산(本山)으로 보내는 돈이라는 소리가 되고, 흑도에서 비록 지금은 관의 눈을 의식해 직접적으로 표국을 공격을 하진 않더라도 어떤 수를 쓰던지 표국에서 보내는 자금을 막으려 할 것이 자명하다는 소리가 되네. 그 와중에서 우리 표사들도 적지 않은 희생을 할 수밖에 없을 것이네. 또한 싸움이 장기화가 되면 우리 표사들도 백도의 편에서 싸움을 할 가능성이 매우 높다고 볼 수 있지. 그러니 엄밀히 말하면 우리는 자네 말대로 제삼자의 입장이 아닌 백도의 편에 있다고 보는 게 옳은 것이네."

"아! 그렇군요. 뭐, 그럼 보나마나 백도가 이기겠네요."

송염의 자세한 설명에 대한 예도준의 반응은 매우 간단했다.

"아니, 그건 또 무슨 소리인가?"

"중원에 표국이 몇 개인가? 표사의 수는 얼마이고. 이들이 백도에 서면 싸움은 끝난 것이지."

치평의 반문에 답답하다는 듯이 그를 쳐다본 예도준의 입에서 튀어나온 대답에 좌중의 모든 이들은 실소를 자아낼 수밖에 없었다.

"후, 자네랑 이런 말을 하는 내가 어리석지. 그래, 자네 말이 다 옳으이. 하지만 하나만 말하겠는데 패천궁의 일반 무사 하나라도 우리가 당해낼 성싶은가? 어림도 없지. 우리는 그냥 머릿수를 채우는 데 동원될 뿐이라네, 이 답답한 친구야!"

예도준이 치평의 말에 발끈하여 뭐라 말을 하려 했지만 송염의 말에 막히고 말았다.

"그만들 하게. 손님을 앞에 두고 이 무슨 실례인가?"

예도준과 치평이 송염의 호통에 뜨끔하여 조용히 입을 다물자 소문은 그런 그들을 보며 살며시 웃음 지었다. 이제 인사도 다 했으니 이쯤에서 나가보는 것이 좋겠다는 생각도 들었다.

"하하, 손님이라니요. 그냥 편하게 대해주십시오. 그리고 저도 이만

나가보겠습니다. 아직 속이 완전치 않아서 강바람이라도 쐬어야겠습니다."

"그리하려는가? 그럼 그렇게 하고. 앞으로 며칠 같이 여행을 하게 되었으니 이 또한 인연이라면 인연일 터, 자주 보세나."

"예, 표두 어른. 그럼."

소문은 송염의 부드러운 말에 절로 편안함을 느끼며 깊게 허리를 숙여 인사를 하곤 선실을 빠져나왔다.

'에구, 남선북마(南船北馬) 좋아하네. 난 도저히 이런 여행은 못하겠다. 이렇게 따분하고 심심할 줄이야. 조금은 힘들더라도 그냥 걸어서 갈 걸 그랬나?'

첫날 배를 타고 멀미에 고생한 이후 더 이상 소문을 괴롭히는 것은 없었다. 다만 다양한 풍경과 인간들을 볼 수 있었던 육로의 여행보다는 계속 강을 따라 거슬러 올라가는 뱃길이 따분할 뿐이었다. 그나마 배에서 바라보이는 좌우 강변의 풍경이 빼어났기에 망정이지 그마저 볼품없었다면 도저히 버티지 못했을 여행길이었다.

'에라, 모르겠다. 잠이나 자자.'

결국 지루함을 참지 못한 소문은 지금 배 위 한구석에서 늦가을의 따뜻한 햇살에 몸을 맡기고 연신 하품을 하며 오지도 않는 잠을 청하고 있었다. 그런데 그런 소문에게서 얼마 떨어지지 않은 곳에 싸늘하게 빛나는 눈빛의 주인이 서 있었다.

이제 겨우 사흘이 지났을 뿐이었지만 그는 소문에게서 수차례, 아니, 수십 차례의 허점을 발견할 수 있었다. 처음 임무를 맡게 되었을 땐 목숨을 버릴 각오를 하고 있었다. 위에서 내려온 말에 따르면 상대는 자신이 지금껏 상대한 어떤 무인보다 뛰어나고 위험한 자였다. 처음 그를 보았을 때만 해도 그런 느낌은 계속되었다. 육 척이 넘는 당당한 체격, 군살 하나 붙지 않은 무공으로 단련되어 보이는 날씬한 몸. 과연 대단한 자라고 내심 긴장의 끈을 놓지 않고 있었는데 이런 그의 생각이 깨어진 것은 불과 얼마의 시간이 지나지 않아서였다.

갑판을 붙잡고 고래고래 악을 쓰며 토하는 그의 모습은 고수의 풍모와는 거리가 멀었다. 암습도 할 것 없이 그저 손만 한 번 내지르면 목숨을 취할 수 있으리란 생각마저 들었다. 혹시 목표물을 착각한 것은 아닌가 하여 재차 확인을 했다. 그러나 그의 선실에서 궁을 확인해 본 결과 목표는 정확한 것이 분명했다. 처음 그가 봇짐에 싸서 지니고 있었던 궁이 결코 장식용이 아니라는 것을 아는 것은 그다지 힘든 일이 아니었다. 하마터면 활을 들다가 손목이 부러질 뻔했었으니까.

상대가 정확했다는 것을 확인하자 오히려 기운이 빠지는 느낌을 지울 수가 없었다. 이따위 상대에게 그토록 긴장을 하다니.

'흥, 지금 당장 공격해도 네놈의 목을 취할 수가 있겠지만 사람들의 시선이 있으니 하루만 더 목숨을 연장시켜 주마. 이제는 네놈을 관찰하는 것조차 지겹다.'

냉소를 지으며 돌아서는 그는 두 주먹을 움켜쥐었다. 그의 머리 속에는 자신이 지금 간단하게 죽일 수 있다고 생각하는 상대가 혈궁단을 전멸시키고 목사혁을 저 세상으로 보낸 자라는 사실은 이미 사라지고 없었다. 소문의 목을 노리는 자, 그의 이름 혈영일호였다.

* * *

"채주님! 배가 오고 있습니다. 어찌합니까?"

수하의 보고를 받던 용골채(龍骨寨) 채주 노적삼(駑狄三)은 지금 심기가 몹시 불편했다. 방금 전 수채의 재물을 담당하는 계구(鷄口)의 말에 의하면 수채의 살림이 말이 아니라는 것이었다. 계구가 따로 말을 하진 않았지만 그 원인을 모를 노적삼이 아니었다. 수채의 살림을 피폐(疲弊)하게 만들고 있는 사람이 누구도 아닌 자기 자신이었기 때문이다.

노적삼이 자신의 앞에서 하품을 했다는 이유로 며칠 동안 안채를 차지하고 있던 계집을 쫓아내고 애향(愛香)이라는 기녀를 안채로 들인 게 정확하게 석 달 전이었다. 애향은 붙임성있는 성격과 애교로 성질 더럽기로 인근에 소문이 자자한 노적삼을 완전히 휘어잡고 요즘은 제법 강짜까지 부리고 있었다. 다른 계집 같으면 바로 내치던지, 아니면 팔 아넘기고도 남았을 일이었지만 노적삼은 그렇게 하지 못하고 있었다. 어찌 된 일인지 그녀가 하는 모든 행동과 투정이 조금의 거부감도 없이 마냥 사랑스럽기만 하여 애향의 앞에선 조금의 화도 내지 못했기 때문이다. 이러니 노적삼이 그저 별일 아닌 일을 가지고 꼬투리 삼아 벌써 수십 명의 여자를 갈아치운 이력의 소유자라는 것을 알고 있는 수하들은 물론이고, 자신에게 여자는 그저 욕구불만(欲求不滿)의 해소 거리에 불과하다고 늘상 생각해 왔던 노적삼 스스로도 이해를 못하고 있었다.

애향이 용골채에 들어온 지 이제 겨우 석 달이 지났지만 수하들의 만류에도 불구하고 그동안 노적삼이 애향의 비위를 맞추기 위해서 금이며 옥이며, 비싼 장신구와 보석들을 있는 대로 사다 바치는 통에 노적삼은 제대로 알고 있지 못했지만 이제 수채에 남아 있는 돈이라고는 땡전 한 푼 없었다. 당장 며칠 뒤부터는 식량 걱정을 할 판이었다.
　장강을 주 활동 무대로 하는 장강수로연맹(長江水路聯盟)의 하나이자 사천의 수로교통(水路交通)의 길목을 차지하고 있는 용골채는 여타 다른 수채들에 비하여 그 규모나 재력이 뛰어나 수로연맹에서도 거의 세 손가락 안에 들 정도로 명성이 있었다.
　그런데 그런 명성의 용골채가 고작 여자 하나 때문에 뿌리째 흔들리고 있었는데… 결국 보다 못한 계구가 오늘 아침 이런 수채의 사정을 말하며 더 이상의 낭비를 하지 말 것을 권유한 것이다. 비록 자신의 수하지만 오랜 친구 사이이기도 한 계구의 말에 얼굴을 들지 못한 노적삼은 그래도 애향에 대한 미련을 버리지 못하고 있었다.
　이런 이유로 아침부터 기분이 바닥을 기고 노적삼의 어투는 당연히 험악할 수밖에 없었다.
　"어쩌다니? 우리가 언제 지나가는 배를 구경만 하였더냐? 당연히 붙잡아야지. 그래, 어디쯤 왔다더냐?"
　"지금 막 미령협(靡寧峽)을 지나고 있다고 연락이 왔습니다."
　대답을 하는 우치(愚癡)는 바싹 긴장을 하며 조심스레 말을 했다.
　"흠, 그렇단 말이지. 그런데 어떤 배라더냐? 또 계집이나 끼고 배때기 부른 놈들이 타고 돌아다니는 유람선(遊覽船)이라더냐?"
　"아닙니다. 아직 자세한 연락이 온 것은 아니지만 배 안에 그다지 사람들이 없고 대신 물건이 많이 쌓여 있다고 하니 아마도 상선(商船)이 아닐까 싶습니다."
　"상선?"
　반문을 하는 노적삼의 눈빛이 달라졌다. 지금까지 자신을 괴롭히던 일들을 단숨에 해결해 버릴 구세주(救世主)가 나타난 것이다. 노적삼은 우치가 미처 대답을 하기도 전에 자신의 옆에 서 있던 한 사내에게 명령을 내렸다.

"배를 접수하러 간다. 부채주는 곧 떠날 준비를 하라."

"예, 채주님."

부채주라 불린 사내와 우치는 노적삼의 명이 떨어지자 급한 걸음으로 자릴 떠났다. 누구보다 노적삼을 오래 모시고 있던 그들이었기에 지금 노적삼의 상태가 어떤지 잘 알고 있었다. 행여나 꼬투리가 잡히면 어떤 치도곤을 당할지 몰랐다. 당연히 동작이 재빠를 수밖에 없었는데 급하게 나가는 부채주를 보며 계구는 영 못마땅한 표정을 짓고 있었다.

"자네, 그 배를 아예 깡그리 털 작정을 하였구먼."

"흐흐, 어쩔 수 없지 않은가? 자네 말대로 이대로 가다간 거리에 나앉게 생겼는데 이때에 그런 상선이 나타나다니, 죽으라는 법은 없네그려. 하하하!"

노적삼은 마치 모든 일이 해결이 된 듯한 얼굴을 하며 크게 웃었다. 그러나 그런 노적삼을 보는 계구의 표정은 조금 전보다 더욱 못마땅한 표정으로 변해 버렸다.

"우리가 장강수로맹의 하나로 인정을 받으면서 지금까지 통행세는 받아왔지만 아예 전부를 뺏은 적은 없었네. 그로 인해 피해를 당하는 사람이나 관에서도 적당히 넘어갈 수 있었던 것이고. 그런데 그런 원칙을 무너뜨리겠다는 것인가?"

"하하, 이런! 자네의 고질병이 또 도졌구먼. 그놈의 걱정. 하지만 염려 말게. 비록 물건을 빼앗기는 하겠지만 가급적 살생을 하진 않을 것이고, 어차피 썩어 빠진 관리 놈들이 우리를 잡으러 온다는 것은 거의 불가능한 일이 아닌가? 그러니 그런 걱정일랑은 접고 과연 어떤 물건들이 들어오나 확인이나 해보세. 하하하!"

그러나 계구의 얼굴은 좀처럼 펴지지 않았다.

"내가 걱정하는 것은 그런 것이 아닐세. 어차피 우리는 수적(水賊)이고 남의 물건을 빼앗는 것은 어쩔 수 없는 것이 아니겠는가? 하지만 그런 수적질에도 도리가 있다는 것은 자네도 잘 알지 않는가. 좋네, 어차피 결심이 선 것 같으니 이번만은 말리지 않겠네. 그런데 내 생각에 이런 일이 이번 한 번으로 끝나지 않을 것 같아서 하는 말일세. 자네가 그 애향이에게서 벗어나지 않는 한 우리는 계속해서 오늘과 같이 지나가는 배로부터 통행세가 아닌 모든 물건들을 빼앗아야만 할 것이네. 그리되면 아무래도 관에서 나설 수밖에 없을 것이고, 지금까지 우리를 못마땅하게 바라보고 있는 구파일방으로부터 공격을 할 수 있게 해주는 빌미를 제공하는 것이며, 어쩌면 다른 수채에서조차 경원의 대상이 될지도 모르네. 난 그것이 걱정이 되는 것이지."

계구의 진정 어린 말에 그저 하나의 일을 해결할 수 있어 좋다고만 생각했던 노적삼도 차츰 신중한 자세가 되어 뭔가를 생각하는 듯했다. 잠시 후 침묵을 지키던 노적삼이 한숨을 쉬며 말을 했다.

"후, 내 자네의 말을 들으니 몹시 부끄럽네. 고작 계집 하나 때문에 나를 믿고 따르던 수하들과 우리가 애써 키운 용골채가 이런 곤란을 겪게 되다니… 하지만 말일세. 그렇게 생각을 하면서도 그녀에게 향하는 내 마음을 나도 어쩔 수가 없네. 자네도 알다시피 계집이라면 발가락의 때만큼도 생각하지 않았던 내가 아니던가? 그런데 일이 이렇게 되고 보니 나도 이게 어떻게 된 영문인지 모르겠네. 그녀를 보게. 얼굴이 이쁜 것도 아니고 누구처럼 방중술(房中術)이 뛰어나지도 않다네.

오히려 그쪽에선 젬병이지. 하지만 그녀가 살살 웃으며 말하는 모습을 보면 그저 흐뭇하고 잠시라도 얼굴을 찌푸리면 내 마음이 흔들리니 이를 어쩌란 말인가?'

"……."

계구는 탄식을 하는 노적삼에게 아무런 말도 하지 못했다.

'아마도 자네는 사랑이라는 것을 하는가 보군. 나이 사십이 다 되어 사랑이라… 허허! 이것 참.'

계구가 아무런 말도 없이 가만히 서 있자 노적삼 또한 허탈한 눈으로 허공을 바라보고 있었다.

"알았네. 친구라던 내가 자네의 마음도 제대로 헤아리지 못했구먼. 하지만 이번엔 일이 이리 되었지만 다음엔 이런 일이 없어야 하네. 다른 방법을 찾아보세. 애향이의 욕심을 채우려면 힘깨나 들겠지만 까짓 못할 것도 없지. 하지만 자네도 애향이의 버릇을 좀 고치려는 노력은 해야 할 것이네. 언제까지 그럴 수는 없으니."

"고맙네……."

다른 말은 없었다. 그저 한번 쳐다보는 것으로 서로의 마음을 알 수 있었다. 노적삼과 계구는 그런 사이였다.

* * *

"하암!"

소문은 갑판에 기대어 연신 하품을 하고 있었다. 시간을 때우기는 잠자는 것처럼 좋은 것이 없었는데 그나마 너무 많이 잠을 자서 그런지 계속 잠을 청하는데도 오라는 잠은 안 오고 하품만 나오고 있었다.

"이런, 그러다 입이라도 찢어지면 어쩌려구 그러는가?"

멀미를 한 첫날을 제외하고 벌써 사흘째 그러고 있는 소문의 모습을 보고 있는 두아는 이미 체념을 한 모양이었다. 처음에는 이런저런 이야기도 하고 배가 지나는 곳마다 이곳은 어떤 곳이니, 저곳은 무슨 명승지(名勝地)니 하며 어떻게든 지루한 여행이 되지 않게 해주려고 노력을 했지만 그때뿐이었다. 자신이 말을 할 땐 그나마 약간의 관심이라도 보이다가 말이 끝나면 바로 저 모습, 연신 하품을 하며 지겨워하는 모습을 하곤 했다.

"아직 멀었습니까? 도저히 지루해서 못 견디겠습니다."

"자넨 정말 특이한 사람이야."

두아가 신기한 물건을 쳐다보듯이 자신을 보자 약간은 기분이 상한 모양이었다. 대답하는 소문의 말투가 퉁명했다.

"뭐가 신기하다고 그러십니까? 지루해서 지루하다고 하는 것을 가지고."

"허허, 자네가 지금 지나오고 있는 길이 어떤 이름을 지닌 것인지 아는가? 그 유명한 장강일세. 장강을 거슬러 올라가며 강 옆으로 펼쳐진 비경(秘境)을 보기 위해 얼마나 많은 사람들이 돈을 들여가며 이곳으로 몰려오는지 아는가 말일세. 그런 곳을 지나오며 자네가 보인 반응이란 어떤 것인가? 첫날은 구역질만 하다가 그 다음날부터는 매일같이 잠만 자려고 하지 않았는가? 아, 밤에는 술 먹느라고 정신이 없었긴 했지."

두아는 도대체 주변 자연을 감상할 줄 모르는 소문이 너무도 답답했다. 무식한 뱃놈이라는 소리를 듣는 자신들도 장강과 기암절벽, 주변의 자연들이 어우러져 펼쳐지는 광경을 보고 있노라면 시라도 한 수 짓고 싶은 심정이 들곤 하는데 그걸 지겨워하는 인간이 있을 줄이야.

"암튼 비경이든 뭐든 전 하루라도 빨리 배에서 내렸으면 좋겠습니다. 왠지 저와 배는 체질적으로 맞지 않는 것 같습니다."

"흐이구! 그렇게 설명을 했건만……."

혀를 차며 돌아서려던 두아의 안색이 변한 것은 순식간이었다. 뭔가 이상한 것을 본 것일까? 소문은 재빨리 고개를 돌려 두아의 시선을 쫓았다. 그곳에는 지금 소문이 타고 있는 배보다 규모는 작았지만 보다 날렵하게 생긴 두 척의 배가 다가오고 있었다. 뱃머리에는 비상하는 용이 그려진 깃발이 펄럭이고 있었고 갑판 위에서 부산하게 움직이는 많은 사람들의 모습이 눈에 들어왔다.

"용골채로군."

두아가 조용히 읊조리고 있을 때 어느새 알았는지 선실에 있던 은마표국의 사람들이 뛰어 올라왔다.

"심상찮은 배가 다가온다는 소릴 듣고 왔네만."

두아의 곁으로 다가온 송염은 다짜고짜 질문을 했다.

"예. 아마도 이 근처에 근거지를 두고 있는 용골채가 나타난 것 같습니다."

두아는 송염의 말에 대답을 하며 손을 들어 다가오는 뱃머리에서 펄럭이고 있는 깃발을 가리켰다.

"흠, 그렇구먼. 우리가 벌써 강진(江津)까지 이르렀군. 너무 걱정하지 말게. 저들하고는 안면이 있으니 별일은 없을 것이네."

송염은 잔잔한 강바람에도 힘차게 펄럭이는 깃발에 수놓아진 용의 모습을 보더니 고개를 끄덕였다. 그래도 안면을 트고 지내는 수적들이 나타나서 약간은 안심을 하는 모양이었다.

"배에 타고 있는 인원을 갑판에 다 모이게 하는 것이 좋겠네. 그게 혹시나 하는 저들의 의심을 피할 수 있는 길이기도 하니."

"그리하지요."

두아는 노를 젓는 최소한의 인원을 제외하고는 모두 갑판에 모이도록 조치했다. 그래 봤자 표국의 인원을 제외하면 얼마 되지 않는 수였다.

"두칠(斗七) 형님, 저들이 그 유명한 장강수로연맹이라는 수적들인가요?"

소문은 막 갑판에 모인 사람들 중 안면이 있는 선원에게 다가가 조용히 말을 걸었다. 소문이 멀미를 하는 통에 고생하고 있을 때 계속 옆에서 소문을 보살펴 준 사람이었다. 밤마다 선원들, 표사들과 어울려 술을 마시면서도 여전히 속이 이상하다고 투정하는 소문을 위해 끼니때마다 죽을 쑤어서 가지고 오는 자상한 사람으로 소문보다 네 살이 많다고 했다.

"글쎄, 잘 모르겠는데. 나도 이 배에 탄 지 꽤 되긴 했지만 사천엔 처음이거든."

두칠도 잘 모르겠다는 듯 고개를 저었다. 그리곤 계속해서 말을 이었다.

"그런데 두아님이나 은마표국 사람들이 그다지 긴장하는 모습들이 아니니 큰 문제는 없을 듯싶은데? 원래 통행세는 어디서나 있는 것이잖아."

"예. 그야 그렇지요."

소문은 그저 건성으로 대답을 했다.

'하지만 일이 잘 안 돼서 싸울 수도 있지요.'

사천행(四川行) 209

소문이 지난 천리표국에서 일할 때 잠깐의 실수가 많은 사람들의 희생을 야기했던 호구채와의 싸움을 떠올리며 생각에 잠길 때 어느새 다가온 용골채의 배들이 소문이 탄 배를 지나쳤다. 그리고 방향을 바꾸어 순식간에 좌우에서 나란히 붙으며 다가온 배의 양쪽에서 무수히 많은 밧줄이 날아오더니 순식간에 세 척의 배를 하나의 배로 만들어 버렸다. 배들이 단단하게 연결된 것을 확인한 용골채의 수적들이 하나둘 건너오고 있었다.

'뭔가 이상한데. 단순히 통행세만 받으려면 이렇게 많은 인원들이 넘어올 필요는 없을 텐데?'

좌우의 배에서 건너오는 수적의 수는 한둘이 아니었다. 어림잡아도 벌써 사오십은 되어 보이는 인원이었다. 두나 은마표국의 사람들도 뭔가 이상한 느낌이 드는지 긴장하는 모습이 역력했다.

"하하! 먼 길 오시느라 수고했소이다. 나는 이곳 장강을 책임지고 있는 용골채의 채주인 노적삼이라 하오이다. 누가 저와 말씀을 나누시겠소?"

"노 채주시구려. 나는 은마표국의 표두 송염이라 하오. 장강의 호걸을 만나뵙게 되어 영광이오."

송염이 대뜸 나서서 포권을 하자 얼떨결에 마주 포권을 하던 노적삼의 얼굴이 심히 일그러졌다. 혹시나 했던 것이 어김없이 들어맞았던 것이다.

"흐흐, 저거 보이나? 배는 그리 크지 않은데 상당히 많은 짐들이 실려 있구먼."

아직은 멀리 떨어져 있어서 제대로 보이지도 않는데 확신을 가지고 말을 하는 노적삼을 바라보는 계구의 입에 미소가 걸렸다.

"하하, 자네가 그걸 원하는 것이 아니던가? 아직 뭐가 뭔지 하나도 보이질 않네만."

"허, 이 친구야. 그건 자네가 나보다 무공이 약해서 그런 것이 아니던가? 내 눈에는 다 보이네. 엄청나게 많은 물건이 쌓여 있다네."

노적삼은 계구의 말을 단숨에 일축(一蹴)하고 연신 고개를 빼고 있었다. 그런 노적삼을 바라보는 계구와 용골채의 수적들은 연신 웃고 있었다.

"이것들이! 웃지만 말고 빨리 배나 가까이 대라. 참, 그리고 배에 오르더라도 함부로 살생을 하면 안 된다는 것을 명심하고. 우리는 그저 물건만 가져오면 되는 것이다. 알았느냐?"

"예, 채주님."

수하들이 일제히 대답을 하자 흡족해한 노적삼은 고개를 돌려 계구를 쳐다보았다.

"참, 부채주에게도 말을 전했어야 했는데."

"내가 미리 말을 해놓았네. 함부로 움직이지 말라고. 자네의 명령이 떨어지기 전에는 아무도 건드리지 말라고 했네."

"호호, 좋아! 왠지 느낌이 좋네."

노적삼은 알아서 자신의 생각을 행동으로 옮겨주는 친구가 있다는 것과 모든 일이 생각대로 잘되는 것을 기뻐하며 몹시 즐거워했다. 하지만 그의 이런 마음은 시간이 지나고 배가 가까이 접근하면서 깨지기 시작했다.

"이거 어째 이상한데? 짐은 많은데 사람들이 너무 적어."

"그렇지? 나도 계속 그 생각을 하고 있었네."

사천행(四川行) 211

"혹시……?"

계구가 어두운 안색을 하자 노적삼은 재빨리 재촉을 했다.

"혹시라니?"

"저 배는 우리의 생각처럼 일반 상선이 아니라 표국에서 표물을 운반 중인 배라는 생각이 드네. 상선이라면 유람선처럼 북적이지는 않더라도 의당 어느 정도의 사람들로 부산하기 마련인데 그런 움직임도 없고, 또한 저 배도 작진 않지만 상선이라기엔 약간의 손색이 있기도 하고……."

계구가 조심스레 말을 했지만 노적삼은 믿지 않으려 했다.

"설마, 자네 말대로 표물을 운반 중이라면 표국을 상징하는 표시가 있어야 하는데 배 어디에도 그런 표식은 없지 않은가?"

"하지만……."

"걱정하지 말게나. 그리고 까짓 표국이면 어떤가? 오히려 표물이 뒤탈이 없지."

노적삼의 태연한 말에 깜짝 놀란 계구가 황급히 말을 이었다.

"자네, 그게 무슨 소린가? 뒤탈이 없다니. 관군 따위야 문제될 것도 없지만 표국이라면 사정이 달라지네. 표물을 잃은 표국은 물건의 손실도 손실이지만 떨어진 신용을 만회하기 위해 악착같이 덤벼든다는 것을 모르는가? 더구나 약간의 이름이라도 있는 표국이라면 주변의 사람들만 모은다 하여도 우리에겐 상당한 부담이 되는 것을 잘 알지 않는가? 물론 장강에서 우리와 싸울 사람들은 없겠지만 그래도 그건 모르는 일, 만약 표물이라면 행여나 건드릴 생각을 하면 안 되네. 저들도 우리에게 약간의 성의 표시는 할 것이니 그 정도로 끝내도록 하세."

계구는 평상시와 다르게 상당히 강한 어조로 말을 하였다. 노적삼도 계구의 말이 무슨 뜻인지 잘 알고 있었다.

"알았네. 만약 표물이라면 내 그리하도록 하지. 그러니 아무 염려 말게나. 하지만 표물은 아닐 게야. 내 장담을 하지."

노적삼은 자신의 가슴을 탕탕 치며 말을 했다. 하지만 계구의 불안감은 좀처럼 가시지 않았다.

'빌어먹을! 표물이라니… 그것도 하필 은마표국!'

놀란 것은 노적삼뿐만 아니었다. 계구도 자신의 불안한 예감이 적중하자 짧은 침음성을 내뱉었다.

"아, 송 표두시군요. 은마표국에서 이 먼 곳까지 오시느라 고생이 많으시겠습니다."

"하하, 고생이라니요. 원래 표국이 하는 일이 그런 것 아니겠습니까? 저야 이번에 처음 예까지 왔지만 다른 표두들이야 수도 없이 다닌 길이 아니겠습니까? 노 채주와도 많은 인연이 있는 것으로 알고 있습니다."

송염은 은마표국과 용골채의 관계를 은연중 강조하며 슬쩍 노적삼을 살펴보았다. 예상대로 분위기가 심상치 않았다.

'좋지 않은데… 어쩌면 이곳에서 뼈를 묻을지도…….'

"뭐, 인연이라고까지 말할 것은 없고 그저 약간 면식이 있기야 하지요."

노적삼은 심드렁한 말투로 대꾸를 했다. 그때 송염의 곁에 서 있던 치평이 송염으로부터 무슨 말을 듣고는 선실로 향했다. 잠시 후, 선실에서 나온 그의 손에 작은 주머니 하나가 들려 있었다. 주머니를 받은 송염은 노적삼에게 다가갔다.

"하하, 은마표국과 용골채와의 관계도 있고 해서 약간의 준비를 했습니다. 비록 많지 않은 액수지만 수채의 호걸들과 술이라도 한잔하시지요."

'제길, 은자 오십 냥이 술값이라니 지나가는 개도 웃겠다.'

송염과 치평의 대화를 살짝 엿들은 예도준은 어쩔 수 없는 상황인 것을 알지만 자꾸 화가 나는 자신의 마음을 주체하지 못했다. 예도준만이 그런 게 아니라 자리에 있는 모든 표사들의 심정 또한 마찬가지였다. 사실 송염도 이 돈이 아깝지 않은 것은 아니었다.

통상 은자 삼십 냥이면 적당히 위신을 세우고 물러나는 것이 그동안의 관례였지만 오늘은 왠지 느낌이 좋지 않아 거기에다 무려 이십여 냥을 더 얹어서 주었다. 그 정도의 돈이면 이번 표행에서 남길 이문의 상당한 부분을 차지할 정도의 거액이었다. 송염에겐 이문을 포기하더라도 표물과 사람들을 지킬 수 있으면 그것으로도 만족이었다. 하지만 그런 송염의 마음을 아는지 모르는지 노적삼은 주머니를 받지 않고 있었다.

"하하, 항상 이렇게 신경을 써주셔서 고맙소이다. 하지만 이제 곧 겨울도 다가오고 수채에 많은 일들이 있어서……."

노적삼은 송염이 내미는 주머니를 받으라는 계구의 눈치에도 계속 딴청을 피웠다.

"은자가 적다는 것이오? 그 정도의 은자라면 지금까지 내오던 액수에 거의 두 배나 되는 양이거늘… 하지만 노 채주의 말에도 일리가 있구려. 어느 정도 더 내놓을 의향이 있으니 원하는 액수를 말해 보시오."

송염은 어떻게 하든지 타협점을 찾아보려고 하였다. 그러나 노적삼은 여전히 딴 짓을 하고 있었다.

'쯧쯧, 저놈의 눈을 보고 말 좀 하시지. 저게 어디 적당한 액수에 우리를 보내줄 눈이냐고, 탐욕으로 번들거리고 있는데.'

소문은 더 이상의 타협은 없다는 것을 느끼고 있었다. 그러나 자신이 나설 입장도 아니었기에 사태의 추이를 지켜보고 있을 뿐이었다.

"흠, 아까 말씀드렸다시피 요즘 수채의 사정이 몹시 좋지 않아서……."

한참 만에 열린 노적삼의 입에서는 아까와 똑같은 말만 되풀이되었다. 마침내 송염의 목소리에도 냉기가 흐르기 시작했다.

"그래서 어쩌시겠다는 것이오? 아예 표물을 몽땅 내놓으라는 말이오?"

"아니, 뭐 그렇다기보다는……."

살짝 말을 얼버무리는 노적삼의 행동에 그의 의중을 확실하게 알아차린 송염은 차갑게 말을 했다.

"지금까지 이런 일이 없었는데 그동안 쌓았던 친분을 이렇게 허물어뜨릴지는 내 미처 생각을 못했소. 물론 우리의 수가 적어 노 채주가 하는 행동을 막지는 못하겠지만 나와 우리 은마표국에선 오늘의 일을 절대 잊지 않을 것이오."

"……."

노적삼은 송염의 말에 아무런 반응을 보이지 않고 있었다.

'어차피 이렇게 된 것 까짓것 모조리 없애 버리면 되겠지. 보아하니 표사도 몇 명 되는 것 같지 않고, 선원까지 모두 없애 버리면 꼬투리를 잡고 싶어도 잡을 건덕지가 없겠지.'

마침내 노적삼은 결정을 내렸다. 자연 말투도 사나워졌다.

"내가 그런 말에 겁을 먹기를 바라는 것이오? 하나 다른 곳은 모르겠지만 우리 용골채는 은마표국을 두려워하지 않소."

"흥, 어디 두고 보자. 과연 그 말을 끝까지 지킬 수 있는지."

더 이상 참지 못한 예도준이 앞으로 나서며 소리를 질렀다.

"훗, 두고 보면 되겠지. 그런데 과연 두고 볼 수 있을까?"

노적삼의 빈정거리며 한 말의 의미를 가장 먼저 알아차린 것은 역시 경험이 많은 송염이었다.

"살인멸구(殺人滅口)를 하겠다는 것인가?"

"뭐, 은마표국이 우리를 치러 오든 말든 그다지 두려울 것은 없지만 조금 귀찮기는 하겠지. 잠깐의 수고를 통해 그런 귀찮음을 막는 것이 좋다면야……."

"하지만 절대 네놈 뜻대로 되진 않을 것이다!"

노적삼의 말이 끝나자마자 칼을 빼어 든 송염이 소리를 질렀다. 송염이 무기를 들자 송염의 주위에 있던 표사들 또한 자신의 무기를 곧 추세웠다. 쟁자수들도 하나둘 주변에서 무기가 될 만한 것들을 집어 들며 전의를 불태웠다. 모두 죽기를 각오한 모습이었다. 그런 그들을 가소롭다는 듯이 쳐다보던 노적삼은 표국의 인물들과는 다른 한편에 서 있는 선원들을 보며 한마디 던졌다.

"네놈들은 왜 그러고 있는 것이냐? 덤비지 않는다고 살려주지 않는다. 오늘 이 배에 탄 사람들은 그 누구도 살아남지 못할 것이다. 그러니 너희들도 무기를 들고 덤비거라. 죽을 때 죽더라도 찍소리는 하고 죽어야 할 것이 아니더냐? 하하하!"

노적삼이 큰 소리로 웃자 주변의 수적들도 크게 웃으며 떠들어댔다. 선원들은 불똥이 자신들에게까지 떨어지자 저마다 두려움에 떨며 두아의 주변에 하나둘 모여들고 있었다. 그들을 안타까운 눈으로 바라보는 계구지만 이젠 돌이키기에 너무 늦었다는 것을 알고 있기에 그저 입을 다물고 있을 뿐이었다.

'흠, 역시 내 예상이 맞았군. 그나저나 내가 가는 곳은 싸움이 끊임이 없으니 내가 재수가 없는 건지, 아님 저놈들이 재수가 없는 건… 젠장.'

소문은 또 싸우게 생겼다고 투덜대며 자신의 옆에 서 있는 두아를 힐끔 쳐다보았다. 물론 자신이 지켜주기야 하겠지만 과연 두아는 어떻게 하고 있을까 궁금하여 바라보았는데 두아는 생각보다 침착하게 서 있었다. 제각기 무기를 들고 있는 표국 사람들의 표정이야 결연했지만 표두인 송염을 제외하고는 하나같이 떨고 있었다. 선원들도 별반 다를 것이 없어 겁에 질린 표정으로 서 있었는데 두아에게선 조금의 두려움도 찾아볼 수 없었다.

'호, 처음 볼 때부터 보통이 아니란 생각을 하긴 했지만 이 상황에서도 이렇게 침착할 줄이야… 아! 한때는 힘깨나 썼다고 했지. 하지만 저들은 보통 시정잡배가 아닐 텐데.'

소문이 이런 생각으로 머리를 굴리고 있을 때 상황은 점점 악화일로(惡化一路)를 걷고 있었다.

"흐흐, 왜 갑자기 꿀 먹은 벙어리가 되었느냐? 무기를 들 때의 그 기세는 어디 가고? 막상 죽으려니 눈앞이 캄캄해지는 것이더냐? 지금이라도 무기를 버린다면 편안한 죽음을 마련해 주마. 괜스레 반항하다가 고통스럽게 죽는 것보다 그게 낫지 않겠느냐?"

노적삼이 큰 선심이나 쓴다는 듯이 싱글거리며 말을 하자 기가 죽기 싫었던 예도준이 발작적으로 소리를 질렀다.

"닥쳐라! 누가 죽음 따위를 두려워할 줄 아느냐!"
 "호, 그래? 그렇다면 할 수 없지. 애들아!"
 마침내 노적삼의 입에서 명령이 떨어졌다. 좌우에 넓게 포진하고 있던 수적들이 음침한 웃음을 지으며 다가오기 시작했다. 그러자 겁에 질린 선원들이 그들을 피해 이리저리 도망을 가기 시작했다. 소문의 옆에 서 있던 두아의 눈빛이 차갑게 빛난 건 바로 이때부터였다. 소문은 두아와 자신을 지나쳐 배의 후미로 도망가는 사람들을 보며 이제는 자신이 나설 때라고 생각했다.
 '귀찮다, 귀찮아!'
 비록 손에 활은 없었지만 저런 수적들을 상대하는 데는 맨손으로도 충분하리라 생각했다. 소문은 수적들을 향해 천천히 걸어갔다. 그러나 소문은 더 이상 앞으로 걸어갈 수가 없었다.
 '헛, 살기!'
 갑자기 느껴지는 살기에 순간 몸을 움츠렸지만 이미 늦고 말았다.
 "큭! 이게……."
 짧은 신음성을 내뱉고 뒷걸음질치고 있는 소문은 지금의 이 상황을 믿을 수가 없었다. 지금까지 제법 싸움을 했었지만 자신의 가슴에 칼이 박히는 상황을 상상해 본 적이 없었다. 하지만 지금 그 길이가 얼마인지 알 수 없는 단검이 자신의 가슴을 꿰뚫고 박혀 있었다.
 "왜……?"
 소문은 고통으로 일그러진 얼굴로 단검의 주인을 바라보았다. 그토록 자신에게 정성을 다했던 두칠이 왜 갑자기 자신을 해치려 했는지 알 수가 없었다. 그러자 곧 두칠의 비웃음 섞인 말이 들려왔다.
 "훗, 왜냐고? 그건 네놈이 더 잘 알 것 아니더냐? 감히 우리에게 대항하고도 살아남기를 바랐더냐?"

그제야 구양풍이 떠나며 한 패천궁에서 보낼 살수를 조심하라는 말이 떠올랐다.

"설마… 패… 천… 궁……?"

"어리석은 놈! 이제야 감이 잡히는 것이냐? 그런데 네놈 따위를 죽이는 데 위에서는 그토록 걱정을 하다니. 아무래도 네놈에 대해 제대로 알지 못하고 있는 모양이다. 네놈에 대한 소문은 그저 과장된 것일 뿐인데. 하하하하하!"

두칠은 임무를 무사히 해냈다는 기쁨에 크게 웃음을 터뜨렸다. 순식간에 벌어진 일에 배에 있던 모든 이들의 움직임이 멈춰졌다. 도망가던 선원들은 물론이고 공격을 하던 수적들도 잠시 공격을 멈추고 흥미롭게 사태를 바라보고 있었다. 소문을 보며 크게 웃었던 두칠은 곧 고개를 돌려 노적삼을 바라보았다.

"보다시피 난 패천궁에서 왔다. 우리 패천궁에선 이미 중원의 절반을 차지했고 조만간 전 중원을 지배하게 될 것이다. 물론 장강수로연맹 또한 우리에게 굴복할 것은 자명한 일이다. 사실 너희들이나 우리나 백도에서 경원시하는 흑도이기엔 마찬가지 아니겠느냐? 어쩌면 우리는 한가족이라 할 수 있겠지. 암튼 난 나의 임무였던 이 어린 놈을 죽였으니 나는 상관하지 말고 하던 일을 계속해라."

두칠, 아니, 혈영일호는 할 말을 다 하고는 태연한 걸음걸이로 한쪽 갑판으로 물러났다. 자신이 할 일은 끝났으니 싸움 구경이나 하겠다는 심산이었는데.

"누가 누구를 죽였다는 것이지?"

발걸음을 잠시 멈춘 혈영일호는 불쌍하다는 듯이 목소리의 주인공

사천행(四川行) 219

을 바라보았다.
"이런, 몹시 아플 텐데 용케도 서 있군. 잠시 기다리면 편안한 세상으로 떠날 것이니 괜히 고생을 자초하지 말게나. 하하하!"
틀림없이 심장을 찔렀는데 아직도 살아 있는 것이 약간은 찜찜하지만 혈영일호는 자신의 솜씨를 믿었다. 소문은 틀림없이 죽을 것이다.
"지루하다. 빨리 시작해라."
"예? 아예."
갑작스런 호통에 노적삼은 얼떨결에 대답을 하고는 수하들에게 눈짓을 보냈다.
"아직 끝나지 않았다지 않느냐!"
소문은 아득해지는 정신을 추스르며 소리를 질렀다. 그런 소문의 어깨를 잡는 손이 있었다. 손의 주인공은 의아하게 쳐다보는 소문을 외면하고 노적삼을 노려보았다.
"노적삼! 언제부터 네놈이 패천궁의 개가 되었더냐? 장강의 형제들은 그 누구의 간섭도 지배도 받지 않는다는 것을 모르느냐? 멍청한 놈!"
두아는 한기가 느껴지는 말투로 노적삼을 꾸짖었다. 노적삼은 일개 선원이 자신에게 욕을 하는 것을 듣고 참을 만큼 정신적 수양이 깊지 못했다.
"저, 저놈이! 뭣들 하느냐! 당장 저놈의 목을 내 앞에 대령시켜라!"
길길이 날뛰는 두목의 화를 풀지 않으면 그 여파가 자신들에게까지 돌아온다는 것을 잘 알고 있는 용골채의 수적들은 저마다 흉흉한 기세를 뿜으며 두아에게 다가왔다. 하지만 두아는 그들은 거들떠보지 않고 혈영일호를 노려보았다.

"그러니까 네놈이 패천궁에서 왔다는 말이지? 그렇다면 두칠은 어찌 되었나?"

"아, 그 멍청한 놈? 그놈은 얼굴을 나에게 빌려준 대가로 곱게 저승으로 보내주었다. 생긴 것처럼 얼굴 가죽이 두꺼워서 벗기는 데 오래 걸렸지."

싱글거리며 대답을 하는 혈영일호에게는 여유가 넘쳐흘렀다. 주제에 배의 주인이라고 나선 두아가 영 가소로웠다.

"물러서랏!"

두아는 어느새 자신에게 다가온 수적들에게 호통을 쳤다. 그 소리가 어찌나 컸던지 수적들의 동작이 일시에 멈춰 버렸다.

"노적삼! 아직도 정신을 차리지 못하겠느냐! 그러고도 네놈이 장강의 호걸(豪傑)을 자처하느냐? 내 오늘 네놈의 어리석음을 단단히 고쳐주어야겠구나!"

"닥쳐라! 네놈이 뭐라고 그 따위 망발을 하다니……!"

부하들 앞에서 욕을 먹자 도저히 참을 수 없는 분노가 끓어올랐다.

"계구! 난 그래도 네놈만은 제대로 정신이 박혀 있다고 생각해서 용골채는 옛날부터 그다지 걱정을 하지 않았건만. 너도 똑같은 놈이었구나!"

"……"

두아의 말에 계구는 아무런 말을 하지 못하고 있었다. 지금 계구는 자신의 머리 속의 기억을 되살리느라 정신이 없었다. 처음 두아가 나설 때만 해도 잘 느끼지 못했지만 두아의 말 한마디 한마디가 더해질수록 아련하게 떠오르는 기억이 있었다. 아직 확연히 기억이 난 것은 아니지만 왠지 두려운, 그러면서도 존경심이 솟아났던 그런 목소리였다. 그리고 두아의 마지막 호통에 결국 그가 누구인지 확연하게 떠올랐다.

"초, 총순찰(總巡察)!"

계구는 감았던 눈을 번쩍 뜨며 소리쳤다.

"총순찰? 총순찰이라니? 무슨 소릴 하는 겐가?"

노적삼은 무슨 엉뚱한 소리를 하느냐는 듯이 계구를 쳐다보았다. 하지만 계구는 그런 노적삼의 말에 대꾸를 하지 않았다.

"용골채의 계구가 총순찰을 뵙습니다."

계구는 무릎을 꿇고 머리를 숙였다. 그 모습에 뭔가 심상치 않은 느낌을 받은 노적삼은 다시 한 번 두아를 살펴보았다. 그다지 크지 않은 몸집, 그러나 싸늘하게 자신을 노려보는 저 눈, 그리고 온몸에서 뿜어져 나오는 저 엄청난 기도! 비록 그때에 비해 행색이나 모든 것들이 많은 변화가 있었지만 틀림없이 자신의 기억 저편에 자리 잡고 있는 장강수로연맹의 총순찰 두일충(斗一忠)이 틀림없었다.

"요, 용골채의 채주 노적삼이 초, 총순찰을 뵙습니다."

노적삼이 두아를 알아보는 순간 모든 상황은 종료가 되었다. 노적삼은 계구와 마찬가지로 무릎을 꿇고 머리를 조아렸다. 두목이 그러고 있는데 수하들이야 말할 나위가 없었다.

두아! 아니, 광풍노도(狂風怒濤) 두일충(斗一忠)!!

이 이름이 장강에서 차지하고 있는 위상은 어마어마했다. 어디서 굴러먹은지도 모르는 두일충이 나이 스물일곱에 장강수로연맹의 총순찰이라는 지위에 오르자 모든 사람들은 그런 맹주의 결정에 우려와 조소를 보냈다. 하지만 단 일 년 만에 두일충은 그런 시선을 불식시키고 남을 정도의 뛰어난 활약을 보였다.

수로연맹의 내부 결속은 물론 매일같이 장강 곳곳에 퍼져 있는 수채들을 순찰하며 각 채주들의 반발에도 불구하고 그동안 이어져 내려오던 폐단들을 과감하게 개혁하고, 신상필벌(信賞必罰)을 확고히 하여 수로연맹의 기강을 바로 세웠다. 수로맹주의 전폭적인 지지를 바탕으로 시작된 두일충의 이런 개혁들은 탄생한 지 얼마 되지도 않았고 아직은 그저 단순히 수적 떼에 불과했던 수로연맹을 단숨에 중원의 한자리를 차지하는 거대 세력으로 탈바꿈시켰다. 당연히 장강의 모든 수채의 주인들과 수하들은 그런 두일충를 존경하면서도 은연중 두려워하게 되었다.

두일충의 능력이 더욱 빛난 것은 지금으로부터 팔 년 전, 두일충이 총순찰의 지위에 올라 이루어낸 개혁의 성공을 바탕으로 수로연맹이 어느 정도 안정된 성세를 이루게 되었을 때였다. 수로맹주 용유명(龍遊瞑)의 갑작스런 와병(臥病)과 죽음은 장강에 일대 혈풍을 몰고 왔다.

여러 채주들은 저마다 수로맹의 맹주 자리를 넘보며 세력을 구축하고 이합집산(離合集散)을 하고 있었다. 이는 비단 수채들만이 그런 것은 아니었다. '장강을 얻는 자가 천하를 얻는다'라고 했던가? 저마다 자신의 세력을 넓히고자 많은 대소문파에서도 호시탐탐 수로연맹을 노리고 있었다. 그런 그들에게 이번 기회는 놓치기 힘든 호재(好材)였다. 특히 패천궁에서는 맹주 자리를 노리는 채주들을 은근히 지원하는 다른 문파와는 달리 아예 직접적으로 수로맹의 정벌을 계획하고자 계획을 세우고 행동에 들어가기도 하였다.

일이 이런 지경에 이르자 전임 맹주와 총순찰인 두일충의 노력으로 안정이 되고 세력을 넓히고 있던 장강수로연맹은 갈가리 찢긴 상태가 되어버렸다. 이대로 가다간 수로연맹이 다른 세력에게 먹히는 것은 시간문제였다. 하지만 누구도 수로연맹의 이런 사태를 수습할 여력이 없었다. 물론 수로연맹에서도 그들의 장래에 대해 우려와 염려를 하고 있는 몇몇 장로들과 채주들이 있었으나 그들에겐 힘이 없었다. 바야흐로 수로연맹은 미처 꽃을 피우기도 전에 사그라들 위험에 처해 있었는데 그런 수로연맹을 구하고자 나선 사람이 바로 두일층이었다.

그는 우선 수로맹의 위기를 걱정하는 사람들을 규합하여 힘을 키웠다. 모든 행동엔 대의명분(大義名分)이 있어야 했기에 두일층은 전임 맹주의 둘째 아들인 용태성(龍太星)을 새로운 맹주로 추대했다. 비록 그가 무공이 약하기는 했지만 온화한 성품과 행동으로 장강의 형제들에게 많은 신망을 얻고 있었기 때문이다.

다행히도 큰 반발이 있을 것이라고 사람들이 예상했던 용유명의 장자이자 두일층의 절친한 친구인 용진성(龍辰星)은 이런 두일층의 생각에 오히려 적극적으로 동조를 해주었다. 비록 자신이 장자이고 무공에 있어서도 동생보다 월등하게 앞서고 있었지만 한 세력을 이끈다는 것은 그런 것 이외에도 많은 요소들이 필요하다는 것을 잘 알고 있었고, 자신의 능력으론 턱없이 모자란다는 것도 잘 알고 있었기 때문이다. 용진성과 손을 잡은 두일층은 제일 먼저 맹주 직을 노리고 있는 수채와 채주들을 구분하고 아직 그 어느 쪽에도 가담하지 않았거나 애초에 욕심이 없던 수채들을 포섭해 나가며 은밀히 힘을 길렀다. 그리고 그 힘이 어느 정도 모아졌다고 생각한 두일층은 실로 과감한 결단을 내렸다. 은연중 맹주 자리를 노리며 세력을 키우고 있었지만 수로맹의 형제들끼리 싸워 피를 흘린다는 것을 은근히 저어하고 있던 반대 세력을 급습해 일시에 쓸어버린 것이었다. 대항이고 뭐고 할 시간도 없이 전격적으로 시작된 기습에 속수무책으로 당할 수밖에 없었던 그들은 이틀 간의 치열한 싸움 끝에 결국 두일충이 이끄는 세력에 무릎을 꿇고 말았다.

하지만 그것이 끝은 아니었다. 용진성의 만류에도 불구하고 두일충은 항복했던 수채의 사람들 중 어느 정도 위치에 있는 사람들은 모조리 목을 베어버렸다. 그리고 자신의 행동을 못마땅하게 바라보는 용진성에게 두일충은 딱 한 마디를 했을 뿐이다.

"한번 배신을 한 사람들은 두 번 세 번 언제든 배신을 하기 마련이지. 비록 그들이 우리의 형제라 하지만 언젠가 자네나 태성 아우의 힘이 약해진다면 언제든지 뒤통수를 칠 수 있는 자들이네. 애초에 시작이 되지 않았다면 모를까 기왕 시작된 싸움, 앞으로 있을 모든 화근(禍根)은 제거하는 것이 좋다네. 그리고 그 비난은 내가 짊어지겠네."

두일충의 판단은 정확했다. 용태성이라는 젊은 맹주를 추대한 수로맹은 빠른 속도로 안정을 되찾았고, 그토록 많은 사람들이 죽었음에도 얼마의 시간이 지나지 않아서 전임 맹주의 시대보다 더욱 탄탄한 세력을 만들어갔다. 거기에는 젊은 맹주 형제와 두일충의 힘이 작용을 하기도 했지만 무엇보다 자중지란(自中之亂)으로 인해 다른 세력에 잡아먹힐 뻔한 자신들의 어리석음을 경계한 수로맹 형제들의 적극적인 협조가 있었기에 가능한 일이었다. 물론 그동안에도 약간의 반발은 있었지만 그런 일은 두일충과 용진성이 힘으로 제압했다.

그렇게 삼 년이 지나고 수로맹의 세력이 더욱 공고해질 때 두일충은 갑자기 일선에서의 은퇴를 선언했다. 친구인 용진성은 물론이고 맹주 또한 적극적으로 이를 만류하였지만 두일충의 결심은 꺾지 못했다. 두일충은 만류하는 용진성에게 조용히 말을 하였다.

"아버지가 돌아가셨다네. 크크크! 유언(遺言)으로 나에게 배 한 척도 남기셨다는군. 아무리 말을 안 듣는 나라지만 그래도 유언인데 한 번 정도는 따라야겠지. 그리고 사실 조금 쉬고 싶기도 하다네. 다른 사람들은 모르겠지만 얼떨결에 자네 아버지, 아니, 사부를 따라나섰다가 고생만 죽어라 하지 않았나. 하하하! 이제 나의 힘이 없어도 맹주는 잘 해낼 것이네. 그리고 자네도 있지 않은가? 하지만 언제든지 나의 힘이 필요하면 연락을 하게. 내 만 리 길이라도 한달음에 달려올 테니."

두일충은 그렇게 떠났다. 그러나 맹주인 용태성은 결코 그를 보낼 수 없었다.

"총순찰은 잠시 휴식을 취하는 것뿐이다. 총순찰이란 지위를 지닐 수 있는 사람은 오직 두 총순찰뿐이다. 또한 언제 어디서든 그를 보면 나를 보듯 존경하고 대우하여야 할 것이다."

정확하게 오 년 전에 장강수로연맹에서 있었던 일이었다.

"언제부터 우리가 패천궁의 일개 수하 따위의 말에 고개를 숙이게 되었지?"

"그, 그게 아니라……."

노적삼은 계속되는 두일충의 추궁에 몸 둘 바를 몰랐다.

"한심한 놈!"

두일충은 그저 고개만 숙이고 어쩔 줄을 몰라 하는 노적삼을 무심한 눈으로 바라보다 한쪽 갑판에서 현 상황을 흥미롭게 바라보는 혈영일호에게 시선을 던졌다.

"그대가 말을 해주겠나? 우리 수로연맹이 언제부터 패천궁의 말을 들어야 했는지."

"후후, 이제부터라고 해두지. 이제 곧 중원무림은 우리의 발 아래 무릎 꿇게 될 것이고 수로연맹 또한 같은 운명이니 어차피 우리의 명을 따를 수밖에 없을 것이다."

비릿한 조소를 지으며 말을 하는 혈영일호의 자세는 조금도 변함이 없었다.

"호, 네놈의 말대로라면 패천궁이 곧 중원의 주인이 되겠구나. 물론 그리되려면 패천궁의 모든 무인들의 실력이 출중하다는 말일 텐데… 과연 그런 실력을 지녔는지 어디 한번 볼까?"

담담하게 말하던 두일충의 기도가 순식간에 변하기 시작했다.

"어리석은 놈, 내 비록 명을 받아 저 어린 놈을 제거하기 위해 잠시 이런 꼴을 하고 있다지만 네놈 따위가 넘볼 만큼 약하지 않다. 좋다. 내 오늘 한 수 가르쳐 주마. 물론 대가는 네놈의 목이다."

혈영일호는 싸늘하게 웃으며 대꾸를 했다. 두일충 또한 그저 웃을 뿐인데 오히려 벌컥 화를 낸 사람은 지금껏 엎드려 있던 노적삼이었다.

"어디서 감히 주둥이를 놀리는 것이냐! 이분이 어떤 분인지 알고나 그러는 것이더냐!"

노적삼은 두일충을 바라보며 말을 이었다.

"총순찰님! 제게 맡겨주십시오. 총순찰께서 나설 필요도 없이 제가 저놈을 단박에 요절내겠습니다."

"하하하! 정말 보자보자 하니 우습지도 않구나. 일개 수적 따위가 그 따위 소리를 늘어놓다니. 좋다. 아무나 덤벼라. 하늘 위에 하늘이 있음을 가르쳐 주마."

혈영일호는 누가 덤벼도 자신이 있다는 듯 크게 웃으며 소리쳤다. 하지만 그건 혈영일호의 너무 큰 착각이었다. 의외다 싶게 소문을 제거하여 자신도 모르게 자만심에 빠진 혈영일호는 수로연맹을 그저 그런 해적 나부랭이들의 모임으로 생각하고 있었지만 사실 몇 년 전에 있었던 수로연맹의 혼란 이후 내치에만 힘을 쏟고 대외적으로는 거의 활동을 하지 않아서 그렇지 혈영일호가 생각하는 것만큼 수로연맹은 약하지 않았다.

물론 수로연맹이 물에선 적수를 찾아보기 힘들 정도로 명성이 뛰어난 것에 비해 개개인의 무공이 그다지 뛰어나지 못함도 사실이었다. 하나 그것은 일반적인 수하들에 국한된 것이고, 어느 정도 지위에 있는 자들의 무공은 나름대로 뛰어났다.

지금 혈영일호의 앞에서 쌍심지를 켜며 그를 노려보는 노적삼만 하더라도 그저 일개 수적들의 두목으로 보이지만 그 본신 실력이 혈영일호는 가볍게 꺾을 수 있을 정도라는 것을 혈영일호는 물론이고 수하들도 까맣게 모르고 있었다. 게다가 혈영일호의 결정적 실수는 담담한 웃음만을 짓고 있는 두일충이 그 유명한 광풍노도란 사실을 알지 못하고 단지 노적삼의 위에 있는 인물이려니 하고 가벼이 보고 있다는 것이었다.

혈영일호의 말에 발작적으로 반응하려 하는 노적삼을 말린 두일충은 천천히 그에게 다가갔다. 하지만 그런 그의 발걸음도 한 사람에 의해 가로막혔다.

"......?"

두일충은 이해하기 힘들다는 듯이 자신의 팔목을 잡은 인물을 바라보았다. 상당한 고통이 있는지 오만상을 찌푸리고 있는 소문은 고개를 가로저었다.
"자네가 상당한 실력을 지닌 무인이라는 것은 패천궁의 표적이 되었다는 것으로 알 수 있네. 하지만 지금 그 몸으로는 무리네. 나에게 맡기고 자넨 뒤로 물러나 있게."
"……."
소문은 두일충을 잡은 손에 더욱 힘을 주고는 물러서지 않았다.
"어허, 이 친구야. 그런 상처를 지니고 어떻게 싸운다는 것인가? 그 심정은 알겠지만 어쩔 수 없는 일 아닌가?"
"큭, 저놈은 내 거요. 이따위 상처는 문제가 아니오… 윽!'
소문은 말을 하면서 자신의 가슴에 박힌 단검을 뽑았다. 가슴에 박혔던 단검이 얼마나 깊이 박혔는지 한 번에 뽑아내지 못하고 두어 번에 걸쳐 힘을 주어 뽑을 수 있었다.
"아니, 뭐 하는 짓인가?!"
소문을 지켜보던 두일충은 단검을 따라 피가 솟구치자 깜짝 놀라 재빨리 가슴 근처의 혈도를 짚어 지혈을 했다. 그러나 워낙 큰 상처여서 그런지 좀처럼 피가 멈출 생각을 하지 않았다.
"흐흐, 네놈! 제법 그럴듯한 단검을 지니고 있구나. 하지만 어쩌지? 내 심장을 노린 것 같은데 심장에서 약간은 벗어난 듯하니."
피가 흐르든 말든 자신의 피로 점철되어 있는 단검을 흔들며 실실 웃는 소문을 바라보는 혈영일호는 얼굴 가득 불신의 표정을 지었다.
"그, 그럴 리가 없다. 정확하게 가슴을 찔렀거늘……."
"크크크, 하지만 내가 이렇게 살아 있다는 것이 증거 아니겠느냐? 암튼 난 은혜를 원수로 갚진 않지. 이처럼 멋진 선물을 받았는데 나도 그 정도의 보답은 해주어야겠지."

사천행(四川行) 229

소문은 두일충이 말릴 사이도 없이 혈영일호에게 다가갔다.
"후후, 어리석은 놈. 조용히 처박혀 있으면 혹시 건질 수도 있었을 목을 굳이 베어달라고 재촉을 하는구나."
"네놈이 사람들이 흔히 말하는 자객이라는 놈이겠지?"
"훗, 그렇다고 해두지."
혈영일호는 묘한 웃음을 지으며 대꾸를 했다.
"듣기엔 자객들은 쾌검(快劍)을 사용한다고 하던가?"
"……."
"그걸 견식하고 싶군. 나도 알고 있는 쾌검식이 하나 있으니 서로 비교를 해볼까나?"
소문은 웃으며 말을 했지만 그 안에 내포된 살기를 느끼지 못할 사람은 아무도 없었다.
"그렇게 죽는 것이 소원이라면……."
천천히 혈영일호에게 다가간 소문은 겨우 반 장 정도의 거리에서 마주 보게 되자 발걸음을 멈추었다.
"최선을 다해라. 다시는 그런 기회가 없을 테니까."
혈영일호는 냉랭한 웃음을 지으며 천천히 초식을 전개할 자세를 취했다. 그러나 소문은 아무런 움직임이 없었다.
'아니, 어째서 움직이지 않는 것이지? 설마, 부상 때문에?'
두일충은 소문이 조금도 움직이지 않자 덜컥 겁이 났다. 사실 자객 수업을 받은 자와 저렇게 지근(至近) 거리에서 쾌검을 논한다는 것은 보통 무인이라면 절대로 시도하지 않는, 웬만한 무공 실력으론 이기기 힘든 승부였다. 그런 승부를 하면서 저리 머뭇거려서야 그나마 있는 가능성도 버리는 것이었다. 하지만 이런 두일충의 염려와는 다르게 소문의 눈은 혈영일호의 동작 하나하나를 빠짐없이 관찰하고 있었다.

자객은 말이 없다. 아무런 기척 없이 다가가 조용히 상대의 목숨을 빼앗는 사람들이 자객이었다. 그들의 무공은 어떤 형식이나 화려함보다는 가장 실용적이고 효과적으로 사람의 목숨을 빼앗는 초식만을 연구하고 익힌다. 자연히 직선적이며 단순했다. 혈영일호의 공격도 이를 말해 주듯이 아무런 예고 없이 시작되었는데, 그저 찌르는 동작 하나가 전부였다.

"저런!"

두일충은 너무나 순식간에 소문의 목을 노리며 날아오는 검을 보며 자기도 모르게 신음을 내뱉었다.

'역시, 말렸어야 했는데……'

혹시나 하는 자신의 어리석은 기대로 아까운 젊은이가 죽었다는 것에 가슴이 아팠다. 그런데 그의 예상을 비웃기라도 하듯 소문은 당당하게 서 있었다. 오히려 공격을 시도했던 혈영일호가 도저히 믿지 못하겠다는 듯이 소문을 바라보고 있었다.

"그, 그게 무슨 무공이냐? 어찌 인간의 몸으로 그토록 빠른 쾌검을 구사한단 말이냐?"

"……"

소문은 아무런 말도 없이 점점 무너지고 있는 혈영일호를 바라보고 있었다.

'절대삼검 제1초, 무심지검(無心之劍). 제길, 상처만 아니었으면……'

소문은 자신이 방금 시전한 무심지검의 결과가 그다지 마음에 들지 않아 불만스러웠다. 갑작스런 상황에 어리둥절했던 두일충이 소문에게 달려왔다.

"자네, 괜찮은 것인가?"

"예."

두일충은 소문의 말을 곧이곧대로 믿을 수가 없었다. 이리저리 살펴보며 거듭 물었다.

"정말 괜찮은 것인가? 틀림없이 저놈의 공격이 먼저 시작되었는데……."

아무리 확인해도 처음 가슴에 입은 상처 외에는 아무런 이상이 없자 오히려 그것이 더 이상한 듯 고개를 갸웃거리는 두일충을 보며 소문은 그저 한마디 했을 뿐이었다.

"저런 놈에게 당할 정도면 무공을 익히지도 않았을 것입니다."

'허, 엄청난 자신감이로구나! 그러나 결과가 이리 나왔으니 뭐라 말을 할 수도 없고.'

두일충은 황당하다는 듯이 소문을 바라보다 돛대에서 처진 줄을 잡고 몸을 일으키고자 안간힘을 쓰고 있는 혈영일호를 바라보았다. 갈라진 가슴 사이로 엄청난 양의 피가 흘러내리고 있었다.

"쯧쯧, 그 자신감은 어디로 가고 그러고 있느냐? 네놈이 한 말에 따르면 그러고 있어야 하는 것은 이 친구일 텐데."

간신히 몸을 일으킨 혈영일호는 두일충의 조롱 따위에는 아랑곳하지 않고 소문을 노려보았다.

"아, 아직… 내 물… 음에 대답을 하지… 않았다……. 도… 대체 그, 그건 어떤 수법이냐……?"

"내가 순간적으로 가슴에 통증을 느끼지 않았으면 넌 서 있지도 못했다. 훗, 무슨 말을 기대하는 것이지? 난 이기고 넌 졌다. 그게 중요한 것이지. 내가 어떤 무공을 사용했는지는 중요한 것이 아니다."

너무나 냉정한 소문의 말에 일순 힘이 빠진 혈영일호는 잡고 있던 줄을 놓치며 다시 쓰러지고 말았다.

"크크크, 하긴 죽을… 놈이 알아서 무엇… 하겠느냐……. 하지만 너도 곧 내… 꼴이 될 것이니… 너무 좋… 아할 것은……."

혈영일호는 결국 끝까지 말을 잇지 못하고 고개를 떨구고 말았다.

"큭!"

혈영일호의 죽음을 확인한 소문이 갑자기 가슴을 부여잡으며 신음성을 내뱉었다. 지금껏 참고 있던 고통이 긴장을 풀자 한꺼번에 몰려오는 듯했다.

"이런, 괜찮은가?"

"견딜 만은 합니다."

소문은 나름대로 웃는다고 하였지만 일그러진 얼굴엔 고통의 빛이 역력했다.

"그런데 정말 심장에서 칼이 벗어났는가?"

"……?"

엉뚱한 두일충의 말에 무슨 소리를 하느냐는 듯이 쳐다보는 소문을 향해 두일충은 고개를 갸웃거리며 다시 한 번 말을 했다.

"이상해서 하는 말일세. 패천궁에서 보낸 자객 정도면 정확하게 심장을 노린다는 것은 너무나도 손쉬운 것이었을 텐데, 그런 실수를 하다니 이상하지 않은가?"

"흠, 그도 그렇군요. 하지만 한 치만 빗나갔어도 심장에 찔렸을 것입니다. 정말 운이 좋은……."

소문은 구멍이 난 옷을 들춰 보이며 말을 하다 뭔가 느껴지는 것이

사천행(四川行) 233

있었는지 급히 품을 뒤졌다.

"하하하하! 윽!"

소문이 미친 듯이 웃어대다 가슴을 부여잡고 얼굴을 찡그리자 영문을 모르는 두일충은 그저 두 눈만 깜빡이고 있었다.

소문은 그런 두일충에게 하나의 물건을 내밀었다. 반쪽으로 갈라진 조그마한 옥패였다.

"이게 무엇인지 아십니까?"

"옥패 아닌가? 뜬금없이 옥패는 왜?"

"이게 제 가슴을 보호해 주었습니다. 이 옥패가 제 심장을 노리며 파고든 단검의 끝을 가로막아 심장이 아닌 다른 곳을 찌르도록 한 모양입니다. 저놈에겐 억울한 일이겠지만 제게는 천우신조(天佑神助)가 아닐 수 없군요."

"허, 이런 경우가 있나. 하하, 자넨 실력도 실력이지만 운 또한 좋군. 이 사실을 저 친구가 안다면 억울해서 눈도 감지 못했을 것이네."

두일충은 소문과 옥패를 번갈아 보며 놀라워했다.

"그나저나 어찌 처리하실 겁니까? 우리의 목을 노리는 사람이 또 있는데."

"아, 아닙니다. 목숨을 노리다니오. 감히 제가 어찌……"

소문이 툭 던진 한마디에 화들짝 놀란 노적삼이 두일충을 보며 재빨리 변명을 했다.

"이번 일은 노 채주께서 잘못 판단하신 듯하오. 패천궁의 자객이 말한 대로 지금 무림의 상황이 몹시 안 좋으니 이럴수록 내실을 다지며 방비를 튼튼히 해야 할 것이오."

"예, 그 말 명심하겠습니다."

험악한 상황이 지나가자 두일충도 제법 예의를 차려 말을 하기 시작했다. 아무리 노적삼이 자신의 눈 아래에 있고 잘못을 저질렀지만 용골채의 채주이고 보니 어느 정도 인정을 해주는 것이 당연했다. 하지만 그럴수록 더 어려워하는 것은 노적삼 본인과 계구, 주변의 수하들이었다.

잠시 후, 두일충은 여전히 경계의 눈으로 자신들을 바라보는 은마표국의 일행에게 다가갔다.

"용골채에 급박한 사정이 있었던 모양입니다. 제 얼굴을 봐서 이번 한 번은 그냥 넘겨주시지요. 다시는 이와 같은 일이 재발되지는 않을 것입니다."

"무슨 말씀을. 총순찰님의 명성은 익히 들어 알고 있습니다. 약간의 불미스런 일이 있었지만 더 큰일이 없었으니 이만하면 다행 아니겠습니까? 염려하지 마십시오."

송염은 안도의 한숨을 쉬면 대꾸했다.

'후, 하늘이 우리를 보살폈구나. 허허! 다행이야, 다행!'

모든 일이 그렇듯 한번 꼬인 일이 되지 않으려면 아무리 기를 써도 풀리지 않고, 풀리기 시작하면 너무 쉽게 풀리곤 한다. 이처럼 서로의 목숨을 위협하며 꼬여가던 은마표국과 용골채의 사람들은 두일충의 중재로 서로 화해하며 다음의 만남(?)을 기약했다. 노적삼과 그의 수하들이 두일충에게 인사를 하고 서둘러 자신들의 본채로 돌아가자 모든 것은 정상으로 되돌아왔다.

은마표국 사람들은 갑판 위의 표물을 돌보고 있었고 두일충은 어기적거리고 있는 선원을 다그치느라 정신이 없었다.

소문은 상처 주위를 붕대로 감싸 상처를 보호한 후에 갑판에 기대어 앉아 있었다. 은마표국에서 준비해 온 금창약이 제법 효과가 있는지 고통이 금방 사그라들었다. 한결 여유가 생긴 소문은 자신의 목숨을 구해준 옥패를 손 위에 올려놓고 생각에 잠겼다.

'옥패로 인하여 목숨을 보존케 되다니… 당소희라고 했던가, 나와 혼인을 할 여인이? 이제 얼마 남지 않았구나!'

소문은 예도준이 가르쳐 준 사천당가가 위치하고 있다는 성도가 위치하고 있을 북서쪽을 바라보며 천천히 눈을 감았다.

제19장

사천풍운(四川風雲)

사천풍운(四川風雲)

"후, 이 길이 맞는 것 같은데 집은커녕 사람 한 명 찾아볼 수 없으니……."

벌써 날이 어두워오는데 머물 곳을 찾지 못한 소문은 난감했다. 노숙(露宿)이야 그다지 두려운 것은 아니었지만, 벌써 며칠째 길을 잃고 헤매다가 이제야 비로소 제대로 방향을 잡았다고 생각하는 중이었는데 도무지 인적을 찾을 수가 없었다. 난감한 마음을 금할 수 없었지만 기왕 작심한 바에야 끝을 보겠다고 생각한 소문은 계속해서 발걸음을 재촉했다. 그렇게 걱정을 하며 얼마를 더 갔을까? 정면을 바라보던 소문의 안색이 밝아졌다.

"연기다! 그렇다면?"

과연 하늘 높이 치솟은 나무 사이를 뚫고 한줄기의 연기가 하늘로 치솟고 있었다. 연기를 내뿜는 곳이 있다면 틀림없이 인가가 있는 것.

소문은 연기가 보이는 쪽으로 부리나케 달려갔다. 일각(一刻)을 달려가자 끝이 안 보이던 좁은 산길이 사라지고 제법 넓은 공터가 나왔는데 그곳엔 이런 산지에 어울리지 않는 객점 하나가 자리 잡고 있었다. 약간 이상도 했지만 너무나 반가운 나머지 소문은 크게 소리를 질렀다.

"계십니까? 아무도 안 계십니까?"

지금 소문이 위치한 곳은 성도에서 남서쪽으로 약 사백오십여 리 떨어진 팽산(彭山)이라는 곳으로, 팽산이라는 제법 험한 산이 있어 지명 자체가 산 이름으로 된 곳이었다.

혈영일호의 암습에서 벗어나고 용골채의 무리들이 자신들의 수채로 돌아가자 표물을 실은 선박은 별 탈 없이 운행하여 하루가 더 지나 예정대로 강안에 도착하였다. 만난 지 며칠 되지 않았지만 헤어짐을 아쉬워하는 은마표국 사람들과 선원들을 뒤로하고 소문은 더 이상 움직이지 않는 배에서 내려 자신의 목표인 사천당가로 길을 떠나야 했다.

처음엔 두일충이 가르쳐 준 대로 길을 떠난 소문이지만 성도 가는 길은 그가 말한 것처럼 쉽지만은 않았다. 가슴의 상처야 꾸준히 치료를 하여 그다지 문제가 되지 않았지만 지명과 지형에 어두운 소문이 두일충이 가르쳐 준 대로 길을 간다는 것은 애초에 무리였다. 며칠 동안 이리저리 헤매고서야 물어물어 겨우 이곳까지 도착할 수 있었다. 성도로 가는 지름길이라 하여 이곳으로 왔는데 길이 험해 마을은커녕 사람 사는 집조차 찾을 수 없다가 겨우 객점 하나를 발견했으니 반가울 만도 했다.

"뉘시오?"

소문이 크게 소리를 지르자 한참 후에야 객점의 문이 열리며 나타난 사람은 상당히 나이가 들어 보이는 노인이었다.

"지나가다 연기를 보고 왔습니다. 잠시 쉬었다 가도 되겠습니까?"

"허허, 객점이라는 곳이 길손을 위해 있는 것이 아니겠는가. 어서 오시게나."

노인은 대뜸 의심스런 눈초리로 소문의 행색을 살펴보다가 별다른 이상이 없어 보이는지 조심스레 말하는 소문을 바라보며 너털웃음을 터뜨리고는 반갑게 맞아주었다.

객점의 안으로 들어선 소문은 보기와는 달리 상당히 넓은 규모를 보고 깜짝 놀랐다.

'지금까지 이곳으로 오면서 사람이라곤 거의 보질 못했는데 이 정도의 객점이 이런 곳에 있을 줄이야……'

객점은 아래는 몇 개의 탁자가 놓여 있어 간단하게 식사나 술을 하는 자리로 꾸며져 있었고 우측의 계단이 위로 통해 있는 것으로 보아 이층은 잠을 잘 수 있는 객실(客室)이 있는 모양이었다.

"보아하니 상당히 오랫동안 산길을 걸어오느라 많이 지치신 모양이구먼. 날씨도 제법 쌀쌀한데… 우선 따뜻한 차라도 한잔 드시게나."

소문이 자리를 잡고 앉자 노인은 김이 모락모락 나는 차를 내왔다. 그다지 향기롭지는 않지만 속이 시원한 느낌이 드는 차를 마시며 숨을 돌리자 그때까지 조용히 소문을 바라보던 노인이 입을 열었다.

"그래, 무슨 일로 이런 험한 곳까지 온 것인가? 이 길은 웬만해선 다니지 않는 길인데."

"예, 성도에 가는 길이었습니다만 며칠 동안 길을 잃고 헤매다가 이 길을 가르쳐 주는 사람이 있어서 이곳으로 발길을 돌렸습니다."

"아니, 어디에서 오는 길이기에 성도를 못 찾는단 말인가? 성도라면 사천에서 제일 큰 곳이거늘?"

"호남성에서 장강을 거슬러 며칠 전에 강안에 도착하기는 하였지만 생각처럼 길 찾기가 쉽지가 않습니다. 아무래도 초행(初行)길이다 보니……."

소문이 약간은 무안한 듯 안색을 붉히며 말을 하자 노인의 얼굴에 웃음이 보였다.

"허허, 강안에서 왔다고 했나? 그나마 다행이네. 약간 방향이 틀어지긴 했지만 그래도 제대로 왔구먼. 이 길로 계속 올라가면 성도가 보일 것이네. 한 백여 리 되려나."

제대로 왔다는 노인의 말에 절로 입이 벌어진 소문이 재빨리 질문을 했다.

"그게 정말입니까? 정말 제대로 온 것입니까?"

"허허, 그렇다니까. 허참!"

잠깐 동안 기쁨에 겨워 소리를 지르던 소문은 문득 머리 속을 떠나지 않던 생각이 있어 노인에게 말을 했다.

"이곳으로 오면서 인가라고는 거의 보지 못했습니다. 그래서 길을 또 잘못 든 것이 아닌가 걱정했는데 이런 곳에 객점이 있을 줄이야… 전혀 생각지도 못했습니다."

"흠, 이런 외진 곳에 객점이 있는 것이 이상한 모양이구먼. 하지만 자네같이 이 길이 초행인 사람들은 잘 모르나 이 객점은 나름대로 유명한 곳이라네."

"예? 그게 무슨 말씀이신지?"

"사천은 중원에선 남서부의 관문 같은 곳이지. 당연히 많은 물건과 상인들이 드나들기 마련인 법인데, 아는지 모르겠지만 이곳의 지형은 매우 굴곡(屈曲)이 심하다네. 평야가 펼쳐져 있는가 하면 몹시 험한 산이 나타나기도 하지. 특히 이곳은 운남성(雲南省)에서 성도로 가는 가장 빠른 길이지만 이 앞을 가로막고 있는 팽산이 보통 산이 아니라서… 험하기도 험하지만 수없이 많은 맹수(猛獸)들이 우글거리는지라 보통 사람들은 지나갈 엄두를 내지 못한다네. 그렇다고 팽산을 피해 성도로 돌아가려면 무려 사흘이란 시간이 더 걸리니 시간을 금(金)처럼 생각하는 상인들이나 표국에선 위험을 감수하고라도 이 길을 지나가네. 사실 혼자 움직이는 것이 위험한 것이지 많은 사람들이 함께 산을 넘는다면 무에 위험하겠는가. 다만 근처에 인가가 없다 보니 조금 불편할 뿐이지. 해서 우리 조부님께서 길의 중간 지점인 이곳에 이렇게 객점을 시작하셨다네. 그게 지금의 나까지 이어온 것이고."

"아! 그런데 혼자서 사시나요? 다른 분들은……."

소문은 고개를 이리저리 돌리며 사방을 살펴보았다.

"자식 내외와 손자들이 있지. 하지만 이곳을 지키는 것은 나와 내가 고용한 아구(鵝口), 이렇게 둘뿐이네. 원래 상인들은 한 달에 두 번, 보름을 주기로 이곳에 오는데 사흘 전에 상인들이 지나갔네. 그래서 당분간은 바쁜 일도 없고 해서 잠시 집에 다녀오라고 보냈다네. 물론 표국에서 표사들이 이곳을 지날 때도 있지만 그건 몹시 불규칙적이라."

"아, 그렇군요."

노인과 소문은 이런저런 이야기를 하며 시간을 보냈다. 노인은 사람들을 잘 만나보지 못하는지라 소문이 반가웠고, 소문은 소문대로 노인을 통해 성도로 가는 자세한 길을 알 수 있었다.

"그런데 이곳에서 며칠 정도는 머무르고 길을 떠나는 것이 좋을 듯하네."

"예? 그게 무슨 말씀이신지?"

한참 즐겁게 말을 하고 있던 노인이 뜬금없는 소리를 하자 소문은 이상한 생각이 들어 대뜸 반문을 했다.

"아까 말했듯이 이곳에서 성도를 가려면 팽산을 넘어야 하네. 한데 사천의 거의 모든 산이 그렇듯 험준하기 그지없네. 위험한 맹수들도 많이 있고. 게다가 산을 다 벗어나기 전에는 인가도 없다네. 그러니 한 열흘 정도 기다렸다가 다음 상인들이 지나갈 때 같이 떠나는 것이 좋을 듯싶네."

'휴, 나는 또 무슨 일이라도 있는 줄 알았네. 하긴 일반 사람들에게야 험한 산을 혼자 넘는다는 것이 힘든 일이겠지.'

"하하, 저도 제 한 몸을 지킬 수 있을 정도의 힘은 지니고 있습니다. 오히려 맹수들이 저를 피할 것입니다. 그리고 제가 급하게 성도로 가야 하는 사정이 있어서… 하지만 오랫동안 길을 걸어 몹시 피곤하니 오늘은 이곳에서 하룻밤 머물고 갈 생각입니다."

소문은 봇짐에 매달린 활을 툭툭 치며 말을 했다.

"오호라, 자네 사냥꾼이었군 그래. 그럼 내가 괜한 걱정을 한 것인가? 사냥꾼이라면 이보다 더한 산도 다녔을 것이지만… 암튼 이곳에서 밤을 보낸다니 반갑네그려."

노인은 소문의 말에 약간 아쉬워했지만 곧 손님 대접을 한다며 만류하는 소문의 손도 뿌리치고 음식이며 술이며 이것저것 준비하느라 부산하게 움직였다.

소문이 객점에 도착하여 노인과 정담을 주고받고 노인이 준비한 음식을 다 비울 즈음 객점에서 얼마 떨어지지 않은 곳에 일단의 무리들이 다가오고 있었다. 맨 앞에서 말을 타고 오는 몇 명을 제외하고는 대부분이 등에 커다란 봇짐을 메고 오는 것이 객점의 노인이 말한 상인들인 모양이었다. 하지만 겉으로 보이는 외양과는 달리 그들이 나누는 대화는 그들이 평범한 상인들이 아님을 짐작케 했다.

"이제 다 왔다. 저 산만 넘으면 우리가 원하는 곳에 도착할 것이다. 독마(毒魔), 그대가 말한 곳이 저곳인가?"

"예, 문주님. 팽산 초입에 있는 객점으로 이 근처에 인가라곤 저 객점 하나뿐입니다."

"알았네. 비록 우리가 다른 이들과 비교해 늦긴 하였지만 먼 길을 돌아왔으니 문도들이 많이 피곤할 것일세. 오늘 밤은 저곳에서 보내고 새벽에 길을 떠나도록 하세나. 수하들에게도 그리 일러두고. 참, 이런 곳에서 분란을 일으키고 싶진 않으니 조용히 행동하도록 주의를 주도록 하게나."

"알겠습니다, 문주님."

문주라 불리는 노인은 반백(半白)의 머리에 상당한 동안(童顔)이었는데 그보다 훨씬 더 나이가 들어 보이는 독마에게 하대(下待)를 했다. 사정을 잘 모르는 사람이 본다면 그를 지위만 믿고 건방진 행동을 하는 것으로 여길지도 모르나 그의 전신에서 풍기는 기도나 위엄을 보건대 그런 것도 아닌 모양이었다. 또한 독마의 눈치를 보니 문주라는 사람을 극히 조심히 대하는 것을 보아 외양과는 다른 뭔가가 있는 모양이었다. 독마가 문주의 말을 수하들에게 모두 전달할 때쯤 무리는 객점 앞에 도착하였다.

"이보시오! 계시오?"

소문과 함께 음식을 들던 노인은 갑자기 들려오는 소리에 적잖이 이상하다는 표정을 짓고는 몸을 일으켰다.

사천풍운(四川風雲) 245

"이 시간에 올 사람이 없는데……."

"아무도 안 계시오?"

노인이 미처 문을 나서기도 전에 밖에서 계속해서 주인을 찾는 소리가 들려왔다.

"허참, 자네도 그렇지만 웬 사람들이 갑자기 몰려오는 것일까? 이상하구먼."

객점 밖으로 나오던 노인은 무려 이백여 명에 이르는 사람들을 보고 깜짝 놀랐다.

"팽산을 넘어 성도로 가려는데 밤이 많이 깊었소이다. 해서 이곳에서 잠시 머무를까 하는데 방이 있소이까?"

독마는 어리둥절해하는 노인에게 정중히 물었다.

"예? 예, 방이야 있습니다만 저희 객점에는 이 많은 사람들이 모두 들어갈 방은 없습니다. 겨우 삼십여 명 정도 수용할 여력밖에는……."

"상관없소. 어차피 그 정도는 생각하고 있었으니, 나머지 사람들은 이곳에서 따로 잠자리를 마련할 것이오. 그건 신경 쓰지 마시오."

노인은 독마의 말에 환한 얼굴을 했다. 아직 한 번도 보지 못한 상단이었지만 보름도 아닌 사흘 만에 또다시 사람들이 찾아온 것이 도대체 얼마만의 일인가? 게다가 보통 상단의 서너 배는 됨직한 규모였다.

'에구, 이럴 줄 알았으면 아구 녀석을 보내는 것이 아니었는데… 나 혼자서 이 많은 사람들의 뒤치다꺼리를 어찌한다.'

노인은 모처럼 찾아오는 행운에 기꺼워하면서도 혼자서 고생할 것이 영 마음에 걸렸다. 하지만 기왕 온 손님을 이대로 보낼 수는 없었다.

"그럼 이리 들어오시지요. 방으로 모시겠습니다."

"자넨 이곳에서 나머지 수하들을 보살피고 있게나."

독마는 자신의 옆에 있던 한 장년의 사내에게 말을 했다.

"알겠습니다, 장로님. 그럼 편히 쉬시지요."

독마는 그의 말에 고개를 끄덕이고는 문주에게 고개를 돌렸다.

"들어가시지요. 이곳은 좌(左) 단주가 책임지고 수하들을 살필 것입니다."

"그러지."

문주가 앞장서서 인도하는 독마를 따라 객점 안으로 들어서자 그 뒤를 따라 일단의 수하들도 객점으로 들어섰다. 노인을 따라 객점 안에 들어서던 독마는 멍한 눈으로 자신들을 바라보는 소문을 보곤 흠칫했다. 그러나 그것도 잠시, 소문에게 주었던 시선을 거두고 노인이 안내하는 곳으로 걸어갔다.

'헐, 대단한 기운인데… 그것도 한둘이 아니니, 이것 참.'

소문은 잠깐 동안이었지만 자신을 바라보는 독마의 날카로운 시선을 느낄 수 있었다. 무공을 익힌, 그것도 상당한 고수가 아니면 발할 수 없는 그런 기운이었다.

'혹시 또 나를 죽이려고?'

배 위에서 혈영일호에게 당한 기억이 있는 소문은 은연중 신경이 쓰였다. 하지만 곧 머리를 흔들었다.

'설마! 나 하나 죽이자고 저 많은 사람들이 나섰을까? 뭐, 내가 신경 쓸 일은 아니겠지.'

"식사는 어떻게 하시겠습니까? 보시다시피 이곳에는 저 혼자뿐이라 이곳까지 옮긴다는 것이 무리라서… 아래층에서 드시면 안 되겠습니까?"

노인은 상단을 이끌고 있는 사람이 독마라고 생각하는지 계속해서 그의 눈치만 보고 있었다.

"아니오. 식사는 밖에서 따로 준비할 것이니 그건 신경 쓰지 마시고, 술이나 있으면 준비해 주시오. 인원이 많으니 제법 많은 양이 필요할 것이오만."

"그건 염려 마십시오. 술은 백 명이 아니라 천 명이 먹어도 충분할 정도로 많이 있습니다. 더 필요한 것이 있으시면 언제든지 불러주십시오."

"알겠소."

노인은 독마를 따라 객점에 들어온 인원들이 방에 들어가는 것을 확인하고는 소문이 있는 곳으로 내려왔다.

"하하, 다 끝나셨습니까?"

"끝나기는. 음식이야 따로 준비할 필요는 없다고 하니까 다행이지만 그 많은 술을 옮기려면 고생깨나 하게 생겼네. 휴, 갑자기 많은 사람들이 오니 난감하구먼. 그래도 손님이 오는 걸 마다하는 주인은 없겠지?"

노인은 얼굴을 찡그리며 말했지만 많은 손님이 오자 내심 기분이 좋아 보이는 눈치였다.

"하하, 그까짓 일이야 제가 돕지요. 어차피 밥도 먹었겠다 소화도 시킬 겸 가볍게 움직여 볼까요?"

"이런, 그만두게나. 자네도 어엿한 손님 아닌가? 말은 고맙지만 이 일은 나 혼자해도 충분하니 자네도 이만 방으로 올라가 쉬게나."

노인은 소문의 말에 고마워하면서도 쉽게 허락을 하지는 않았다.

"손님도 손님 나름이지요. 아까 먹은 차 값이나 해야겠습니다. 염려 마시고 제가 할 일이나 일러주시지요. 정 부담이 되시면 저도 그 술 좀

먹게 해주시면 되지 않겠습니까? 하하하!"

"허허, 알고 보니 자네의 목적은 엉뚱한 곳에 있었구먼. 알았네. 그리하도록 하세나."

노인도 더 이상 소문의 호의를 거절하지 않고 허락을 했다. 노인과 소문은 서로 마주 보며 기분 좋게 웃음 짓고 있었다.

오랜 여행에 지쳤는지 객점 밖의 상인들은 소문과 객점 노인이 운반한 술을 잠시 마시는 듯하다가 저마다 자신들의 잠자리로 흩어져 잠을 청했다. 소문도 그들과 잠시 어울릴까 하다가 그들이 왠지 자신을 어려워하는 느낌이 들자 곧 노인이 안내한 객실로 들어섰다.

적막감이 흐르는 객점 밖의 상황과는 달리 객실에 있는 사람들은 아직도 술을 마시고 있는 듯 상당히 소란스러웠다. 하지만 오직 한곳, 문주라는 사람과 독마가 기거하고 있는 방 안의 분위기만은 무겁게 가라앉아 있었는데 방 안에는 문주와 독마 이외에도 모두 세 명의 사람들이 앉아 은밀한 말들을 나누고 있었다.

"확실히 늦은 감이 있지 않은가?"

"예, 문주님. 다른 곳에선 내일쯤 공격이 시작될 것입니다."

"흠… 우리만 너무 늦는 것이 아닌지?"

"사천에 많은 문파들이 산재해 있지만 누가 뭐라 해도 당가가 그 영향력이나 전력(戰力)에서 최고입니다. 조심에 조심을 해도 모자람이 없을 것입니다."

"둘째의 말이 옳습니다. 성도를 중심으로 수백 리에 이르는 지역은 당가의 앞마당이나 다름이 없습니다. 일반 백성은 물론이고 관부에까지 그 힘이 미치지 않는 곳이 없습니다. 당연히 다른 곳보다 당가에 접근하는 저희들의 움직임이 느린 것은 당연합니다. 게다가 이십여 개나 되는 관(棺)까지 운반한다는 게 보통 힘이 드는 일이 아니잖습니까?"

 독마는 자신의 옆에 앉은 싸늘한 안색을 지닌 노인의 말에 동의를 하며 부연 설명을 하였다.

 "어차피 늦은 것은 어쩔 수 없는 일이지만 이번 기회야말로 우리 만독문(萬毒門)의 실력을 어김없이 발휘할 때이오. 그동안 백도에는 사천당문이 흑도에는 우리 만독문이 있다고는 했지만 그 실력이 당문에 비해 현저하게 처진다고 인식되어 왔소. 하지만 이제 그 말은 수정되어야 할 것이오."

 문주 또한 독마의 말에 일리가 있다는 것을 알고는 있었지만 행동이 느리다는 것이 내심 마음에 걸렸다.

 만독문(萬毒門)!!

 광서성(廣西省) 최남단의 밀림에 자리 잡고 있는 문파로 타의 추종을 불허하는 독공으로 세간에 인식된 문파였다.

 문주인 독왕(毒王) 광무(光武)를 비롯하여 의형제인 장로 독마 우진광(瑀晉廣), 독마수(毒魔手) 봉천(蜂千), 혈수(血手) 갈태악(葛泰惡) 등의 명성은 이미 중원에 널리 퍼져 있었고, 그 외에도 많은 독공 고수(毒功高手)가 즐비한 곳이 만독문이었다.

 항상 비교하는 것을 좋아하는 사람들은 독공으로 대표되는 두 문파를 말하기를 백도에 사천당가가 있다면 흑도에는 만독문이 있다고 하였고, 당가를 대표하는 당천호를 암왕, 만독문의 문주인 광무를 독왕이라 하며 두 문파를 우열을 논하였다.

일반적으로 독왕이 앞서 말한 대로 무림에서의 평가는 만독문보다는 당가의 위명이 훨씬 높았으나 독을 다루는 데 있어서는 오히려 당가보다 한 수 위의 실력을 지녔다고 평가받는 곳이 또한 만독문이었다. 그런 만독문의 문주와 장로들이 문도들을 이끌고 이곳 사천에 나타난 것이다.

"그렇습니다, 사부님. 이제 저희 만독문이 당가의 위명을 뛰어넘는 것은 시간문제일 것입니다."

"그게 다 여기 있는 장로들과 제자들의 노력이 아니겠느냐? 하지만 아직 안심을 하기에는 이르다. 비록 암왕이 자리를 비웠다고는 하지만 당가는 그리 만만한 상대가 아니야."

문주인 독왕이 승리를 자신하는 제자 기수곤(奇囚鯤)의 말에 약간은 조심스런 반응을 보이자 조용히 앉아 있던 갈태악도 한마디 했다.

"그렇습니다. 다른 목표인 점창이나 아미, 청성파에선 대부분의 제자들이 본산을 떠난 상태가 아니겠습니까? 그러나 당가는 암왕을 제외한 나머지 전력이 고스란히 남아 있는 상태입니다."

그러자 독마가 반박을 했다.

"문주님과 막내가 무엇을 염려하는지 잘 알고 있습니다. 어차피 병력에서 압도하는 저희들로선 당가의 무인 수나 그들의 무공 수위는 별반 문제가 되지 않습니다. 다만 걱정이 되는 것은 저들이 만들기는 하였지만 그 위력이 너무나 끔찍하여 사용하지 않고 있다는 많은 암기들입니다. 그것으로 인한 약간의 피해는 어쩔 수 없습니다. 그러나 저희들에겐 그 암기들을 무력화시킬 비장의 무기가 있지 않습니까? 너무 염려하지 마십시오."

"하하, 나도 안다네. 다만 조심하자는 것이지. 그런데 여기까지 조용히 왔으니 이제 당당하게 모습을 드러내는 것도 좋을 것 같은데… 어떤가?"

"예, 어차피 팽산을 벗어나면 더 이상 은밀히 움직인다고 하여도 저들의 이목(耳目)을 피하기는 힘들 것입니다. 그러나 싸움에 대비를 하기엔 너무 늦게 알아차린 것이겠지만 말입니다."

독마는 자신감에 찬 행동으로 말을 했다. 방 안의 모든 사람들은 독마의 말에 고개를 끄덕였다. 저들의 이목을 속이고자 상단으로 위장하여 국경(國境)을 넘고 세외(世外)로 나돌다가 이제야 겨우 사천 땅에 들어선 이들이었다. 이들뿐만 아니라 다른 곳을 공격하는 무리들 또한 같은 방법을 사용했다. 당연히 당하는 문파에서는 아무런 대비를 못할 것이 뻔했다. 승리를 자신하며 회심의 미소들을 짓고 있는데 중앙에 앉아 있던 기수곤이 독왕에게 질문을 하였다.

"그런데 사부님!"

"왜 그러느냐?"

만독문의 유일한 제자인 기수곤을 자식처럼 사랑하는 독왕이 그를 바라보는 눈빛은 공포의 대명사로 알려진 그답지 않게 따뜻한 것이었다.

"저희 만독문이 패천궁의 수하로 들어가는 것입니까? 이번 출정도 말이 부탁이지 사실상 명령으로 여겨집니다."

"흠, 그건 나로서도 어찌하지 못하는 문제구나. 백도와 흑도가 전면적으로 대치하고 있는 상황에서 아무리 부정하려 해도 패천궁이 흑도의 대표인 것은 사실이 아니겠느냐? 게다가 자의든 타의든 그들의 말에 따라 이렇게 당가를 공격하게 되었으니 더욱 부정하지 못하게 되었다. 하지만 이번 일이 무사히 끝나면 패천궁에서도 우리에게 함부로 하지 못할 것이다."

독왕은 약간 겸연쩍은 듯이 말을 하였다. 자신이 사랑하는 제자 앞에서 약한 모습을 보여야만 하는 자신의 모습이 영 마음에 안 들었다.

"사정이 그러하다는 것을 부정하고 싶지는 않습니다. 어차피 지금은 우리의 힘이 부족하니까요. 하지만 잠시일 뿐입니다. 제자, 반드시 사부님과 여기 계신 장로님들 발 아래에 패천궁이 무릎을 꿇는 모습을 보여드리겠습니다. 만독문이 남의 밑에 있는 것은 제자의 자존심이 허락하지 않습니다."

"하하하핫! 암, 그래야지. 그렇고 말고. 안 그런가? 하하하!"

"물론입니다. 소문주의 말이 백번 지당합니다. 하하하!!"

제자의 장담에 흡족한 마음이 든 독왕은 천장이 떠나가라 소리를 질렀다. 독왕뿐만 아니라 기수곤을 아끼고 사랑하는 장로들도 한껏 흐뭇해하고 있었다.

"이제 가려는가?"

"예, 오랜만에 단잠을 자서 그런지 몸이 날아갈 듯 가볍습니다."

"허허, 다행이네. 그런데 조금만 더 일찍 일어났으면 어제 그 상단과 함께 길을 떠나는 것인데… 조금 늦었구먼."

"하하, 아닙니다. 상단에 묻혀가면 편하기야 하겠지만 번잡해서요. 이렇게 혼자 가는 것이 더 좋습니다. 그럼 저는 이만 가보겠습니다."

소문은 아쉬워하는 노인을 바라보며 작별 인사를 했다.

"잠깐만 기다리게."

재빨리 주방에 들어갔다 나온 노인의 손에는 작은 보따리가 하나 들려 있었다. 영문을 몰라 멍청히 서 있는 소문에게 노인은 보따리를 들려주었다.
"이것을 가지고 가게. 어제 수고도 했고 그냥 보내기가 너무 서운해서 내 간단한 음식과 술을 챙겼다네. 가는 길에 시장하면 요기나 하게."
"하하, 이러시지 않아도 되는데… 그런 것은 언제 준비하셨습니까? 감사히 잘 먹겠습니다."
인정이 듬뿍 넘치는 노인의 말에 너무나 감사한 나머지 소문은 몇 번이나 고개를 숙이며 인사를 하곤 길을 나섰다.
"그럼 조심해서 가게나!"
노인은 천천히 걸어가는 소문에게 큰 소리로 외치더니 어깨를 추스르며 객점 안으로 들어갔다. 노인이 객점 안으로 모습을 감추자마자 고개를 재빨리 돌려 다시 한 번 객점을 살펴본 소문은 노인의 모습이 보이지 않자 느리게 움직이던 걸음에 속도를 높였다. 만약 노인이 보았다면 깜짝 놀랐을 엄청난 빠르기였다.

"흠, 서둘러 쫓아왔는데 아직도 보이지 않다니… 설마 다른 길이 있는 건가? 아니겠지. 분명 외길이라 했는데… 좀 더 서둘러야겠다."
소문은 계속해서 전방을 주시하며 빠르게 이동하고 있었다. 객점을 떠난 지 벌써 반 시진이나 지났지만 먼저 출발했다는 상단, 아니, 만독문의 무리를 만날 수가 없었다. 그들과 전혀 상관없는 소문이긴 하였지만 그에겐 반드시 그들을 따라잡아야 하는 이유가 있었다.

어젯밤 객실에 올라가 잠을 청하던 소문은 깜짝 놀랄 만한 사실을 알게 되었다. 소란스런 옆의 객실, 시끄러운 것이 마음에 들지 않았지만 오랜만의 휴식이라 그런가 보다 하고 잠을 청하는데 우연히 듣게 된 '사천당가'라는 말은 그런 소문의 정신을 번쩍 나게 했다.

'어라? 이들이 거래(去來)하려는 곳이 당가인가?'

흥미가 느껴진 소문은 벽에 얼굴을 밀착시키고 주의 깊게 그들의 말에 귀를 기울였다. 그런데 계속해서 들려오는 그들의 말은 소문이 예상한 것과는 전혀 다른 이야기였다.

"크크, 며칠 지나면 우리 만독문의 이름이 중원에 퍼질 것이네."

"암, 우리가 오대세가니 어쩌니 하며 거들먹거리는 당가를 박살 내고 나면 그동안 당가보다 만독문을 평가 절하(平價切下)했던 많은 이들의 코가 쑥 들어갈 것이네. 하하하!"

"이런, 자네들 목소리가 너무 크네. 누가 들으면 어쩌하려고 그러는가?"

"허! 이 친구. 들을 사람이 누가 있는가? 아니, 막말로 누가 들으면 또 어떤가? 어차피 당가는 끝장나게 되어 있는데."

"그래도 너무 크게 떠들지는 말게나. 문주님을 보호하는 게 우리들의 임무가 아닌가? 비록 독마 어르신이 오늘만은 편히 쉬라고 말씀하시며 술까지 내주셨지만 그래도 이렇게 큰 목소리로 떠드는 것은 별로 좋지 않네. 밖에서 고생하는 친구들도 있지 않은가?"

"흠, 그건 그렇군."

'뭐야! 당가를 친다고?! 이것들이……'

소문은 좀 더 정확한 것을 알고자 더욱더 귀를 기울였다. 이후에도 많은 말들이 오고 갔지만 요지는 간단했다. 한마디로 만독문이라 칭하는 무리들이 당가를 치기 위해 여기까지 왔다는 것이었다. 그리고 저마다 자신들의 승리를 확신하고 있는 것을 보아 상당히 철저하게 준비를 한 모양이다.
 '흥, 누구 맘대로 당가를 친다는 것이더냐? 네놈들의 뜻대로 이루어지도록 그냥 두고 볼 내가 아니니라. 후후.'
 비로소 상단의 정체를 파악한 소문은 비릿한 웃음과 함께 잠자리에 들었다. 감히 자신의 처가가 되려는 당가를 칠 생각을 하다니… 도저히 용서 못할 일이었다. 그러나 어차피 지금은 움직일 때가 아니었기에 조용히 참고 있었다.

 이렇게 해서 아침 일찍부터 만독문의 뒤를 쫓게 된 소문은 될 수 있으면 그들이 팽산을 벗어나기 전에 수단을 강구(講究)하려 했다. 팽산을 벗어나면 아무리 자신이 뛰어난 무공을 지니고 있다 하더라도 그들이 허수아비가 아닌 이상 이백이 넘는 만독문을 혼자 상대한다는 것은 너무나 벅찬, 아니, 거의 불가능한 일이었기 때문이다.
 '옳지, 그럼 그렇지!'
 급한 마음에 서두르고 있던 소문의 시야에 마침내 만독문의 후미(後尾)의 인원이 눈에 들어왔다. 처음 객점에 왔을 때 짊어지고 있던 봇짐은 어디로 사라졌는지 없었고, 어느새 하나같이 흑색 무복으로 통일한 그들에게선 어제 보았던 상인의 모습은 조금도 찾아볼 수 없었다. 그들도 아예 작심을 했는지 변복했던 옷도 갈아입고 감추어두었던 무기도 밖으로 드러냈다. 살기가 풀풀 풍기는 그들의 모습에서 은근히 기가 질리기도 한 소문은 고민에 빠졌다.
 '흠, 어찌한다. 이대로 무작정 공격을 하다간 오히려 내가 당하기 쉽겠고… 역시 치고 빠지기밖에는 없겠지.'
 잠시 동안 고민을 하던 소문은 결정을 내렸다. 위험 부담이 큰 접근

전보다는 좀 치사한 방법이지만 먼 거리에서의 공격이 이들을 상대하기에 가장 적당한 것 같았다. 자신의 주무기가 활이기에 가능한 방법이었다.

"면피야, 잠깐 자리를 피해 있어라. 네가 있으면 불편해."

소문은 우선 자신의 어깨에 앉아 있는 철면피를 하늘로 날렸다. 곧 다가올 싸움을 짐작한 것일까? 철면피는 소문의 머리 위에서 두어 번 유영(遊泳)하더니 곧 하늘 높이 올라갔다. 철면피를 바라보던 소문은 등 뒤의 봇짐에 매달려 있던 철궁을 풀었다. 차가우면서도 묵직한 느낌, 그리고 활을 잡는 순간 차갑게 가라앉는 마음을 느끼며 오랜만에 시위를 당겨보았다. 언제나 그렇듯이 날카로운 파공음을 낸 활시위는 한참 동안이나 계속해서 떨고 있었다.

"역시 난 활이 좋아."

만족스런 웃음을 지은 소문은 여전히 급하게 달려가는 만독문의 무리들을 바라보았다. 잠시 한눈을 파는 사이 그 간격이 상당히 벌어졌다. 소문도 그들을 따라 다시금 속도를 올리기 시작했다.

"좋아. 지금부터 시작이다. 네놈들에게 악몽(惡夢)이 무엇인지 똑똑히 보여주지."

"으악!"

무리의 후미에서 비명성이 울려 퍼지자 독왕 광무의 얼굴이 처참하게 일그러졌다.

"또… 인가?"

"그런… 것 같습니다."

대답을 하는 독마의 얼굴 또한 편치 않았다.

"도대체 어찌 된 일이란 말인가? 벌써 스무 명이나 넘는 제자가 당했는데 적은커녕 어떤 무기에 당했는지도 알 수 없으니……."

독왕의 분노에 찬 목소리에선 살기가 물씬 풍겨나고 있었다. 잠시 후 몇 명의 제자들이 축 늘어진 사내를 독왕의 앞에 데리고 왔다.

"살펴보게!"

독왕의 말이 떨어지기 무섭게 독마는 이미 숨이 끊어진 제자의 몸을 살펴보기 시작했다. 똑같았다. 지금까지 당한 제자들과 마찬가지로 가슴에 횅하니 구멍이 뚫려 있었다. 적어도 사람이라면 심장이 있는 왼쪽 가슴에 그만한 구멍을 만들고 살 사람은 없을 것이다.

"어떤가?"

"마찬가지입니다. 가슴에 구멍이 뚫려 있습니다."

"역시 그놈 짓이란 말이지?"

"그런 것 같습니다."

독마는 힘없이 대답을 했다.

"허허, 이런 어처구니없는 일이 있을 수 있는가? 적이 몇인지, 누군지도 모르는데 우린 벌써 스물이 넘는 제자를 잃었네. 이래서야 당가를 치는 것은 고사하고 강호의 웃음거리밖에 더 되겠는가? 그래, 무슨 무기인지도 파악이 안 되는 것인가?"

"……."

독마가 아무런 말을 못하고 고개를 숙이자 지금껏 시체를 살펴보던 혈수 갈태악이 조심스레 입을 열었다.

"제가 생각하기엔 활이 아닌가 싶습니다."

"활?"

독왕은 물론이고 고개를 숙이고 있던 독마까지 고개를 번쩍 들며 갈태악을 바라보았다.

"예. 물론 확실한 것은 아니지만 그것이 가장 가능성이 있어 보입니다."

"활이라… 화살도 없는데?"

반문을 하는 독왕의 표정에 설마 하는 기색이 스쳐 지나갔다.

"우선 제가 활이라는 이유를 말씀드리겠습니다. 우선 지금까지 계속해서 제자를 잃었음에도 우린 아직 그, 혹은 그들을 보지 못했습니다. 아무리 암습이라지만 제자들도 긴장의 끈을 놓지 않고 있었는데 이토록 아무런 흔적도 남기지 않는다는 것은 불가능한 일입니다."

"그리고?"

"암기를 생각해 볼 수 있지만 암기라면 당연히 흔적이 남기 마련이고 저처럼 정확하게 가슴에 구멍을 만들 수 있는 암기란 그다지 흔치 않습니다."

갈태악은 설명을 하면서 앞에 쓰러진 제자의 상처를 가리켰다.

"흠, 그럴 수도 있겠군."

"저렇게 깨끗한 상처를 만들 수 있는 수법은 기를 이용한 수법밖에는 없습니다. 가령 탄지신통(彈指神通)과 같은 극상승의 지법(指法)이나 검기를 이용한 수법 이외엔 다른 무공을 생각하기가 어렵습니다. 그러나 제아무리 상승의 지법이나 검기를 이용한다 해도 그 거리에는 한계가 있습니다만 적은 그 어디에서도 모습을 보이지 않았습니다."

"자네의 말에도 일리가 있지만 그렇다고 활이라 단정 짓기도 힘든 것이 아닌가? 활이라면 의당 화살이 있어야 하거늘 아직 그 어떤 화살도 발견되지 않았네."

독마 역시 처음엔 활이 아닐까 의심을 했었다. 하지만 문제는 화살이었다.
"만약 화살을 기로 만든다면 어떻습니까?"
"허!"
"그런 말도 안 되는 소리를……."
갈태악은 만약이라는 단서를 달았지만 듣고 있던 독왕과 독마는 물론 지금까지 묵묵히 듣고만 있던 독마수 봉천까지도 깜짝 놀랐다.
"검기라는 것은 검에서 기를 방출하여 적을 제압하는 것이 아닙니까? 특히 검강(劍罡)은 무형(無形)의 기를 유형화(有形化)시키는 절정의 방법이지 않습니까? 그렇다면 무형의 기를 화살로 유형화시키는 수법 또한 있을 수 있다고 여겨집니다."
"하지만 그건 이론상(理論上)이나 그런 것이지 아직 그런 활 솜씨를 지닌 자가 있다는 소린 들어보지 못했네."
"아악!"
독왕이 그럴 리 없다는 듯이 고개를 가로젓고 있을 때 또 한 번 단말마가 들려왔다.
"빌어먹을, 또!"
"안 되겠습니다. 계속해서 후미의 제자들이 당하고 있습니다. 막내의 말에도 일리가 있으니 저와 막내가 뒤에 서서 그 정체를 파악해 보도록 하겠습니다."
독마는 갈태악에게 눈짓을 하고 독왕 앞에 나섰다.
"후, 믿기 힘든 일이나 어쩔 수 없지. 자네들이 원하는 대로 하게. 반드시 꼬리를 잡도록 하게! 반드시!"
"알겠습니다."
독마와 갈태악은 독왕의 허락이 떨어지자 부르르 떨고 있는 독왕에게 읍을 하고는 무리의 후미로 이동을 하였다.

"흐흐, 네놈들이 감히 당가를 넘보다니. 어리석은 놈들!"
 만독문의 무리에서 약 오십여 장 떨어진 곳에서 그들을 지켜보는 소문은 또 한 번 활시위를 당겼다. 계속해서 무영시를 날리고 싶었지만 우거진 숲이 그의 시야를 가렸고 정체를 드러내고 싶지 않은 마음에 그들의 모습이 가끔씩 드러날 때마다 재빨리 화살을 날리고 몸을 숨겼다. 물론 이기어시를 날린다면 그까짓 나무 따위는 문제도 되지 않겠지만 이기어시의 수법은 너무나 많은 공력의 손실을 감수해야 했기 때문에 가급적 자제하고 있었다.
 또 한 번의 무영시가 정확하게 적을 쓰러뜨린 것을 확인한 소문은 회심의 미소를 지었다.
 "이거 너무 간단한데? 이제 이런 식으로 몇 명만 더 쓰러뜨리면 되겠지."
 소문은 만독문의 모든 무인들을 쓰러뜨리고 싶은 마음은 없었다. 그저 지금처럼 몇 명만 희생 양으로 삼는다면 제풀에 지쳐 조용히 물러날 것이라 여겼다. 그래서 최대한의 공포와 두려움을 주기 위해서 추호의 인정도 없이 심하게 손을 쓰는 것이었다.
 소문의 의도는 점차 효과를 보이고 있었다. 처음 몇이 쓰러졌을 때는 주위를 살피며 나름대로 긴장을 하는 듯 보였던 만독문의 문도들은 쓰러진 동료들의 수가 거의 삼십에 이르자 긴장을 넘어서 공포를 느끼고 있었다. 상대를 보고 싸운다는 것과 아무런 예고도, 모습도 없이 나타나 죽음에 이르게 하는 적과 싸운다는 것이 주는 두려움은 천지 차이였다.

"당황하지 마라. 좌우를 살피고 두 눈을 부릅떠라! 너희들이 누구더냐? 자랑스런 만독문의 제자들이다! 이까짓 눈속임에 이리 흔들려서야 어찌 당가를 치고 중원에 그 이름을 떨칠 수 있겠느냐! 나와 여기 있는 삼 장로가 너희들을 보호할 것이다. 아무 염려 하지 말고 경계에 만전을 기하라. 적들이 기습을 할 수도 있을 것이다!"

 독마는 겁에 질린 제자들을 독려하며 갈태악과 무리의 맨 후미에 섰다. 만약 자신들마저 정체 불명의 공격을 막아내지 못한다면 상상하기도 싫은 결과가 그들을 기다리고 있을 것이다. 자연 뒤를 막고 선 그들의 자세는 결연했다.

 "반드시 막아야 하네. 그렇지 않으면 이 팽산에서 우리 만독문은 씻을 수 없는 치욕을 당하게 될 것이네."

 "물론입니다. 어차피 기의 화살이 날아온다 해도 그 이치는 검기나 다를 바 없습니다. 주의를 기울이면 못 막을 것도 없을 것입니다. 아니, 반드시 막을 수 있을 것입……."

 갈태악의 말은 이어지지 못했다. 아직 정확한 것은 아니었지만 온몸의 털을 곤두서게 하는 위기감이 느껴지고 있었기 때문이다.

 "역시! 하앗!"

 갈태악은 손에 쥐고 있던 검을 들어 자신을 향해 쏘아져 오는 기의 화살을 쳐냈다.

 꽝!

 화살의 위력이 얼마나 대단하던지 그저 단순한 기로만 생각하고 있던 갈태악은 화들짝 놀랐다.

 '이런 위력이라니! 생각보다 몇 배는 강력한 것이군. 도대체 누가 이런 실력을 지닌 것인가? 좋지 않다.'

간신히 막아내기는 했지만 단 한 번의 충돌로 얼얼해진 자신의 손바닥을 느끼며 걱정하고 있을 때, 만독문의 수하들은 기쁨에 겨워 환호성을 질렀다.

"삼 장로님이 막아내셨다!"

"와아!"

옆에서 지켜보는 것만으로도 능히 화살의 위력을 짐작할 수 있었던 독마였지만 간신히 회복한 수하들의 사기를 꺾는 우를 범하고 싶지는 않았다.

"똑똑히 보았을 것이다. 제자들을 상하게 하던 것은 그저 멀리서 날린 화살일 뿐이었다. 비록 그 위력이 강하긴 하지만 지금 보았듯이 막지 못할 것은 아니다. 제자들은 더 이상 염려하지 말거라."

"와아!"

"만독문 만세!"

한층 사기가 오른 만독문의 문도들은 저마다 목소리를 높이며 함성을 질렀다. 그 함성은 선두에 서 있던 독왕에게까지 들려왔다.

'되었다. 급한 불은 껐구나. 우선 이곳을 벗어나는 것이 중요하다. 이곳만 벗어나면 적도 함부로 공격을 하지 못할 것이니……'

"오랜 여행으로 힘들겠지만 조금 더 속력을 내도록 하라! 이제 얼마 남지 않았다."

독왕은 갑자기 들려오는 함성에 독마의 장담이 이루어졌다는 것을 직감하고 무리의 이동 속도를 높였다. 문주의 명이 떨어지자 공격을 당하는 와중에도 빠르게 이동하던 만독문의 무리들은 그 속도를 더 높이기 위해 분주히 발걸음을 옮겼다.

"흠, 이제야 알아차린 모양이군. 이젠 어쩐다……"

소문은 자신의 무영시가 갈태악에게 가로막힌 것을 보고는 잠시 고민에 빠졌다. 내공을 좀 더 불어넣거나 이기어시를 이용한다면 간단한 일이겠지만 문제는 역시 내공이었다. 천하에 적수가 없을 정도로 막강한 내공을 지니고 있다지만 그건 어디까지나 객관적 사실일 뿐이고 아무리 엄청난 내공을 지니고 있어도 무영시에 이기어시를 남발할 수는 없었다.

"할 수 없지. 정면을 막겠다면 위에서 공격하는 수밖에."

잠깐의 고민도 끝나고 소문은 결정을 했는지 주변의 나뭇가지를 꺾었다. 그리곤 잠시도 쉬지 않고 달려가는 무리의 위에다 나뭇가지를 날렸다. 말이 나뭇가지지 활시위를 떠난 나뭇가지를 더 이상 단순한 나뭇가지라 부르기엔 무리가 있었다. 소문의 기가 가득 실리고 하늘 높이 날아가는 나뭇가지가 어디 보통 나뭇가지로 보이겠는가! 하늘 높이 올라간 나뭇가지는 무리의 후미를 지나 중앙에서 걸어가고 있는 문도의 정수리를 급습했다.

"크아악!"

단 한 대의 화살이 그토록 빠르게 움직이던 만독문 문도들의 모든 발걸음을 일시에 정지시켜 버렸다.

'아뿔싸!'

눈에 보이지도 않게 위력적으로 날아오던 기의 화살 대신 평범한 화살 하나가 솟아오르는 것을 보았지만 이런 결과를 가져올 줄은 꿈에도 생각하지 못한 독마가 자신의 어리석음을 질책하며 신음성을 질렀다.

"위다! 모두 위에서 떨어지는 화살을 주의하랏!"

"크악!"

또 하나의 화살이 날아와 동료의 몸을 관통(貫通)하자 모든 만독문의 문도들은 혹시나 자신에게도 화살이 떨어질까 두려워 그저 하늘만을 바라보았다.

"으악!"

다시 들려오는 비명성! 모든 사람들, 심지어 독마와 갈태악마저 하늘을 바라보고 있자 소문은 또 한 명의 제자를 날려 버렸다. 이번에 무영시를 쏠 필요도 없었다. 그저 정면으로 화살을 날렸을 뿐이었다. 하늘에만 정신을 팔고 있는 목표에 무영시를 쏜다는 것 자체가 무안한 일이었기 때문이다.

만독문의 문도들은 정신을 차릴 수가 없었다. 끔찍한 공포심에 이러지도 저러지도 못하고 우왕좌왕하고 말았는데… 마침내 지금까지 침착하게 참고 있던 독왕의 분노가 폭발하고 말았다.

"전 제자들은 흩어져라! 흩어져서 적을 찾아라!"

"문주님! 그리……."

"되었네. 내 더 이상은 참지 못하겠고, 맥없이 죽어가는 제자들도 보고 싶지 않다네. 죽더라도 싸우기라도 하고 죽었다면 이리 화가 나지도 않을 것을."

독왕은 자신을 말리는 독마의 말을 중도에서 자르고 자신의 의지를 관철했다.

"뭣들 하느냐? 어서 찾아라!"

독왕의 명령을 받은 만독문의 문도들은 좌우 사방으로 흩어졌다. 그들도 가만히 앉아서 언제 날아올지 모르는 화살에 당하느니 화살에 맞더라도 한 번이라도 제대로 싸웠으면 하는 심정이 간절했다. 그러나 반대로 어느새 독왕의 곁으로 다가간 장로들은 독왕의 명령을 말리고 나섰다.

"문주님, 이래선 안 됩니다. 적의 화살은 일반 제자들이 감당하지 못합니다. 만에 하나 적이 한둘이 아니라면 모든 제자들의 목숨이 위험해집니다."

"어쩔 수 없네. 이미 명령은 내려졌고. 그리고 너무 걱정하지 말게나. 적이 많았다면 화살이 그처럼 한 개씩 날아오지는 않았을 것이니. 그리고 그런 무위를 보이는 자가 여럿이 있었다면 먼저 공격을 해도 몇 번을 했을 것이네."

"하지만……."

"자네들이 저들을 이끌게. 자네들의 말대로 조금의 피해라도 줄이려면 자네들이 나서야 할 것이네."

"알겠습니다."

아무리 자신들이 말려도 독왕의 의지가 확고한 것을 확인한 독마와 장로들은 힘없이 뒤로 물러섰다. 독왕의 말대로 수하들의 희생을 조금이라도 줄이려면 자신들이 나서야 했다. 그 짧은 시간에도 벌써 몇 번의 비명이 들리는 것을 보니 이미 상당한 제자들이 쓰러진 모양이었다.

'어느 놈인지 정체만 나타내거라. 네놈을 갈기갈기 찢어 씹어 먹고 말리라!'

비명이 난 곳으로 빠르게 달려가는 독마의 눈에서 시퍼런 독기가 뿜어져 나오고 있었다.

"지독한 놈들!"

연신 화살을 날려대는 소문은 줄기차게 자신을 쫓아오는 만독문의 집요함에 치를 떨었다. 옆의 동료가 쓰러지든 말든 오직 자신만을 노리며 질주해 오는 그들과 대치한 지 벌써 반 시진. 거의 칠팔십 명이나 쓰러뜨렸지만 적들은 도무지 물러설 기미가 보이지 않았다. 그들의 경공으로는 출행랑을 시전하며 무영시를 날리는 소문을 따라잡기란 거의 불가능한 일이었다. 그럼에도 그렇게 생명을 도외시하고 달려드는 것이었다.

"제길, 몇 명만 쓰러뜨리면 알아서 물러날 줄 알았던 내가 멍청했지."

그렇게 일각을 더 뒤로 물러나자 소문은 자신의 주위가 갑자기 환해졌다는 느낌을 받았다. 소문이 갑자기 환해진 주변에 깜짝 놀라 주변을 살펴보았다. 제일 먼저 들어온 것은 자신과 만독문이 하룻밤을 지낸 그 객점이었다. 만독문의 무리들이 좌우로 넓게 퍼져 소문을 쫓았기에 뒤로만 물러선 것이 여기까지 이르게 된 것이었다.

"이런, 어느새 여기까지!"

어차피 이 공터만 지나면 다시 숲이 이어지기에 별다른 문제가 될 것은 없었지만 왠지 가슴이 답답해지는 것이 몹시 불길한 느낌이 들었다. 그리고 소문의 불길한 예감은 어김없이 적중했다.

"결국 이렇게 만나게 되는구나!"

싸늘하게 들려오는 목소리! 또 하나의 무영시를 날리던 소문은 순간 동작을 멈추고 목소리가 들려온 곳으로 고개를 돌렸다. 객점의 문이 열리며 어느새 십여 명의 인원이 쏟아져 나와 자신을 노려보고 있었다.

'제길, 미리 돌아서 와 있었군. 이제 정면 돌파만이 남은 것인가?'

소문 자신의 도주로를 차단하는 만독문의 무인들을 보며 생각을 정리했다. 도망을 가자면 불가능한 것은 아니나 더 이상 그렇게 하기도 귀찮았다.

사천풍운(四川風雲) 267

"허허, 자네도 왔는가? 어서 오게. 도대체 무슨 일이 있기에 다들 팽산을 넘지 못하고 다시 돌아오는가? 이분들도 돌아오시더니……."

소문을 보자마자 달려오며 반기던 객점의 노인은 더 이상의 말도, 행동도 하지 못하였다. 다만 자신에게 무슨 일이 벌여졌는지 모르는 노인의 입만이 뭐라 말을 하려는지 부들부들 떨고 있었다.

퍼억!

독왕은 무의식적으로 그런 것인지, 아니면 의식적으로 그런 것인지 모르나 자신의 발 아래로 굴러 떨어진 노인의 머리를 밟으며 소문에게 다가왔다. 수박이 깨지는 소리를 내듯 너무나 힘없게 박살난 노인의 머리에서 하얀 뇌수(腦髓)가 쏟아지고 있었다.

"예상보다 너무 늦었군. 그만큼 많은 제자들이 쓰러졌다는 것이겠고."

한 발 한 발 소문에게 다가가는 독왕의 살기는 짙어만 갔다. 소문은 아무런 이유도 없이 쓰러진 노인을 바라보며 안타까운 눈빛을 하다가 차갑게 대꾸를 했다.

"그냥 물러났다면 모를까 불나방처럼 달려드니 그럴 수밖에."

소문은 자신에게 밀려오는 살기에도 아랑곳하지 않고 여유가 있었다. 이미 패천궁의 포위망에서 남궁검을 구출한 경험도 있고, 여차하면 출행랑을 이용해 언제든지 몸을 뺄 수 있다는 생각을 하고 있었다. 게다가 이 정도에 겁을 먹을 소문은 아니었다. 물론 독왕의 살기를 감지하면 할수록 긴장감은 더 높아지고 있었지만.

"도대체 네놈은 누구냐? 누구길래 아무런 상관도 없는 우리를 공격한 것이더냐?"

"훗, 다 이유가 있으니 그런 것이 아니겠소? 그게 궁금한 것이오?"

"흐흐, 그렇지. 이미 네놈은 넘어서는 안 되는 선을 넘고 말았다. 말이 필요없겠지. 네놈의 죄는 우선 그 두 팔과 두 다리를 뽑아놓고서 논해보도록 하자."

독왕은 벌써 소문의 사지(四肢)가 자신의 것인 양 자신감 넘치는 말을 하였다.

"문주님께서 나설 필요도 없습니다. 어찌 요리조리 도망만 다니는 쥐새끼를 상대하고자 문주님이 나서신단 말입니까? 제자들에게 맡겨 주시지요."

이제야 막 공터에 들어선 독마와 장로들은 재빨리 앞으로 나서며 말을 하였다. 아닌 게 아니라 독마를 따라 공터에 들어선 만독문의 문도들은 하나같이 눈에 핏발을 세우고 소문을 노려보았다.

수없이 많은 동료들의 목숨을 앗으며 자신들에게 죽음의 공포라는 것이 어떤 것인지 머리 속에 똑똑히 각인(刻印)시킨 인물이었다. 자신들이 언제 그런 상황에 처해본 적이 있었는가? 잠시 동안 공포를 느꼈던 것을 수치라 여기는 이들은 자신들을 그리 만든 소문에게 모든 분노를 쏟고자 했다. 독마는 이런 제자들의 마음을 누구보다 잘 이해를 했고, 독왕 또한 마찬가지였다.

"나까지 나설 필요도 없다는 것인가? 그것도 좋겠지. 알아서 하도록 하라!"

독왕의 명이 떨어지자 그때까지 소문을 노려보기만 하던 만독문 문도들의 움직임이 서서히 시작됐다. 하늘 끝까지 뻗을 듯한 살기. 흉험한 기세로 공터의 중앙에 서 있는 소문을 둘러쌌다. 소문은 자신을 둘러싸고 있는 만독문의 문도들을 보며 냉소를 지을 뿐 당황하거나 조급해하는 표정은 전혀 없었다.

하지만 먼저 움직인 것은 소문이었다. 순간적으로 한 명의 문도에게 다가간 소문은 다른 특별한 행동을 하진 않았다. 그저 갑자기 나타난 소문의 신형에 어쩔 줄 몰라 하며 당황하는 그의 배를 가볍게 한 대 질러주고는 쓰러지는 그에게서 검 하나를 빼앗아왔을 뿐이다. 이 모든 상황이 너무나 순식간에 일어난 일이라 당한 사람은 이미 쓰러져 정신을 잃었고 옆에서 지켜보던 이들은 그저 멍하니 서 있을 뿐이었다.

"뭣들 하느냐!"

독마는 멍청히 서 있는 제자들을 향하여 일갈을 했다. 적은 이미 검을 빼앗아 싱글거리고 있는데 눈앞에 그런 적을 두고 멍해 있는 제자들이라니…….

"쳐라!"

정신을 차린 누군가가 소리를 질렀다. 그제야 소문을 포위하고 있던 문도들은 일제히 함성을 지르며 공격에 나섰다.

'훗, 지난번 혈참마대에 비하면 네놈들의 공격은 공격이라 부를 수도 없는 것이다.'

소문은 날카로운 눈으로 사방에서 쏟아져 오는 공격을 살피고 있었다. 이처럼 일 대 다수의 싸움에서는 무엇보다 상방에서 시작되는 공격을 한눈에 파악할 수 있는 눈과 그에 대응하는 빠른 몸놀림, 공격에 대한 우선 순위를 파악해 대처하는 판단 능력, 그리고 이런 긴장 상태를 오랫동안 유지할 수 있는 체력, 즉 내공과 정신력이 필요했다. 그리고 소문은 이 모든 것을 갖춘 상태였다. 다만 부족한 것이 지금까지 제법 싸움을 했다지만 그래도 아직은 실전의 감각이 다른 절정의 고수에 비하여 턱없이 부족한 터라 순간순간 공격에 대응하는 판단 능력에서 실수를 범하곤 했다. 다만 출행랑이라는 최고의 보법을 지니고 있는 그인지라 잠깐의 판단 실수는 그런대로 무사히 넘어가고 있었다.

"크악!"

"죽여라!"

소문은 마치 성난 황소처럼 이리저리 날뛰고 있었다. 최초의 충돌에서 적들이 기가 실린 자신의 검을 제대로 받아내지 못한다는 사실을 안 소문은 마구잡이로 검을 휘두르고 있었다. 절대삼검은커녕 구양풍에게 배운 간단한 삼초식의 무공이면 충분할 것 같았다. 그 누구도 그의 검을 받아내는 자가 없었다.

'아니, 어떻게 이따위 실력으로 당가를 친다는 것이지?'

소문은 공격을 하면서도 의아한 마음을 금할 수 없었다. 자신이 그동안 보고 느낀 바에 의하면 당가의 무인들은 하나같이 고수가 아닌 자가 없었다. 특히 전대 가주였던 당천호의 실력은 대단한 것이었는데, 그런 당가를 치러 간다는 자들의 실력이 이 정도에 불과하자 오히려 실망을 할 수밖에 없었다.

하지만 이런 소문의 실망과는 다르게 소문을 공격하는 만독문의 문도들이나 그들의 싸움을 지켜보는 우두머리들은 경악에 경악을 거듭하고 있었다. 소문이 느끼듯이 만독문의 문도들이 지닌 개개인의 무공 실력은 그다지 뛰어난 편이 아니었다. 아니, 그 명성에 비하면 너무도 초라한 수준이었다. 그런 그들이 당가와 어깨를 나란히 할 수 있었던 것은 독공이었다.

만독문에는 문주에서부터 하급의 무인까지 익히는 만독문의 가장 기초가 되는 내공심법인 혼염묵공(魂炎墨功)이라는 절세의 독공(毒功)

이 있었는데, 혼염묵공의 특징은 내공을 일으키면 저절로 독기(毒氣)가 발출된다는 것이었다. 만독문의 문도들이 익히는 무공들이 이 혼염묵공을 바탕으로 익히는지라 원하든 원하지 않든 그들이 쓰는 모든 무공에는 자연스레 독기가 흐르게 되었다.

무공의 화후가 깊어지면 깊어질수록 독기를 안으로 갈무리할 수도 있고 흘러나오는 독기의 양을 조절할 수도 있지만 그 정도의 실력을 지닌 자는 만독문에서도 몇 되지 않았다. 이들이 내뿜는 독기는 사람을 바로 죽일 수 있는 극독(劇毒)은 아니지만 내공의 운용이나 몸의 움직임을 현저히 막는, 무인에게 있어선 아주 치명적인 독이라 할 수 있었다. 그래서 이들과 싸우는 사람들은 이 독기에 노출되는 자신을 막고자 힘썼고, 자연 지니고 있는 실력을 마음껏 펼치지 못하였다. 그런 이점을 지니고 싸움에 임했기에 만독문의 문도들은 본신 실력은 떨어지지만 함부로 무시를 당하지 않을 수 있었다.

그러나 문제는 지금 그들과 상대하는 소문에겐 이 독이 전혀 통하지 않는다는 것이었다. 오히려 그들이 내뿜는 독기가 맑은 공기라도 되는 듯 한껏 심호흡을 하며 공격을 하고 있으니 그들이 당황하는 것은 너무나 당연했다.

"아니, 어떻게 저럴 수가 있는가? 저놈의 움직임이 느려지긴 고사하고 시간이 지날수록 오히려 더 빨라지고 있지 않은가?"

"제자들이 내뿜는 독기가 저놈에겐 아무런 영향을 주지 못하는 모양입니다."

독마는 말을 하면서도 믿기지 않는 표정을 지었다.

"혹시 저놈이 당가에서 우리를 막고자 보낸 고수가 아닐까요? 당가에서 왔다면 저 정도의 독기는 아무런 장애가 되지 않을 수 있지 않습니까? 아니, 독공을 익힌 고수라면 더 좋아할 수도 있겠지요. 저 독기를 흡수할 수도 있으니까요."

갈태악은 혹시나 하는 얼굴로 독마를 바라보며 말을 했다. 하지만 곧 들려온 독마의 말은 갈태악의 말을 정면에서 부정했다.

"당가에서 저처럼 궁에 뛰어난 고수가 있다는 것을 들어보지 못했네. 그리고 저놈에게선 독공을 익힌 어떤 흔적도 보이지 않네."

"그건 독마의 말이 맞네. 그리고 설사 암왕이라도 저런 독기에 노출된다면 그 실력이 줄어드는 수밖에는 없는데 어찌 저놈은……."

독왕은 고개를 절레절레 흔들었다. 자신의 상식으로는 이해가 안 가는 적이 등장한 것이었다.

"안 되겠습니다. 저희들이 나서야지 너무 많은 제자들이 목숨을 잃고 있습니다."

"저희가 함께 나서는 것도 보기 좋진 않습니다. 우선 제가 나서보겠습니다."

독마수 봉천은 대답을 기다릴 것도 없이 소문에게 다가갔다. 독마는 고개를 돌려 독왕을 바라보았다. 독왕은 정면을 주시하며 고개를 끄덕였다.

"물러서라."

봉천은 우선 주변의 제자들에게 물러설 것을 명령하였다. 어차피 그들은 소문에게 전혀 위협이 되지 않았고 자신에게도 방해가 될 것이었기 때문이다.

소문은 갑자기 등장한 봉천을 유심히 살펴보았다. 그다지 크지 않은 키에 냉막한 인상을 지닌 노인이었다.

"대단한 실력을 지니고 있군. 하지만 잔재주는 거기까지다. 나 독마

수 봉천이 너를 상대하마!"

"큭, 잔재주라… 그럼 어디 잔재주 맛을 한번 보시구려."

봉천은 소문의 빈정거림에 아무런 말도 하지 않고 천천히 자세를 잡았다. 역시 강호에 그 명성을 떨치고 있는 봉천인지라 그 기세가 실로 예사롭지 않았다. 하지만 조금 전의 싸움으로 만독문을 과소평가(過小評價)하고 있는 소문에겐 그저 별 볼일 없는 노인의 기세였다.

"하얏!"

봉천은 소문의 생각을 비웃기라도 하듯이 빠르게 접근하고는 어깨에 일장을 날렸다.

"흥, 어딜!"

그런 봉천의 움직임이 그저 가소로울 뿐인 소문은 피할 생각을 하지 않고 검을 들어 자신을 공격하는 봉천의 오른손을 베어갔다.

깡!

'깡?'

소문은 갑자기 저려오는 손과 귀에 들려오는 금속성(金屬聲)에 화급히 놀라며 몸을 틀었다. 간발의 차이로 봉천의 손길을 피한 소문은 철렁한 가슴을 쓸어 내리며 황당하다는 듯이 봉천을 바라보았다. 봉천의 일수가 자신의 가슴에 적중할 뻔한 것은 문제도 아니었다.

'깡이라니… 그게 어디 검과 부딪친 팔에서 날 소리란 말인가?'

"후후, 놀랐느냐? 아직 놀랄 일이 남았다."

소문이 두 눈을 크게 뜨고 자신을 바라보자 봉천은 어깨를 으쓱이며 팔을 흔들며 말을 했다.

"아주 단단한 팔을 가지고 있구려."

"뭘 이 정도를 가지고 그러느냐? 그런데 네놈에게 하나 물어볼 말이 있다."

"물어보시구려."

소문은 계속해서 이놈저놈 하는 봉천의 말투가 그다지 마음에 들지 않는지 퉁명스럽게 대꾸를 했다.

"네놈이 우리를 공격한 까닭이 무엇이냐?"

"참 답답한 노인이네. 아까 말하지 않았소? 다 까닭이 있으니 공격하는 거라고."

"……."

"흠, 흠."

"그 한마디로 네놈이 죽음은 결정되었다."

"그럼 살려주려고 했소?"

봉천은 소문이 자신을 우롱한다고 생각했는지 안 그래도 냉막한 얼굴에 웃음을 지우고 소문을 노려보았다. 아까와 마찬가지로 두 손을 앞으로 내민 봉천의 몸이 천천히 움직였다.

'어라? 저것이 무엇이지?'

소문은 점점 새까맣게 변해가는 봉천의 양손에서 뭔가 불길한 느낌을 받았다.

"내가 왜 독마수라 불리는지 똑똑히 가르쳐 주마!"

봉천은 양손을 기묘하게 교차하며 소문을 공격했다. 봉천의 손이 움직일 때마다 그의 손에서 묵빛 연기가 솟아오르며 소문을 압박했다. 그 기운이 범상치 않은 것을 느낀 소문은 감히 막을 생각을 하지 않고 계속해서 뒤로 물러서며 그 기운의 정체를 파악하고자 하였다. 하지만 봉천은 그런 소문의 의도를 비웃기라도 하듯이 새로운 공격을 하였다.

"그렇게 거리를 둔다면 나도 생각이 있지. 하앗! 암연소혼장(暗煙消

사천풍운(四川風雲) 275

魂掌)!"

봉천의 외침과 동시에 그의 두 손에서 발출된 묵빛 기운은 하나의 공을 연상시키는 형태로 소문에게 쏟아져 나갔다.

"오, 저것은 장강(掌罡)이 아니오?"

"그렇습니다. 둘째의 화후에 상당한 진전이 있었던 모양입니다."

독마는 나날이 깊어가는 의제의 실력에 흡족한 미소를 지으며 대답을 했다. 저 정도의 강기면 저 건방진 애송이의 목숨을 취하는 것은 매우 손쉬울 듯했다.

그들이 만족해하는 만큼 소문은 당황을 했다. 이 정도의 강기는 패천궁의 태상장로라던 궁사혼이 뿜어내던 검강에 비할 바가 아니었다. 그럼에도 함부로 대처하지 못하는 것은 그 기운 속에서 느껴지는 뭔가 모를 불안감이었다.

'에라, 부딪쳐 보면 알겠지.'

몇 번의 공격을 피하기만 하던 소문은 더 이상 피하기만 하는 것이 상책이 아니라는 듯이 강기를 향해 검을 휘둘렀다.

파팡!

소문의 검에서 쏘아져 나간 검기는 너무나 손쉽게 자신을 괴롭히던 강기를 소멸시켰다. 다만 그 과정에서 약간의 연기를 들이마셨지만 별다른 문제는 없었다. 그저 약간 속이 느끼하다고 느낄 정도였다.

'흥, 난 또 뭐라고. 괜히 겁을 먹었군.'

은연중 겁을 먹은 자신의 모습이 부끄러워진 소문은 그 화풀이의 대상을 찾았다. 그리고 자신의 앞에서 자신을 멍한 눈으로 바라보는 봉천이 눈에 띄었다.

"흥, 그게 다란 말이지… 그럼 이제 내 공격을 받아보시구려."

소문은 검을 곧추세우고 기를 끌어 모았다. 그리고 절대삼검을 제외하고 자신이 알고 있는 최강의 검법인 팔방풍우를 시전하였다. 무시무시한 내공에서 뿜어져 나오는 팔방풍우는 그 어떤 검법의 초식보다 훌륭한 것이었다.

잠시 동안 멍하니 소문을 바라보던 봉천은 갑작스레 시작된 소문의 공격에 이리 몰리고 저리 몰리며 곤경에 처했다. 자신이 독마수라는 명칭을 가지게 해준 양팔을 무기 삼아 겨우겨우 공격을 막아내긴 했지만 모든 기운을 감당할 수는 없었다. 멀쩡했던 팔에도 점점 깊은 상처가 아로새겨졌고 미처 막지 못한 검기가 봉천의 온몸을 피투성이로 만들어갔다.

"멈춰랏!"

여유있게 봉천을 압박하던 소문은 자신의 등 뒤에서 느껴지는 살기에 잠시 손을 늦추고 몸을 뺐다.

"호, 합공이시구려. 하려면 진작 하시지. 이미 저런 몸이 되어서야… 쯧쯧."

소문은 새롭게 나타난 갈태악과 봉천을 바라보며 안됐다는 듯이 혀를 찼다. 과연 소문의 말대로 봉천의 모습은 처절했다. 결정적으로 치명타를 맞은 것은 아니지만 이미 움직이기 힘들 정도로 큰 부상을 입은 상태였다.

"마, 만독불침(萬毒不侵)……!"

봉천은 갈태악의 부축을 받고 몸을 움직이며 소리를 질렀다. 그러자 봉천을 부축하던 갈태악은 물론이고 독왕과 독마도 깜짝 놀랐다.

"만독불침이라니? 그 무슨 말입니까?"

갈태악은 소문과 봉천을 번갈아 보며 바라보며 소리쳤다.

"트, 틀림없이 만독불침… 지체야. 아까의 공격에서 난 최선을 다 했네."

"알고 있소. 하지만 그걸 막았다고 만독불침이라니요?"

"그 공격은 무위로 끝났지만 그가 마신 연기가 무슨 연기인가를 생각해 보게. 자네도 잘 알고 있을 것이 아닌가?"

"그, 그야 그렇지만……."

"게다가 내가 공격을 한 것은 아니지만 내 몸에선 계속해서 많은 독기가 뻗어 나오고 있었는데 그 누가 있어 그걸 마시고도 저렇게 멀쩡히 서 있을 수 있단 말인가?"

갈태악은 봉천의 말에 미처 반박을 할 수 없었다. 방금 소문이 들이마신 연기의 위력을 누구보다 잘 알고 있었기 때문이다.

'만독불침? 그게 뭐지?'

소문은 자신은 아랑곳없이 만독불침이 어쩌구 하며 주절대는 봉천의 말이 이해가 되지 않았다.

"쓸데없는 말로 시간 끌지 말고 빨리 덤비시구려. 혼자 덤벼도 좋고 힘들겠지만 같이 덤벼도 좋고."

소문의 말에 발작적으로 나서려던 갈태악을 붙잡은 봉천은 소문에게 나지막하게 말하였다.

"네 실력은 인정하마. 그 정도 무위에 당치도 않은 만독불침을 이루어냈으니 우리가 우습게 보이기도 하겠지. 그러나 우리 만독문은 그리 만만한 곳이 아니다. 잠시만 기다리면 그 이유를 알게 해주마."

"자꾸 만독이 어쩌구 하는데 난 그런 거 모르오. 그러나 잠시 기다릴 시간은 있으니 걱정은 마시구려."

소문은 가슴을 펴고 당당하게 말을 하였다. 이쯤 하면 몸을 빼는 것이 상책이건만 수십 명에 이르는 만독문의 문도들을 상처 하나 없이 쓰러뜨리고 무리의 우두머리 정도 되는 인물마저 쉽게 물리치자 기고만장한 소문은 뵈는 게 없었다. 그동안 웬만하면 싸움을 피하고자 했고 힘쓰는 것을 귀찮아했던 소문이지만 이제 곧 중원 여행의 최종 목적지에 도착하여 정혼녀를 본다는 설렘과 그런 정혼녀의 집을 급습하려는 적들을 자신의 힘으로 물리치게 되었다는 생각이 뇌리를 지배하자 평소의 그와는 다르게 상당히 흥분된 모습을 보여주고 있었다. 하나 그의 이런 만용(蠻勇)이 자신을 어떤 위험에 빠뜨릴지, 어떤 결과를 가져올지는 전혀 생각하지 않고 있었다.

"흠, 정녕 그 방법뿐인가?"

독왕은 침울하게 말을 하였다.

"어쩔 수 없습니다. 물론 문주님과 여기 있는 형님과 막내가 함께 나선다면 이기기야 하겠지만 우리도 심각한 타격을 입을 수 있습니다. 벌써 많은 제자들의 피해가 있었습니다. 여기서 문주님이나 장로들이 부상을 당한다면 돌이킬 수 없는 결과를 가져올 수도 있습니다."

"설마 그 정도까지야……."

독마는 힘겹게 말을 잇는 봉천의 말에 수긍을 하지 못하고 있었다.

"여기서 보는 것과는 달리 저놈과 싸운 저는 저놈의 실력을 이제 어느 정도 알 수 있습니다. 만약 그것을 쓰지 않는다면 어쩌면 여기서 뼈를 묻을 수도……."

"그 정도인가? 나 독왕과 자네들이 합세해도 당하지 못할 정도의 무위를 지니고 있단 말인가?"

"…그렇지는 않겠지만 아무런 피해 없이 잡기는 힘들 것입니다."

"허허허허! 창피한 일이로군, 창피한 일이야. 결국 우리의 명성은 다 허명(虛名)이 아니고 무엇이란 말인가? 고작 약관(弱冠)을 넘은 어린 놈에게 이런 수모를 당하게 될 줄이야……."

독왕은 허탈한 표정으로 하늘을 바라보았다. 그런 사부를 보며 기수곤이 뭐라 말을 하려 하였지만 독마의 제지로 입을 다물었다.

"평생 그런 말을 하지 않은 자네가 아닌가? 자네의 판단이 그러하다면 그 말이 옳겠지. 알았네. 그걸 쓰도록 하지. 당가에서나 쓰일까 한 물건이었는데……."

"알겠습니다."

'흠, 웬 관이지?'

자신을 포위하고 있는 만독문의 위세에도 아랑곳없이 당당하게 그들이 하는 행동을 지켜보던 소문은 갑자기 등장한 10여 개의 관을 보며 고개를 갸웃거렸다. 힘겹게 관을 운반한 이들은 조심스럽게 관 뚜껑을 열고 재빨리 뒤로 물러섰다. 잠시 후 관에서 기이한 소리가 흘러나오며 다른 만독문의 문도들과 마찬가지로 새까만 흑색 무복을 입은 이들이 걸어나왔다.

이들은 옷뿐만 아니라 얼굴과 옷 사이로 삐쳐 나온 팔의 색 또한 보기 흉할 정도의 묵빛을 띠고 있었다. 독마의 휘파람 소리와 함께 천천히 움직이기 시작한 이들은 약간은 부자연스런 몸 동작을 보이며 소문의 앞으로 걸어왔다.

"흥, 그래, 보여준다는 게 고작 이따위 썩어 문드러진 강시(殭屍)란 말이오? 아! 물론 당신들한테는 비장의 무기가 될 수도 있겠지만 나에게 그저 시체 몇 구로 보일 뿐이구려."

자신에게 다가오는 인물들을 보며 단번에 강시라 판단한 소문은 비릿한 냉소를 머금었다. 직접 눈으로 본 것은 처음이지만 강시에 대해선 제법 많이 주워들은 소문이기에 관 속에서 나타난 데다가 그들의 피부 또한 살아 있는 사람이라고 볼 수 없는 빛을 하고 있기에 대번에 그 정체를 파악할 수 있었다. 듣기로 강시는 온몸이 쇠와 같아 보통의 힘으로 부술 수 없는 무시무시한 괴물이라 하였건만 막상 자신의 눈앞에 나타난 비리비리한 강시들을 보자 그런 말들은 뇌리 깊숙한 곳에 숨어서 나오지 않고 있었다. 그저 손 한번 휘두르면 쓰러질 그저 그런 존재로밖에 여겨지지 않았다.

"강시라… 그렇군. 너에겐 강시로 보일 수도 있겠지. 그렇다면 강시의 무서움도 익히 알겠군."

말을 하는 독마의 목소리는 왠지 안타까움이 스며 있었지만 그런 마음이 소문에게까지 느껴지지 않았다.

"그건 당신들한테나 통하는 말이겠지."

"건방진 놈! 그 말을 곧 후회하게 만들어주지."

독마는 말을 마치자 입을 모아 기묘한 소리를 내었다. 그 소리가 신호인 듯 우두커니 서 있던 강시들이 일제히 소문을 공격했다. 처음 관에서 움직였을 때의 부자연스러운 몸놀림은 어느새 사라지고 소문도 깜짝 놀랄 만큼의 민첩한 움직임이었다.

"흥, 제법이다만 그 정도로 나를 잡기엔 한참 부족하지."

소문은 냉소를 지으며 가볍게 공격에서 벗어났다. 강시들은 그런 소문의 움직임에 아랑곳없이 계속해서 공격을 시도했다.

"쯧쯧, 그리 느려서야."

자신을 쫓아오는 강시들의 움직임을 파악하며 검을 든 소문은 가장 앞서 달려오며 공격하는 강시의 손을 슬쩍 비껴 피하며 옆구리를 향해 일검을 날렸다.
"한 놈!"
까깡!
"헐!"
자신만만하게 소리를 지른 소문의 음성은 날카롭게 들리는 쇳소리에 쏙 들어가고 말았다.
"그 따위 칼질로 흠집 하나 낼 수 있을 줄 알았느냐?"
독마의 비웃음을 뒤로하며 소문은 연신 공격을 했다. 하지만 여전히 기분 나쁜 소리만 들려올 뿐 그 어떤 상처도 입히지 못했다.
"홍, 강시의 몸이 제법 단단하다는 것을 내 잠시 간과했구나. 어디 이것도 막아보거라!"
여러 번의 공격에도 조금의 상처도 입히지 못해 자존심이 상한 소문은 공격의 강도를 한층 강화했다. 조금 전 공격에 주입했던 내공과는 비교할 수도 없는 힘이 검에 실리자 소문의 검끝에서는 무시무시한 검기가 솟아올랐다.
"받아랏!"
꽈과광!
검에서 발출된 검기는 벼락같이 쏘아져 나가 미처 대응하지 못한 강시에게 정면으로 날아가더니 엄청난 충돌을 일으켰다. 얼떨결에 손을 모아 검기를 받은 강시는 거의 십여 장이나 날아가 땅에 처박혔다.
"크크크, 이번엔 어느 놈이냐?"
단 한 번의 공격으로 강시 하나를 없앴다는 생각에 여전히 자신을 포위하며 공격하고 있는 강시들을 바라보며 빈정거렸다. 자신의 공격이 통한다는 자신감이 붙어서인지 한결 여유있는 모습이었다.

"아직 그런 여유를 보일 때가 아닐 텐데."

독마는 소문을 보며 조용히 말을 했다. 하지만 그 말이 소문에게 전해지기도 전에 이미 소문의 눈은 한쪽 구석을 응시하고 있었다.

'이럴 수가! 비록 최선을 다한 것은 아니지만 그래도 상당한 힘이 실린 공격이었는데……'

약간은 질렸다는 듯이 바라보는 시선의 끝에서 방금 소문의 공격에 날아간 강시가 서서히 몸을 움직이고 있었다. 소문의 공격을 막은 두 팔은 보기 흉할 정도로 처참하게 살이 찢기고 뼈가 부서졌지만 그것쯤은 아무것도 아니라는 듯이 소문에게 다가오고 있었다.

'제길, 무슨 놈의 몸뚱이가 저리 강하단 말이냐?'

소문은 다가오는 강시를 보며 그제야 자신에게 처음으로 강시에 대해 말을 해주던 형조문의 말을 기억 저편에서 끄집어냈다.

소문이 선발대에 합류하여 남궁세가로 내려갈 때였다. 막 자신과 사귀기 시작한 소문에게 형조문은 지나간 자신의 무용담(武勇談)을 떠벌였는데.

"휴, 말도 말게. 그때 그 마을에서 일어날 참사를 막고자 그 고생을 한 것을 생각하면……"

"아니, 그 정도로 엄청나단 말이오? 겨우 시체일 뿐인데."

"어허, 시체라니? 말이 시체지 그 멍청한 영환술사(靈還術士) 놈이 제대로 부적(符籍)을 붙이지 않는 바람에 난동을 부리는 강시를 잡느라고 얼마나 고생을 했는지 아는가? 주먹으로 치면 내 손만 아프고 검이나 도로 베고 찔러도 상처 하나 나지 않으니 환장할 일이었지.

그나마 있는 내공 없는 내공 쥐어짜서 발출한 검기에 박살이 났기에 망정이지 하마터면 자네도 못 보고 그대로 저 세상으로 직행할 뻔했다네."

"강시가 그렇게 강한가요?"

생전 처음 들어보는 기담(奇談)에 소문은 눈을 동그랗게 뜨고 반문을 했다.

"말도 말게. 그땐 평범한 백성의 시체였기에 망정이지 무공이라도 익힌 강시였다면… 으휴, 생각하기도 싫다네."

"흠……."

"자네는 나중에 강시라는 것을 만나면 가능한 피하고 보게. 무림에서 강시를 만난다면 그건 틀림없이 생전에 무공을 익힌 무인들을 강시로 만들 것이 자명하고, 그것을 상대한다는 것 자체가 불가능한 일이지. 일단 자리를 피하고 보게나. 혹시 그것이 여의치 않아 싸우게 된다면 강시를 쓰러뜨릴 수 있는 무공은 오직 검기나 검강 정도가 있을 뿐이니 주의를 하게. 사지를 잘라도 살아나는 것이 강시라네. 강시를 쓰러뜨리는 것은 오로지 몸과 머리를 분리하는 것과 몸뚱어리를 아예 산산조각 내는 방법뿐이라는 것을. 물론 그것도 절대 쉬운 일이 아니겠지만."

형조문은 거듭 강조를 하며 강시에 대한 장황한 설명을 마쳤다.

'그때는 그냥 건성으로 들었건만 정말로 장난이 아니군.'

자신의 검기에 살아 있는 사람이라면 죽어도 수십 번은 더 죽었을 상처를 입고도 멀쩡하게 자신에게 덤비는 강시들을 보며 왜 형조문이 강시를 만나면 피하고 보라는 말을 했는지 절실하게 깨닫게 되었다.

거의 한 시진이나 싸웠지만 자신이 쓰러뜨린 강시는 겨우 두 구에 불과했다. 독마의 조종을 받는 열 구의 강시들은 무슨 수를 쓰던지 소문이 하나의 강시에 힘을 집중하지 못하도록 철저하게 방해를 했다. 그런 방해와 거듭되는 공격 속에서도 절대삼검의 무심지검으로 간신히 두 구의 강시를 잠재울 수 있었다.

지금 소문은 실로 엄청난 내공을 사용하고 있었다. 중원무림에 과연 몇 명이나 한 시진이 넘도록 저토록 무시무시한 검기를 뿌리며 지친 기색 하나 없이 버틸 수 있단 말인가?

꽈과광!

엄청난 파공음이 울리고 미처 검기를 막지 못한 강시 하나의 목이 공중으로 떠오르며 몸을 땅에 뉘고 있었다. 세 번째의 강시가 쓰러지자 싸움은 잠시 소강 상태를 보이고 있었다. 그러나 그걸 보는 소문의 얼굴은 밝지 못했다.

'이런, 위험한데⋯⋯.'

막 한 구의 강시를 더 박살 낸 소문은 겉으로 내색은 하지 않았지만 내심 당황하고 있었다. 무언가 안 좋은 일이 일어날 조짐이 보이고 있기 때문이었다.

문제는 강시의 몸뚱이가 강하다는 것이 아니었다. 많은 내공이 소모되는 것도 문제가 되지 않았다. 그까짓 단단한 몸뚱이는 자신의 무공과 내공이면 충분히 해결할 수 있다는 자신감을 지니고 있었는데 언제부터인가 힘의 원천이 되는 내공이 잘 연결되지 않고 있다는 데 큰 문제가 있었다.

몸에 특별한 상처를 입은 것도 아니고 많은 내공을 소모해서 진기가 끊기는 것 같지도 않았다. 하지만 처음엔 느끼지 못했지만 차차 시간이 지남에 따라 몸에 묘한 기운이 감지되고 있었다. 그 기운이 종래에는 내공을 운기할 때마다 가슴에 심한 압박을 주고 있었다.

'독인가?'

생각할 수 있는 것은 독뿐이었다.

'저 묵빛 기운! 하지만 아까는 별 이상이 없었는데…….'

소문은 강시의 움직임 속에서 함께 피어 오르는 묵빛 기운을 바라보고 있었다. 강시와 싸우기 전에도 이미 그런 기운은 만독문의 문도들과 우두머리와 싸우며 느낄 수 있었던 것이다. 그때 아무런 이상이 없었기에 그다지 주의를 하지 않았는데 이번만은 다른 모양이었다.

'틀림없이 독인데… 이를 어쩐다…….'

다른 것은 몰라도 할아버지의 영향으로 독과 약에는 약간의 조예(造詣)가 있었다. 그랬기에 자신의 몸속에 스며든 것이 비록 그 종류는 모르지만 독이라는 것도 느낄 수 있었다. 하지만 그뿐이었다. 지금 그가 할 수 있는 방법이란 아무것도 없었다. 독을 내공으로 억제시킨다는 말도 들었고, 그 기운을 한곳으로 모아 분출시킨다는 말도 듣기는 했지만 눈앞에 시퍼런 독기를 쏟아내며 자신을 공격하는 강시들 앞에서 그런 여유란 있을 수가 없었다.

소문이 중독(中毒)된 몸의 변화에 걱정하고 있을 때 잠시 공격을 멈추게 한 독마와 만독문에선 놀람을 넘어 경악에 휩싸이고 있었다.

지금 소문과 싸우고 있는 것이 무엇인가?

만독문에 비전(秘傳) 중의 비전으로 전해 내려오는 수법 중에 독혈인(毒血人)이라는 것이 있었다. 천여 종의 독초(毒草)로 만들어진 독즙(毒汁) 안에서 만독문의 문도 중에서 그중 뛰어난 독공을 지닌 문도를 골라 연공을 시키는 것이었는데, 이 과정을 무사히 통과하고 나면 상상할 수 없을 정도로 강력한 신체와 독공을 지닌 절대고수가 탄생하는 것이었다. 지금 소문이 상대하고 있는 강시가 그 독혈인이었다.

한데 전해 내려오는 독혈인은 지금과 같이 아무런 의식도 생각도 없는 강시가 아니었다. 만독문이 가장 번성했을 때 딱 한 번 나타났다는 독혈인의 모습은 오히려 단아한 풍모에 유약(柔弱)한 모습이었다고 전해진다. 그런데 어째서 당금에 나타난 독혈인은 이런 강시의 모습으로 나타난 것인가? 그 이유는 간단했다.

그동안 당가에 밀리며 쇠퇴의 기운을 보이던 만독문이 단번에 그 명성을 재건(再建)하고자 선택한 방법이 비전으로 전해 내려오는 독혈인이었다. 무려 이십여 년에 걸쳐 만독문이 지닌 자금과 인원이 총동원되고 심혈을 기울여 준비한 끝에 독혈인을 만들기 위한 방법이 마련되었다. 그러나 큰 문제가 그들을 가로막고 있었으니, 다름 아닌 독즙 속에서 연공해야 할 독로연(毒路練)이라는 내공법이 유실(遺失)되어 전해지지 않는다는 것이었다.

까딱 잘못하다간 그동안의 노력이 수포로 돌아갈 것을 염려한 독왕과 장로들은 쉽게 결정을 하지 못하고 있었다. 혼신을 다해 찾아도 나타나지 않는 내공법을 기다리다 지친 그들은 결국 독로연을 대신하여 만독문 무공의 근간(根幹)이 되는 혼염묵공을 이용한 수련을 결정했다. 그리고 그 결과로 열 명의 독혈인이 탄생하는 쾌거를 맛보았는데 그 기쁨도 잠시, 그들은 곧 의식을 잃고 모두 주화입마(走火入魔)에 빠지더니 다시는 정신을 차리지 못하였다. 죽지도 살지도 않는 이들을 바라보는 수뇌들과 만독문도들의 심정은 이루 설명할 수 없을 정도로 착잡한 것이었다.

한 달의 기다림에도 끝내 이들이 정신을 차리지 못하자 독왕은 결정을 내려야 했다. 비록 제정신을 지니고 있는 독혈인이 아닌지라 그 위력은 본래의 독혈인과 비교해 다소 손색이 있었지만 그 자체로도 막강 그 자체였다. 쇠락해 가는 만독문에게 천군만마(千軍萬馬)와 같은 이들을 그대로 포기한다는 것은 절대로 용납할 수 없는 일이었다. 그리고 독왕의 그 힘든 결정의 결과가 지금 소문과 대적하고 있는 강시로 나타난 것이었다.

『궁귀검신』 4권으로 이어집니다